目次



JN099926

れてますが
中身は敵国の宰相です

口絵・本文イラスト／サマミヤアカザ

# ◆1　青天霹靂

目が覚めた時——リドリー・ファビエルは見慣れぬ天井と華美な装飾の寝室にいた。

「……」

朦朧とする頭を押さえ、リドリーはベッドから起き上がろうとした。知らない部屋だ。上等な上掛けと天蓋つきの大きなベッド、深い赤に金の小花があしらわれた壁紙、部屋は広く、床は分厚い絨毯が敷かれている。壁際に凝った装飾の家具が置かれ、メイド服を着た若い女性がたらいの水に布を浸している。

「う、……く」

起き上がった拍子に呻き声が漏れて、リドリーは顔を顰めた。すると、その声に気づいたのか、メイドが振り返る。

「お、皇子！　意識を取り戻したのですね！」

若いそばかす顔のメイドが、慌てて駆け寄ってくる。リドリーが初めて見る顔のメイドだった。こんなメイドを雇った覚えはない。

「誰だ……？　ここは……？」

ふらつく身体をメイドがすかさず支える。リドリーはいぶかしげにメイドを見返した。リドリーの所有する屋敷に、こんなメイドはいない。それにここはリドリーの屋敷ではない。もしかして怪我を負って、どこかの屋敷の者が助けてくれたのだろうか？　そう思いながら自分の腕から手までを目にした。

（な、何事だ、このぶよぶよした手は！）

リドリーはさらに自分の身体を見て、愕然とした。明らかに胴や腕が太くなり、手がむくんでいる。いや、むくんでいるなどといった生やさしい状態ではない。細く長いと評判のリドリーの指は、三倍くらい膨れ上がっている。

（ま、まさか、何かの病気!?　そういえば身体が異常に重い）

くらくらする頭を振り払い、メイドを凝視した。メイドはリドリーと目が合うなり、真っ青になって震えた。

「も、申し訳ありません！　私ごときが皇子の身体を支えるなど！　い、今すぐ医師を呼んで参りますので！」

メイドはリドリーをベッドに再び寝かせようとする。おかしいと言えば、先ほどからメイドが自分を皇子と呼んでいるのも解せない話だ。自分は皇子などではない。何を馬鹿なことを言っているのか。

「誰が皇子だと……？　俺は皇子じゃないだろうが……」

寝かせようとするメイドに反論すると、ますます震え上がった。

「お、皇子……、まさか記憶が……っ⁉　あなたはこの国の第一皇子であらせられますベルナール皇子ではないですか！」

大声でまくし立てられ、リドリーはあんぐりと口を開けた。第一皇子のベルナール――聞き覚えのある名前だ。隣国サーレント帝国の第一皇子がそんな名前だった。

（いや、ちょっ、待てっ）

リドリーは顔を強張らせ、壁や持ち物、家具に描かれている紋章を確認した。

百合の花に馬の絵、そして稲穂のマーク――これはサーレント帝国の皇族の紋章だ！

（え、え、何で俺はサーレント帝国にいるんだ⁉　俺は隣国になど来ていない！　まさか囚われ――ているわりに好待遇。手枷もされていない）

一瞬の間にリドリーはあらゆる可能性を考えた。

何かがおかしかった。すべてが妙だった。

リドリーはわずかな間に多くの可能性を探り、メイドの怯える姿を確認した。リドリーを騙すために演技している様子はない。何よりもメイドは本気で怯えている。

（気になるのはこのぶよぶよの腕だ。しかも身体も……まるで水死体のように膨れている。それに……俺の声がいつもと違う）

リドリーはメイドの腕を掴んだ。

「か、鏡を……貸してくれないか」

まさか、まさかと思うが……。リドリーは血相を変えてメイドに請うた。メイドは急いでチェストの上に置かれていた丸い鏡を運んでくる。

鏡を覗き込んだリドリーは言葉を失った。

白い肌、薄紫色の瞳、うなじにかかる金色の髪——本来の自分とまったく違う顔、そして……異様に太っている！

「だ、誰だーっ！　このデブは!!」

鏡に映る自分の顔に衝撃を受け、悲鳴を上げた。メイドが呆気に取られ、おろおろしている。

何が起きたかさっぱり分からないが、目覚めたら別人になっていた。

リドリーの受難の始まりだった。

リドリーはアンティブル王国で生まれ、一年前に亡くなった父の跡を継ぎ伯爵となった。現在は二十歳、持って生まれた魔力と加護の力でのし上がり、若くして宰相の地位を手にした。

アンティブル王国は、漁業で発展した国だ。三方が海に面していて、海の戦力は非常に強い。

だが、険しい地形のため農業に適した地が少なく、食糧自給率は低い。海を越えた国から拠点として狙われやすいという難点がある。

そんなアンティブル王国と唯一隣接するのが、強大な力を持つサーレント帝国だ。サーレント帝国は肥沃な大地を持ち、農業が盛んな大国だ。大きな鉱山もあるし、資源が豊富で羨ましいくらい恵まれている。サーレント帝国とはかなり昔から国境付近で小競り合いを繰り返し、仲が悪い。帝国は周囲の小さな国を滅ぼしてきて、自国ともいつ戦争になっても不思議ではない状態だ。無論国交も途絶えている。

リドリーは宰相なので、帝国に関する情報は常に得ている。スパイも数人潜り込ませているくらいだ。

サーレント帝国は豊かな国だが、問題がある。

サーレント帝国の皇帝は気に入らない者はすぐに首を刎ねる暴君なのだ。皇帝は皇后と側室を何人も抱えて子沢山だが、皇子は皇后の息子ただ一人だ。女性しか生まれないことで、『魔女の呪い』と言われている。

(そうだ、俺は魔女の呪いに関して、報告を聞きに行くところだった)

自分自身の最後の記憶を思い返し、リドリーは頭を抱えた。帝国に食われないために、リドリーはあらゆる手を使って対抗策を練っていた。リドリーの国には聖なる力を持つ神官がいる。神官は『帝国に滅ぼされないためには、皇子を抹殺すべきです』と述べた。その神官が、重要な宣託を受けたとリドリーを神殿に呼び出したのだ。

あの日は雨が降りしきり、雷が轟(とどろ)く嫌な日だった。雨の中を馬で駆け、重要な宣託とやらを聞くために神殿に向かっていた。

何か大きな光と音を感じたところまでは覚えている。その後、強烈な痛みと衝撃が起こり、記憶が途切れた。そして、目覚めたら別人になっていた。

リドリーが入れ替わった相手は、ベルナール・ド・ヌーヴ。帝国のただ一人の皇子で、現在二十歳の男性だ。

ベルナールに関する情報をリドリーは多く持っている。同い年の彼は、一人息子でわがまま放題に育ち、気性が荒く、部下を虐(しいた)げ、欲望のままに飲食に耽(ふけ)った結果、百キロを超えた巨デブと化したという。

(そう……俺は奴(やつ)のことを、白豚皇子と呼んで周囲の人間と笑っていた。その報いか⁉　その報いなのか‼)

鏡に映る自分の姿を凝視し、リドリーはわなわなと震えた。

鏡には間違いなく白豚皇子が映っている。これは夢だと頬を思い切りつねってみたが、痛みもあるし、夢から覚めなかった。何故(なぜ)か。どういう理屈でか分からないが、自分は隣国の皇子になっている。サーレント帝国の皇族特有の薄紫色の瞳は、何度瞬きしても消えてなくならない。

「あ、あの皇子……‼　医師を呼んで参りました！」

先ほどリドリーを支えてくれたメイドが、白髪の痩せた医師を伴って部屋に駆け込んできた。おそらく宮廷医師だろう。メガネをかけた気の弱そうな老医師だ。

「皇子、記憶に齟齬があると伺いましたが……やはり雷に打たれた衝撃が」

鏡の前で呆然とへたり込んでいるリドリーに医師が駆け寄る。それに対してリドリーが何か言う前に、扉が大きく開かれて年配の婦人がすごい勢いで入ってきた。

「ベルナール‼　ああ、やっと目覚めたのですね！　お前に万が一のことがあったらどうしようかと思いました！」

涙ながらに婦人がリドリーを抱きしめてくる。見覚えのある顔に、ふくよかな身体つき。身にまとうドレスは贅沢な布と宝石を使ったもので、胸元を飾るアクセサリーはダイヤがふんだんに使われきらめいている。おそらく彼女はサーレント帝国の皇后だ。

「皇后さまは皇子がずっと昏睡なさっていたので、殊の外ご心配を……」

ふくよかな婦人にぎゅうぎゅう抱きしめられて困惑するリドリーに、メイドがそっと囁いてくる。

「皇后さま、まずは診察を」

宮廷医師が頃合いを見はかり横から口を出す。

「そ、そうですね。医師よ、しっかり診なさい！　我が国の宝です！」

皇后はキッと眦を上げて、一転して怖い口調になる。皇后は息子には激甘だが、他の者には厳しいという噂は本当らしい。

何が何だか分からなかったが、ここで騒いでも時間の無駄だと思い、リドリーは医師に支えられながらベッドに戻った。

（これが夢ではないなら……、俺は帝国の白豚皇子の身体に入ってしまったことになる。事実を明らかにするのはまずい。隣国の宰相などと言ったら、頭がおかしくなったと思われて、隔離されるかもしれない）

思いがけない場面に遭った際に取る行動は決まっていた。

まずは情報を集める。そして対策だ。

（それにしても重っ‼　こんなデブでよく動けたな）

スレンダーと言ってもいいくらいだったリドリーの体格からすると、こんなに肉をまとってよく動き回れたものだと逆に感心した。

どうにかしてベッドに戻り、医師の診察を仰ぐ。脈拍も瞳孔も問題なく、ひととおり診てもらったが身体には傷ひとつなかった。

「あの恐ろしい一撃を受けたにも拘わらず、身体に傷ひとつないとは……。皇子は神のご加護があるのでしょうな」

医師が皇后に聞かせるように言う。ぱっと皇后の顔が輝き、持っていた扇子で口元を覆う。

「そうでしょうとも！　ベルナールには神の加護があるのです！」

皇后が誇らしげに言うのを聞き、リドリーは内心顔を引き攣らせた。白豚皇子の悪評は嫌になるほど聞いている。そんな奴に神の加護があったら国民は死ぬしかない。

「は……母上」

リドリーは思いきって口を開いた。とたんに皇后を始め、メイドも医師も目を丸くする。まさか白豚皇子は皇后に対して他の言い方をしていたのだろうか？

「ベルナール……何度直してもママと呼んでいたあなたが、どうしたのです⁉」

皇后は戸惑っている。

（ママかよ！　一国の皇子なんだから、そこは何が何でも直せよ！）

心の中で毒づきつつ、リドリーはつらそうに額に手を当てた。

「き、記憶が混乱していて……今日は何日なのですか……？　僕は一体どうして……？」

精一杯愛息子を演じてみたが、三人の様子から白豚皇子は、そもそも敬語をほとんど使わないことが判明した。

「可哀想な皇子。あなたは三日前に庭で雷に打たれたのですよ。一時はどうなることかと……。きっとそのせいで記憶がおかしくなっているのですね。大丈夫よ、私が守ってあげます」

皇后に抱きしめられ、リドリーは眉根を寄せた。

リドリーも馬で駆けている際に雷に打たれた。ひょっとしてその時に魂が入れ替わったのだろうか？　そんな馬鹿げた話が起こりうるのだろうか？　だとすれば、自分の身体には白豚皇子が入っていると？

（想像したくない……っ。俺の中に皇子が？　ああ、今すぐ国に戻りたい！）

いてもたってもいられなくなったが、さりとて突然ここを出て行ける訳もない。何より身体が異常に重くて、頭も回らなかった。

「少し一人にしてもらえますか……何も思い出せない……」

リドリーは混乱する頭を整理したくて、深くうなだれた。医師も安静にすべきと言うので、皇后と医師、メイドが部屋を出て行く。ベッドの傍（そば）には呼び鈴があるので、何かあったらお申し付け下さいとメイドに言われた。

人がいなくなると、リドリーはこの事態に向き合いたくなくて目を閉じた。

こんな馬鹿な展開が自分の人生に起きるなんて。

ひと眠りして目が覚めたら、現実に戻っていますように。そう願いつつ、リドリーは眠りを貪った。

一晩ぐーぐーと眠り、期待して朝を迎えたが、重い身体は変わらなかった。

これは夢ではないと、リドリーもさすがにあきらめがついた。夢にしては現実感がありすぎるし、現実逃避していても事態は変わらない。だとしたらなるべく状況を有利にするために動き出さなければならない。

リドリーはベッドから起き上がり、再び鏡の前に立った。

「まずはこの身体を何とかしなければ……」

明らかに太りすぎだ。少し歩くだけで息が切れるし、汗もひどい。三日意識がなかったせいか、腹が減ってたまらない。

「おはようございます、皇子」

呼び鈴を鳴らすと、昨日のメイドがワゴンを押して入ってきた。ワゴンには茶色い料理が山のように積まれていた。肉、肉、肉、そして揚げ物のオンパレード、うずたかく積まれたドーナツ、チョコレートがたっぷりかかったケーキまである。

「朝からこれを⁉」

思わず叫んでしまったのも無理はない。こんな朝食を食べたら胃がもたれるに決まっている。

「え、は、はい。皇子がこういうメニューにしろと……」

叫ぶリドリーに恐れをなしたようにメイドが震える。こんなこってりしたものを朝から好んで食べていたのか。それは太るはずだ。

「あー、コホン。もうこういう重い朝食はいらない。サラダとパンとスープだけでいいから」

リドリーが咳払いして言うと、困惑したそぶりでメイドがテーブルにサラダとクロワッサン、スープ皿を並べる。

「僕は……いや俺はここでいつも食べていたのか？　着替えもせずに？」

慣れない言葉遣いをやめることにして、リドリーはメイドに尋ねた。ベッドの傍にテーブルと椅子を並べて食べていたなんて、ものぐさすぎる。食堂へ行けばいいのに。

「は、はい。皇子は食堂へ行くのが面倒くさいと……。食事の後に着替えをなされます」

ティーカップにホットミルクを注ぎながら、メイドが答える。

「そうか……。明日から食堂へ行くから案内してくれ。あと飲み物はミルクじゃなくて紅茶にしてほしい。それと……名前は？」

リドリーは危なっかしい手つきのメイドを眺めて聞いた。とたんにメイドの手がぶれて、ミルクがカップからこぼれてしまう。

「す、すみません！　粗相を！」

青ざめてメイドがティーポットをワゴンに置き、土下座する。ちょっとカップからこぼれたくらいで大げさな謝罪だ。これはいかに白豚皇子がメイドを虐げていたかの証になる。

「それくらい気にするな。ほら立って。名前は？」

ため息をこぼし、リドリーは手を差し出した。少し屈み込むと腹回りの肉が邪魔で動けない。太っているとこれまで馬鹿にしてきた過去を反省した。

「スー……です」

手を差し出したリドリーにスーと名乗ったメイドが愕然とする。やはりいつも怒られていたのか、リドリーが手を差し出したことを現実として受け止めていない。

「スー。俺は記憶が曖昧だ。自分の名前がベルナール・ド・ヌーヴということくらいは覚えているが、たくさんのことが頭から抜け落ちている。お前には俺の記憶の補佐を頼みたい。どうだ、やってくれるか？」

土下座したまま固まっているスーを、リドリーは強引に手を伸ばし、立たせた。ぽかんとした様子でスーが頭を下げる。

「は、はい！　私などでよければ……っ‼」

スーはひたすら恐縮している。とりあえずこれで分からないことはスーに聞けば何とかなるだろう。

リドリーは用意された食事を優雅な手つきで食べ始めた。傍に立って給仕をしていたスーが、リドリーの手元を眺めて目を丸くする。

「いつもと食べ方が違うか？」

スーの視線を感じ、リドリーは苦笑した。

「あ、と、とんでもないです……っ、すみません！」

スーの表情を見ていると、白豚皇子はマナーも守らずガツガツと食べていたと推測される。

「俺は生まれ変わったんだ」

リドリーはそううそぶいた。

何が起きたかまだはっきりとは分からないが、いつまで経ってもこの現実から抜け出せない以上、白豚皇子の真似をしていては無駄だ。

「そう……なのですね」

ふっとスーが微笑んだ。どこか安堵したような笑みだった。情報によると白豚皇子のメイドはしょっちゅう変わるという。少しでも気に入らなければメイドに当たり散らし、クビにしていたそうだから、スーも常に城を追い出される覚悟があったのだろう。怒らないだけで笑顔が出るのだから容易いものだ。

（役立ってもらうぞ、スー）

わずかな量で腹を満たし、リドリーは「美味しかったと料理長に伝えてくれ」とスーに言った。

朝食の後に着替えをすると、リドリーはスーと共に城の中を歩き回った。ダイエットのために歩くのと、城の構造を頭に叩き込むためだ。国交を断絶する前に、サーレント帝国の城に招かれたことはあるが、勝手に動き回れなかった。ちゃんと元の身体に戻れるかどうか分からないが、得られる情報は今のうちに得ておこうと思ったのだ。

（クソ、それにしても歩きづらいな）

五分も歩くと汗が出て、肉襦袢が重く感じる。試しに身体を動かしてみたが、筋肉のきの字もない身体は、パンチを繰り出してもひょろひょろだし、蹴りをしても足が上がらない。武器庫で剣を持ってみたが重くて持ち上げるのがやっとという始末だ。

（まずはダイエットだ！　ともかく体重を半分にしなければ）

スーと一緒に汗だくで歩きつつ、リドリーは決意した。

とはいえ皇子の存在はここでは恐怖の対象なのか、使用人が会うたびに真っ青になって震えるのは面倒くさかった。恐怖の大魔王にでもなった気分だ。

「皇子、昼食会のお時間です」

城の中を延々と歩き回って大体の構造を理解した頃、スーがおそるおそる声をかけてきた。

「もうそんな時間か」

ポケットの中に入っていた金の懐中時計を確認して、スーに案内されて食堂の隣の控え室へ向かった。

控え室には皇后と側室、側室の娘たちがずらりと並んでいる。今日は回復した皇子のために、昼食会が行われる。リドリーが来るまで全員控え室で待機していたようだ。

「まぁ、皇子。昨日よりも血色がよいですわ」

皇后はリドリーを見るなり、微笑んで抱きしめてきた。息子が太ったのは、母親の遺伝子かもしれない。皇后も全体的にふっくらしている。

「あら、皇子。回復しましたのね」

「ベルナールお義兄様、お身体よくなられたんですのね。心配しましたわ」

皇后の後に話しかけてきたのは、記憶が確かなら第一側室のフランソワとフランソワの長女のアドリアーヌだ。二人とも一見心配そうな声だが、多くの人と接してきたリドリーには嘘くさい声に聞こえた。

「皇子、本当にご無事でよかったですわ」

「お義兄様、心配していたんですよぉ」

第二側室と娘二人もリドリーに話しかけてくる。皇帝には第四側室までいるはずだ。どうりで女性だけで食堂には十三人いる。娘たちはそれぞれ貼りついた笑みで話しかけてくる。十三人いても、皇子を案じていたのは皇后だけで、他の女性は心のこもってない声だ。そもそも皇后以外は、皆冷めた目をしている。あれは内心皇子を軽蔑している証だ。

(哀れだな……皇子という身分でも、心許せる相手は母親だけか)

女性たちの態度に嫌気が差し、リドリーは側室と義理の妹を無視して皇后の手を取った。

「母上、参りましょう」

リドリーは皇后を伴ってテーブルに移動した。突然エスコートを始めたリドリーに皇后が面食らう。

「ベルナール……？　まぁ、どうしたの」

どこか嬉しそうに皇后が席につく。テーブルと椅子の位置を見て、第一皇子の席はここだろうとすぐに分かったので、リドリーはすっと自分の場所に立った。すぐに給仕が椅子を引き、リドリーのためにナプキンを用意する。

「……どうしたのかしら？　いつも喜んで会話するのに」

義理の妹の囁き声が聞こえてきて、リドリーはやれやれと首を振った。あんな嘘くさい世辞や同情を白豚皇子は喜んでいたのか。相当な女好きか、あるいは愛に飢えた豚なのだろう。

それぞれが席に着き、給仕によって料理が運ばれてきた。義理の妹たちは、リドリーの様子を窺っている。話しかけても答えないリドリーに疑問を抱いている。

「まさか雷に打たれて耳が聞こえなくなったんじゃ？」

ひそひそと令嬢たちの声がして、リドリーは訂正せずに背筋を伸ばしていた。ふと入り口の辺りで騒がしい気配がして、「皇帝陛下のおなりです」と侍従の声が響いた。

リドリーたちは席を立ち、皇帝を待った。給仕が急いで皇帝の座る席にカトラリーを並べる。ほどなくして護衛の騎士や侍従を引き連れて皇帝が現れた。

「帝国の太陽に栄光あれ」

皇帝に会うと口にする一文を、全員が唱和する。リドリーは口をぱくぱくしただけだ。

サーレント帝国の皇帝の名はマクシミリアン・ド・ヌーヴ。豊かな金髪が肩にかかる屈強な男だ。暴君として名高く、威圧感を滲ませる風貌をしている。

「予定を変更して私も食事を一緒にしようと思う」

皇帝が席に着き、ちらりとリドリーを見る。リドリーは軽く頭を下げ、皇帝に続いて席に着いた。全員が着席すると、数人のメイドが入ってきて、グラスにワインが注がれていく。毒味役の侍従が皇帝に問題ありませんと囁く。

「ではベルナールの回復を祝って乾杯しよう」

皇帝がグラスを掲げ、全員がそれに倣う。ワインは極上の味がした。サーレント帝国のワインは特産物で、悔しいが味に深みがあって美味い。

「ベルナール。もう身体は大丈夫なのか？」

食事をしながら皇帝がリドリーに聞く。

「ご心配には及びません」

リドリーは無難に答えた。皇帝の眉が上がり、くっと肩を揺らして笑う。

「そのようだな。――貴様のような豚でも皇位継承者だ。死んでもらっては困る」

皇帝の嘲るような声が耳に届き、冷水を浴びせられた気分になった。皇帝の軽口に続いて、側室や義理の妹たちのかすかな嘲笑が漏れた。

ベルナールは実の父親から軽視されているようだ。隣国にも無能という噂が聞こえてくるくらいだし、義理の妹たちの態度から尊敬されていないのは察していた。そもそも男子が一人だけで、皇位継承順位は第一位なのに、皇太子として認められず皇子のままだ。皇帝は白豚皇子に地位を譲りたくないのだろう。

他人のリドリーが聞いても腹が立つくらいだが、ベルナール本人はどうなのだろう。ベルナールとは一度、使節団として会っただけで深い会話はしていない。この場合、どう答えるのが正解か。

「そうですね。己の不摂生ぶりを反省して、これからは生まれ変わった気持ちで臨みたいと思います」

リドリーが落ち着いて答えると、皇帝の目がすうっと細くなった。向かいに座っていた皇后も、驚いたように目を瞠(みは)る。

「ほう……。いつも真っ赤になって黙るのが関の山だったが……、雷に打たれて死生観でも変わったのか？」

皇帝はニヤニヤして面白そうにリドリーを見やる。ベルナールは豚と言われると憤慨して黙り込んでいたのか。そんな態度だから義理の妹に舐(な)められるのだろう。

「はい。貴重な体験でした」

よどみなくリドリーは答えてワインを口に含む。向かいの席の皇后が目を潤ませてこちらを見ている。大したことは言ってないのだが、皇后は感動している。ベルナールという皇子、弱者の前では強気でいられるが、強者の前ではろくにしゃべれないチキン野郎だったようだ。

「ふん、雷に打たれたくらいで大げさだな。だが、雷撃を受けて無傷というのは気に入った。その無駄な贅肉（ぜいにく）も時には役立つものだ」

馬鹿にした笑みを浮かべ、皇帝が肉を頰張る。父親として息子を労（いたわ）る気配は微塵（みじん）もない。サーレント帝国の皇帝は自分以外を愛せないという情報は真実のようだ。

くだらない社交辞令が側室と義理の妹たちの間で続き、ようやく昼食会が終わった。

リドリーは皇帝の後に早々に食堂を出て、廊下で待っていたスーと合流した。スーもお昼を食べてきたそうだ。

「城の周りを歩きたい」

昼食で食べた分を消化しようと、リドリーはスーに言って案内を頼んだ。城の周りにはランニングコースもあるが、あらゆる場所に近衛（このえ）騎士がいて動きづらかった。サーレント帝国には騎士団がある。第四騎士団まであって、高い軍事力を誇っている。

「騎士団の演習場はどこにあるんだ？」

汗を搔（か）きながら芝生が敷かれた庭を歩き、スーに尋ねた。できれば軍事力を正確に知っておきたい。いずれ本当の身体に戻った時、役立つはずだ。

「騎士団の演習場はもっと先です」

スーはちょこちょことした歩みでリドリーについてくる。

「そういえば、俺に専任護衛騎士はいないのか？」

ふと疑問を感じて聞いた。一国の皇子なのに、護衛の騎士がいないのはおかしい。

「あの……、以前はいましたが、皇子が気に食わないと言ってクビに……」

何を言っているのだろうと言いたげな目つきで答えられ、リドリーは肩を落とした。メイドも騎士も次々とクビにしていったのか。

「騎士団長のことも覚えてらっしゃらないのですか……？」

スーが不安そうに言う。

「騎士団長？　何があった？」

どすどすと芝生を踏み、リドリーは振り返った。

「い、いえ何でも……あ、そこが演習場です」

スーが前方を指さす。大きな演習場に騎士がたくさんいて、訓練に励んでいた。演習場は土を均（なら）しただけのだだっ広い広場で、屈強な男たちが騎士団の制服姿で剣を構えている。遠目から彼らの動きを見たが、統率している武人が見覚えのある男だった。あれはアルタイル公爵だろう。五十代後半の白髪交じりの男性だが、見るからに鍛え抜かれた肉体をしている。若い頃は皇帝と一緒に戦でいくつも報償を受けた猛者（もさ）だ。

「アルタイル公爵と何かあったのか？」

近くまで寄りながら、リドリーは眉根を寄せた。あんなすごそうな相手に、白豚皇子は何をしたのだろう？

「い、いいえ。アルタイル公爵様は半年ほど前に騎士団長の座を後任に譲りました。私が言っているのは……」

おどおどしつつスーが口ごもる。

はっきり言わないスーに焦れてリドリーが立ち止まろうとすると、まだ距離はあったのにアルタイル公爵がこちらを振り返ってきた。眼光鋭く見据えられ、足を止める。騎士団長の座を譲ったということは、隠居でもするつもりだろうか。とても隠居する人間の目つきではないが。

「ベルナール皇子、どうされましたかな」

アルタイル公爵は颯爽とこちらに向かってきて、大きな身体で圧倒する。白豚皇子の身長からすると見上げる高さだ。唯一横幅だけはアルタイル公爵に勝っている。

「いや、様子を見に来ただけだ。こちらを気遣う必要はない」

リドリーは真面目な口調で答えた。アルタイル公爵の瞳には白豚皇子を軽視する色はない。こんなにぶよぶよの身体で呆れているだろうが、表情には出していない。

「そうですか……？」

意外そうにアルタイル公爵が呟く。

アルタイル公爵の圧が強すぎて、リドリーは内心冷や汗を掻いた。アルタイル公爵なら、自分が皇子ではないと見抜きそうだった。仮に中身が隣国の宰相と知られたら、どんな目に遭うか分からない。

「ああ。もう行ってくれ」

ここは退散するべきと、リドリーは愛想笑いを浮かべて演習場から遠ざかろうとした。

視界の端に騎士が数人こちらに向かって駆けてくるのが見える。何か用だろうかと思ったが、アルタイル公爵がそれを「動いていいとは言ってない！」と厳しく律した。騎士たちはすごすごと演習場へ戻っていく。彼らの目が恨めしげに自分を見ている気がするが、一体何をしたのか。

「ではな」

リドリーは向きを変えて、重い身体を前に動かした。三十分歩いただけでもう息切れがする。アルタイル公爵の視線を背中に浴びつつ、ウォーキングに勤(いそ)しんだ。結局騎士団長の話は何だったのか、スーは教えてくれなかった。

一週間経っても、自分の身体は白豚皇子のままだった。

さすがにこれは長期戦を覚悟しなければならないとリドリーも腹をくくった。すぐに元の身体に戻れることを期待したが、希望的観測だけでは生きていけない。

一週間、白豚皇子として過ごして分かったのだが、こいつは本当に無能だった。

(代替わりしたら、この国を滅ぼせるな)

白豚皇子の性格はわがままで自分に自信がなく、卑屈で、権力を笠に着るし、マザコンだし、頭の回転も遅い。愚図でのろまな豚と皇帝に言われても仕方ない有り様だ。皇族として何の仕事もしていないどころか、家庭教師もクビにして何一つ学んでいない。やっていることは食べることだけ。これだけ嫌な奴ならメイドを手籠めにしていてもおかしくないが、男性として自信がなかったのか、そういう真似はしていなかったようだ。

とはいえ、同情すべき点はある。

どうやら幼い頃から白豚皇子は皇帝から嫌われていたようだ。おそらく皇帝からすれば、もっと有能な皇子に後継者になってほしかったのだろう。だが、たくさんの側室がいても、呪いのように女しか生まれない。その苛立ちは白豚皇子を蔑むことで解消していたようだ。実の父親から嫌われている事実に皇子は耐えられず、過食に走ったというのがリドリーの見解だ。母である皇后がもっと発奮させればよかったのだろうが、甘やかすだけで政治は他の者にやらせればいいと平気で言っている。

サーレント帝国の貴族にはいくつか派閥があるようだが、ごますりが上手な貴族や、皇子をカモにしてやろうという詐欺師ばかりが近寄ってくる。過去にも一度騙されたことがあったそうで、それ以来皇子は引きこもって過食に励んでいたそうだ。

「何と言っても、この太った身体だよな……」

その日もスーと一緒に城の周りをウォーキングしながら、リドリーは疲れを感じて薔薇（ばら）園の前に置かれたベンチに座った。リドリーが太すぎて、スーが一緒に座れない。

「で、でも皇子。少しすっきりしてきましたよ！」

一週間一緒に過ごしたせいか、スーは以前よりもおどおどしなくなった。最近の皇子は怒らないと理解したようだ。

「まぁ、食事を減らして運動しているから、二、三キロは減ったかもな……」

汗を拭い、リドリーはため息をこぼした。

長年培（つちか）われた贅肉は、簡単に落ちそうもない。ここは——少し強引でも、思い切った手を打つべきかもしれない。

「ところで、スー。俺は……魔法は使えたかな？」

周囲に人がいないのを見計らって、リドリーは重要な質問をした。

この世界では魔法を使える稀少（きしょう）な人間がいる。リドリーも幼い頃に火魔法が使えると知り、その能力を高めてきた。

「は、はい、皇子は風魔法を使えました……。といっても、ほんの少し風を起こせる程度でしたが」

スーが言いづらそうにする。皇族なので魔法が使える可能性は高いと思っていたが、風魔法を使えるのか。

(問題は俺はどっちを使えるかってことだな)

自分の手を見つめ、リドリーは考え込んだ。

この身体でも火魔法が使えるなら、裏技を駆使して強力なダイエットができる。だが風魔法しか使えなかったら、万事休すだ。

「スー、下がっていろ」

リドリーはスーを手で軽くあしらった。スーが急いで距離をとる。

この薔薇園に来たのはひとけがないからだ。夏も終わりに近づき、薔薇はほとんど咲いていない。この辺りは城から離れているし、少々騒いでも平気だろう。

リドリーは右手を前に伸ばした。先ほどから数メートル先にある大木の葉が、奇妙な揺れ方をしている。誰か隠れている奴がいるのだ。

「火魔法、我が火よ、火の玉となりて焼きつくせ」

全身のマナを感じ取って、右手から放出するイメージで言った。すると火の玉が数メートル先にある大木に放出された。葉に火の玉が当たり、「ぎゃっ‼」という悲鳴と共に黒っぽい衣服の男が落ちてきた。

「えっ⁉」

スーがぎょっとして声を上げる。大木から落ちてきた男が反射的に立ち上がり、血相を変えて短剣を抜いた。火魔法が使えたと喜ぶ間もない。

（暗殺者！）

黒っぽい身なりの男は、頭と鼻から下を黒い布で覆っている。だがぎらつく目つきと短剣を握る姿で、すぐに暗殺系の侵入者だと分かった。

「何故、気づいた！　無能と聞いていたのに！」

暗殺者が短剣を振りかざしながら迫ってくる。まずいと青ざめ、リドリーは逃げようとした――が、身体が重くて俊敏に動けない。

「誰か！　誰かぁ！　皇子が殺される！」

スーが大声を上げて助けを求める。暗殺者は一気に距離を縮めて、リドリーを突き刺そうとしてきた。本来の身体なら避けるのは容易いが、この白豚皇子の身体では逃げ切れない。とっさに持っていた布で短剣の刃を巻き取り、左手で暗殺者の顔目がけて火魔法を放った。

「ぐああああっ!!」

暗殺者の顔に炎が巻き起こり、仰け反ってリドリーから側転で距離をとる。

「クソ……ッ、火魔法を使えるなんて聞いてない！」

暗殺者は火傷を負った顔を押さえながら、すごい速さで茂みのほうへと逃げ去った。リドリーは息を荒らげ、地面にしゃがみ込んだまま、暗殺者が遠ざかっていくのを目で追った。

「皇子！　皇子、大丈夫ですか⁉」

スーが泣きながらぐったりしているリドリーに駆け寄ってくる。

「何事ですか！」

騒ぎを聞きつけて、近衛騎士が数人、リドリーたちの元へ駆けてきた。リドリーは汗びっしょりの額を千切れかけた布で拭った。

「暗殺者がいた。黒っぽい身なりであっちの方へ逃げていった。追ってくれ」

リドリーが近衛騎士に告げると、蒼白になってリドリーが言った方向へ駆けていく。スーは涙でぐしゃぐしゃの顔でリドリーを助け起こす。

「ひっく、ひっく、もう駄目だと思いました……っ、皇子が死んだら私も処刑だと思って……っ」

リドリーの心配をしてこれほど泣いているのかと思ったのに、どうやらスーの心配は自身の身の安全だったらしい。がっくりきたが、スーの肩を借りてリドリーは立ち上がった。幸い、負傷はしていない。突然襲われて、全身がばきばきになっているが……。

（暗殺者は逃げたっぽいな……）

城内に侵入者がいたことに関して、その後大きな問題になった。皇后はすぐさまリドリーの元に来て、「ああ、皇子！　こんな目に遭うなんて！」と巨乳でリドリーの鼻と口をふさいだ。度重なる不幸に、皇后は心労がかさんでいるようだ。

城内の警備態勢も厳しくなり、皇帝からは珍しく「よく身を守った」と褒め言葉をもらった。

（はぁ……。どうなってるんだ、一体。このデブ皇子、暗殺者から狙われてるなんて）

その夜は入浴をしつつ、疲労を癒やした。さすが皇族、個室の浴場だけでなく、大きな浴場も持っていて、ゆったりと湯に浸かることができる。メイド数人がかりで身体を洗われ、矜持と自尊心を大いに揺さぶられた。

（あの男……、いかにもプロという感じだったな。火魔法が使えなかったら、死んでいただろう。こんな無能な皇子を殺して何の得があるのか……）

ふーっと大きくため息をこぼした瞬間、走馬灯のようにある記憶が頭を過った。

ベルナール皇子を暗殺――。

「依頼したの、俺じゃないか!!」

思わず湯船から立ち上がり、リドリーは叫んだ。浴室の扉前に控えていたメイドが困惑気味に近づいてくる。それを急いで追い払い、リドリーは湯の中に沈み込んだ。

そうだ……すっかり忘れていた。

神官から、帝国と対抗するためには皇子を抹殺すべきと言われ、暗殺ギルドに依頼したのだった。

（うわーっ、何で忘れてたんだ！　俺の馬鹿！　後継者がいなくなれば内乱が起きるに違いないと無能皇子に刺客を送ったんだ!!）

湯をばしゃばしゃと手で叩き、身悶えた。

まさか自分の身にブーメランのように降りかかってくるとは思わないじゃないか！　何て間が悪いんだ！　リドリーは拳を握って苦悩した。最悪の事態だ。けっこう金を積んだので、暗殺ギルドは依頼を完遂するまでやめないだろう。

（このままじゃ駄目だ！）

顔をごしごし擦り、リドリーは歯を食いしばった。

誰か、有能な騎士を常に傍に置かねば。この太った身体では、逃げるのも無理だし、避けるのも難しい。早急にダイエットして、強い騎士を手に入れる。

（っていうか、火魔法は使えるんだよな……。ということは、もう一つの加護も使えると考えていいだろう）

暗殺者が現れる前に無事に火魔法が使えたことを思い返し、リドリーは腕を組んだ。もう一つの加護は、リドリーのみが使える特殊な力だ。加護とは、魔力を持つ者の中にほんのひとにぎり現れる特別な能力だ。ひとつの国に二、三人程度しか存在しない。リドリーは十歳の時に神殿で加護を授かった。その力のおかげで、若くして宰相という地位を手に入れたのだ。

（風魔法は使えるのだろうか？）

ふと気になって、広い浴場に向かって風魔法を使ってみた。こちらは残念ながらまったく使えない。どうやらマナと呼ばれる魔力は、肉体ではなく魂に宿るものらしい。

（あー……暗殺者だけじゃないな。俺が策を弄したのは）

記憶を辿(たど)っていくうちに、リドリーの背筋を嫌な汗が伝った。

サーレント帝国を弱体化させるために、リドリーはいくつもの策を放っていた。自国にとってサーレント帝国は目の上のたんこぶ、いつ自国に攻め入ってくるか分からない危険な国だった。隙あらば乗っ取ろうとしてくるサーレント帝国に対して、宰相であるリドリーはあらゆる手を使い妨害してきた。

自分の身体に戻れるなら、それはそのままにしておきたい。

だが、戻れないなら、ひとつずつ潰していくしかない。

「何で俺がこんな目に……っ」

絶望的な気分になって、リドリーは髪を掻き乱した。

ともかく早急に身を守ってくれる優秀な護衛を持たねばならないと思い、リドリーは日課となったウォーキングのついでに騎士団が訓練している演習場へ赴いた。暗殺者に狙われたのもあって、リドリーの周囲にはスーだけでなく近衛騎士がついて回っている。近衛騎士たちはリドリーが何故城の周囲をぐるぐる歩いているのか疑問に思っているようだ。ダイエットと言うと笑われると思ったので、「城の警備態勢を確認している」ともっともらしい顔で言っておいた。

「皇子、お水を飲みますか?」

秋になって涼しい気候なのにリドリーが汗だくで歩いているのを見て、メイドのスーがバスケットを抱えて尋ねてくる。スーはリドリーがウォーキングを三日でやめると思っていたようで、十日も続いているこの状況に感動している。リドリーのためにと軽食や水を用意してついてくるようになったのだ。最初は使えないと思ったが、心が安定すればスーは気の利くメイドだった。白豚皇子のヒステリーが恐ろしくて縮こまっていただけなのだ。

「ああ、もらう」

リドリーは足を止めて、スーから携帯水筒を受け取った。青銅でできた水入れで、ぬるいが脱水症状を回避してくれる。始めた当初、あまりにも汗が噴き出るので、脱水しかけた軟弱な身体だ。

「皇子、だいぶ筋肉がついてきたのでは? 以前よりも動きが軽いです」

飲み終えた携帯水筒をバスケットにしまい、スーが励ましてくる。よほど怠惰な生活をしていたのか、最初はウォーキングだけで肉体が悲鳴を上げていた。

「この後、騎士団の様子を見に行く」

リドリーは歩き出しながら告げた。スーの後ろに控えていた近衛騎士たちが、何故か険しい表情になる。

「今日はアルタイル公爵は所用でおりませんが」

近衛騎士の一人がそっけない口調で言う。それはすでに調査済みだ。むしろアルタイル公爵がいない隙に騎士たちを見ておきたかった。

「それが何か問題があるのか？」

リドリーは挑むように近衛騎士に問い返した。一瞬、近衛騎士の顔が歪(ゆが)み、憎しみのこもった目つきでリドリーを見る。

護衛としてつきそっている近衛騎士たちだが、最初からリドリーに対して敵意を滲ませていた。一国の皇子に対する態度とは思えない。白豚皇子は、よほど騎士たちに嫌われることでもしたのだろう。嫌われているのは察しているが、今は自分の命を守るために騎士たちの感情に構っていられない。

「行くぞ」

近衛騎士たちが押し黙ったのを見やり、リドリーは演習場へ足を向けた。

騎士たちの訓練を見て、腕のいい騎士を一人選び出すことが今日の目標だ。一応目星はついている。隣国にもその強さが漏れ聞こえてきた騎士がいた。前回は見当たらなかったが、さすがに今日はいるだろう。

風が強い日だったが、演習場の騎士たちはかけ声も勇ましく訓練に励んでいた。リドリーが現れると副団長の大柄な体躯の男が駆け寄ってきた。

「皇子、いかがなされましたか」

副団長は制服のボタンを急いで留めながら聞く。ラフな格好で訓練に励んでいたのだろう。アルタイル公爵は服装の乱れに厳しいが、副団長はそうでもないようだ。

「騎士たちが訓練に励んでいるところを見ているだけだ。俺のことは気にするな」

リドリーは鷹揚に手を振って、訓練に戻るよう促した。副団長は困惑した顔つきで「はぁ」と呟く。

その時だ。突然、騎士の一団がリドリーに向かって駆けてきた。いきなり大勢で来るので、剣でめった刺しにされるのかと身構えたが、彼らはリドリーの前に膝をついた。

「皇子！　どうか、シュルツ様の処刑を撤回して下さい！」

「皇子、お願いします！　ホールトン卿をお助け下さい！」

「皇子、寛大なお心でお許し下さい！」

跪いた騎士たちは口々に言い立てる。何が何だかよく分からなかったが、スーのしょげた表情と背後の近衛騎士の鬱屈した様子から、察するところがあった。

どうやらシュルツという騎士が処刑されるらしい。

（シュルツ……、まさかシュルツ・ホールトンか⁉　前回も見当たらないと思ったが、処刑ということは罪人に⁉）

内心焦りまくっていたが、表情には出さないように努めた。捜していた騎士がよもや処刑間近とは。何をしたのか。嫌な予感がする。前回も騎士たちはリドリーに物言いたげな顔をしていた。きっとこのことを言いたかったのだろう。

「……シュルツが有能であることは心得ている。処刑を撤回するよう尽力しよう」

騎士たちの切実な眼差(まなざ)しを浴び、リドリーは咳払いして言った。念のため、断言はしないでおいた。一体何をしたのか、何の罪で処刑されるのか情報を集めなくては。

「皇子！　よろしくお願いします！」

騎士たちが大声で合唱する。リドリーは顔を引き攣らせ、そそくさと彼らから離れた。嘆願を突っぱねなかったせいか、背後の近衛騎士の表情が変化している。期待半分、疑惑半分といったところか。

リドリーは急ぎ足で私室へ戻った。近衛騎士たちは廊下で待機させ、スーだけを部屋に入れる。

「スー、シュルツの処刑とは何だ⁉」

二人きりになると、リドリーは咳(せ)き込むように問うた。

「や、やっぱり覚えておられないのですね。シュルツ様……、シュルツ・ホールトン卿のことです。シュルツ様はアルタイル公爵の後を引き継ぎ、騎士団長として団をまとめておられたのですが……ベルナール皇子と大喧嘩(おおげんか)をなさいまして」

言いづらそうにスーが口ごもる。

「大喧嘩？」

「日頃の怠惰な生活と国政に関わろうとしない態度にシュルツ様が腹を立てて、激しく叱責なさったのです。階段のところで言い合いになったのが悪かったのです……。もみ合いになり、皇子は階段から転がり落ちて怪我をなさって……。皇族に怪我をさせたことでシュルツ様は騎士団長の任を解かれ、牢に入れられました。皇子は殊の外お怒りで、シュルツ様を処刑させようと、わざとやったと吹聴されました」

あんぐり口を開けて、リドリーは頭を抱えた。

「シュルツ様を気に食わない貴族たちが便乗して、現在処刑の方向で進んでおります」

リドリーは疲れを感じて長椅子に腰を下ろした。

暗殺ギルドなど雇わなくても、白豚皇子は自滅したかもしれない。無駄な金を遣った。

「皇帝は何と言っている？」

無能な白豚皇子のやることに疑問はないのだろうかと、リドリーは重ねて聞いた。

「皇帝はシュルツ様の清廉潔白な感じがお好きではないようで……以前も、シュルツ様は皇帝と諍いを起こしましたし」

スーは悲しそうにうつむく。

なるほど、大体のところは分かった。

「では、今から牢へ行こう」

　重い身体を起こし、リドリーは扉へ向かった。まだ夕食には間がある。シュルツが生きているのを確認しなければならない。リドリーの身を守らせようと思っていた男だ。万が一にも身体に欠損でもあったら、問題だ。

「えっ、今からですか……？」

　驚きの声を上げるスーに案内させ、リドリーは罪人を閉じ込めている牢に行った。近衛騎士たちも無言でついてくる。

　牢は城の北にある塔の地下にあった。牢番は入り口の階段に二人、長い廊下の先に二人いる。牢番たちはリドリーが突然現れたことにびっくりして、なかなか話が通じなかった。「許可証が」とか「危険です」とかわめいて、立ち塞がっている。

「シュルツと話したいだけだ。通せ」

　リドリーが苛立って声高に言うと、牢番たちも大人しくなり、道を譲った。

「お前たちはここで待て」

　リドリーはついてこようとしたスーや近衛騎士を制した。

「しかし、皇子」

　近衛騎士は焦れたように一緒に行こうとする。――これからシュルツに会ってやることは、他の誰にも見られたくないものだ。ここは何としても一人にさせてもらう。

「俺の命令が聞こえないのか？　待機だ」

リドリーは重ねて強い口調で言った。近衛騎士たちが一瞬気迫に呑まれて、その場に踏み止まった。

彼らがついてこないのを確認して、リドリーは牢番にカンテラを借りて、地下への階段を下りていった。らせん階段を下り、陰気な廊下を歩く。腐臭とカビた臭いに辟易しつつ、リドリーはいくつか並んだ牢屋を見て回った。牢にはほとんど人はおらず、いかにも貧弱そうな老人と、命が尽きかけている凶悪な顔つきの男だけだった。どこにいるのだろうと部屋をひとつずつ見て回ると、一番奥の牢に、腕立て伏せをしている青年を見つけた。

(どうやら健康状態に問題はなさそうだな)

格子越しに男を見やり、リドリーはカンテラを掲げた。青年が明かりに気づき、腕立て伏せを止めて立ち上がる。

「ベルナール皇子……」

青年が怒りに燃えた目つきでリドリーを見据える。鼻筋の通った凛々しい顔立ち、ブルネットの髪は伸びて肩にかかっている。口周りの髭を見るに、どうやら牢に閉じ込められて二、三カ月といったところだろう。

シュルツ・ホールトンは二十五歳の侯爵家の長男だ。高い身長と、分厚い胸板、屈強な身体で、剣の腕はサーレント帝国一と名高い。毎年行われる槍大会では連続優勝して殿堂入りだ。

見目もよいし、男気もあるので民衆から好かれているが、曲がったことが嫌いで愛国心が強すぎて立ち回るのが下手、というのがリドリーの観察した性格だ。そもそもこんな無能皇子に物申すなんて、時間の浪費以外の何物でもない。上手いこと褒め称えて転がせばいいのに、真っ向からぶつかるあたり、騎士団長には向いていない。強さでは団員に慕われるだろうが、団長ともなると政治力も必要だ。

「何をしに……来たのですか？　私を笑いものに？」

無言で見つめてくるリドリーに眉を顰め、シュルツが呟く。牢屋生活で少しやつれているが、まだ若いし、牢から出ればすぐに元の屈強な身体を取り戻すだろう。

「シュルツ、お前を今から俺の奴隷にする」

リドリーはカンテラを床に置き、潜めた声で告げた。

シュルツの顔が大きく歪み、怒りに震えた様子で鉄格子を摑む。

「何だと……っ⁉　何を……っ」

シュルツは奴隷という言葉に反応して、怒りに任せて鉄格子をガタガタ言わせてきた。さすがに鉄格子は破れないだろうが、すごい迫力だ。シュルツの怒りは想定内なので、無視して両手を胸に当てた。

リドリーには特別な能力がある。他人を従属させる力だ。十歳の時に神殿で加護を受け、その能力を授かった。どんな相手でも、言葉で従わせることができるのだ。奴隷にできると言い換えたほうがいいだろう。どれほどリドリーに怒り憎しみを抱こうが、リドリーの言うことには服従してしまう能力だ。

「アヴェンディスの神の名の下、我がリドリー・ファビエルはシュルツ・ホールトンを我が従僕とする。代わりに一人、従僕の枷から解き放つ」

リドリーは両手に魔力を溜め、シュルツに聞こえないような小さな声で言葉を紡いだ。できるかどうか不安だったが、両手から放たれた魔力は目の前の牢にいるシュルツに注ぎ込まれた。金色の首輪と両腕の枷、両脚の枷、心臓に矢が打ち込まれる。

「うっ‼」

シュルツは激しく身体を震わせ、苦しげに胸を掻きむしって倒れた。荒々しい息遣いで、リドリーを睨みつけ、首元を探る。一瞬だけ可視化した首輪や枷は、すでに消えていた。

「な、何を……っ⁉　今、何をした……っ」

シュルツの額や顔に大粒の汗が噴き出る。顔は真っ赤になり、身体は痙攣していた。

リドリーはカンテラを持ち上げ、明かりをシュルツに近づけた。

この能力はリドリーだけのものだ。ただし、奴隷にできるのは七人まで。国では、『宰相の七人の奴隷』と陰で噂されていた。リドリーが若くして宰相に上り詰められた理由は、極悪だが有能という罪人や問題人物を意のままに操ることができたからだ。

シュルツを奴隷化したことで、すでに拘束していた七人のうち一人がこの世に解き放たれて

しまった。この能力の最大の問題は、解き放つ奴隷を選べないことだ。アンティブル国の王には申し訳ないが、誰かが枷を外れた。

（実はこの力には、ひとつ副作用があるんだが……それは仕方ない）

国の心配より自分の身の安全だ。シュルツほど有能な護衛騎士は他にいない。奴隷にしたことで文句を言おうが身を守らせることができる。

「シュルツ、今からお前は俺の身を守ることだけを考えて生きるんだ」

汗びっしょりで息を切らして倒れているシュルツに、リドリーは言い含めるように命じた。

シュルツの顔に嫌悪と不安が混ざる。

「自死は許さない。分かったな」

シュルツの目を見据え、リドリーは背を向けた。これでもうシュルツは手に入れた。後は皇帝に上手く頼んで牢から出すだけだ。

「お前は……誰だ？」

遠ざかろうとしたリドリーの背中に、シュルツのかすれた声が届いた。

リドリーは思わず口元を弛（ゆる）めて倒れたままのシュルツを振り返った。この短い時間でシュルツは何かを感じ取っている。

「お前の主（あるじ）だよ」

短く告げて、リドリーは陰気な牢を後にした。

シュルツを取得したことで、次にやるべきことは決まっていた。

リドリーは近衛騎士とスーと共に、謁見の間へ移動した。近衛騎士たちはリドリーがシュルツとどんな会話をしたのか気になって、もどかしそうにリドリーを見ている状態だ。

謁見の間では、皇帝の元にお目通りを叶(かな)った貴族や平民が陳情を申し立てていた。近衛騎士が何用かとリドリーの傍に来たが、「皇帝に話がある。順番は待つよ」と言うと、戸惑い気味な表情で皇帝の元へ戻っていった。

皇帝への謁見が一段落すると、まるで今頃気づいたように玉座から皇帝がこちらを見た。手招きされたので、リドリーは落ち着いた足取りで玉座に向かった。

「珍しいな。何用か」

高い場所から見下ろされ、リドリーは胸に手を当て、床に膝をついた。すっと顔を上げる。

「皇帝陛下にお願いがございます」

堂々とした物言いで皇帝を見上げると、皇帝の横に並んでいた宰相や国務を司る軍人、貴族たちがいっせいにこちらを見る。

「何だ?」

唇を歪めて皇帝が問う。その瞳の中には侮蔑の感情しかない。皇帝は第一皇子に何の期待もしていない。

「現在、入牢しているシュルツ・ホールトン卿ですが、私の護衛騎士に任命したいと存じます。つきましては恩赦を賜りたいと思っております」

リドリーの発言に、玉座の横に並んでいた宰相たちが驚いたように目を見開いた。

「皇子……、あれほど怒り狂ってすぐ処刑とおっしゃられていたのに……？」

白髪のメガネをかけた初老の男が呟く。この男は宰相のビクトール・ノベルだろう。皇帝が若かりし頃から一緒に戦の場に赴いて闘いを勝利に導いた堅実な男だ。

「何と……護衛騎士？」

貴族たちもざわついている。処刑から一転して護衛騎士と言い出したので、困惑しているのだろう。

「シュルツの強さは知っての通りです。あのまま処刑するのはいささかもったいないことかと。騎士たちにも慕われていますし、処刑して騎士団に反抗心をくすぶらせるのは得策とは思えません」

リドリーが皇帝だけでなく重鎮たちにも目を向けて言うと、それは確かに、と彼らも納得し始める。リドリーはちらりと皇帝を見上げた。皇帝の瞳には退屈そうな色しか浮かんでいない。このやり方では、皇帝の心は動かない。

「強さか……。だが、我が国の騎士団は精鋭揃いだ。一人欠けても、たいした問題ではない。あの生意気な小せがれが消えようと痛くも痒くもないな」

案の定、皇帝は試すように笑った。

皇帝にとっては騎士が一人死のうがどうでもいいのだ。サーレント帝国は人口も多く、騎士団に入りたがる者は星の数ほどいる。リドリーのいた国だったら、そもそも騎士団長を務めるほどの能力がある者をいきなり牢へは入れない。皇族を怪我させたとしても、先に裁判をしてから処遇を決める。この国では皇帝の言葉ひとつで人の生き死にが決まる。

――だとしたら、それに合わせたやり方をしなければならない。

「皇帝。実は私は、彼の者を奴隷にしたのです」

リドリーは唇の端を吊り上げて、少し強めの口調で言った。ハッとしたように重鎮たちが黙り込む。

「ほう」

皇帝の目に初めて好奇心の色が浮かんだ。

「彼の弱みを握り、私の意のままに操ることが可能になりました。処刑するより身の回りに置いて、いたぶるほうが面白いのではないかと思いつきまして」

リドリーが滔々と語ると、重鎮たちは眉を顰めたが、皇帝は逆に身を乗り出してきた。魔法で従僕にしたとは言えないので、弱みとうそぶいた。

「信じられないでしょうから、目の前でお見せしましょう。シュルツをここへ連れてきて下されば、世にも珍しい見世物をご覧になれますよ」

不敵に笑って言うと、皇帝はすっかり面白そうな目つきになり、手を叩いた。

「真実ならば、面白い。誰か、牢からシュルツを連れて参れ」

皇帝に命じられ、近衛騎士が「はっ」と声を上げて急いで駆けていく。

シュルツはしばらくして腕を枷で縛られた姿で、近衛騎士に連れてこられた。重鎮たちはシュルツを見て、哀れむような視線だ。重鎮の半数以上は、皇帝の暴君ぶりを嘆いている。

シュルツは汚れた姿のまま、謁見の間にいる皇帝や重鎮、そしてリドリーを確認した。リドリーに対してシュルツは思うところがあるのか、近衛騎士を振り切って駆け寄ろうとしてきた。

「皇帝の御前だ。騒ぐな」

駆けだしたシュルツは、リドリーの言葉でぴたりと動きを止めた。本当はリドリーの胸ぐらを摑みたかっただろうが、どんなに動こうとしても身体が動かないので驚愕している。

「おお……」

重鎮たちがリドリーの言うことを聞くシュルツに注目する。

「シュルツ様、勝手な行動は取らないで下さい」

近衛騎士たちはシュルツの身を案じて、急いで両脇に回り腕を捕らえる。近衛騎士に促され、シュルツは玉座の前に連れてこられた。リドリーはシュルツの隣に立ち、燃えさかる目つきで自分を見る男を指さした。

「シュルツ、その場に犬のように這いつくばれ」

リドリーが面白がるような声音で命じると、シュルツの顔に怒気が走った。重鎮たちは誰もがリドリーに摑みかかると思ったようだが、意に反してシュルツはよろよろと膝をつき、犬のように四つん這いになった。シュルツの顔にどうして、という言葉が書かれている。こんな無様な姿はさらしたくないはずなのに、身体が勝手に動いてしまうのだから当然だろう。

「ほう……」

皇帝は嬉々とした様子で顎を撫でた。

「シュルツ、私の靴を舐めろ。犬ならできるだろう？」

リドリーがなおも指示すると、シュルツの全身が大きく震えた。騎士団長まで務めた貴族の彼には耐えられない屈辱的な行為だ。だがシュルツは震えながら、リドリーの革靴を舐め始めた。

皇帝と重鎮の動揺は大きかった。

「すごいではないか！」

特に皇帝は興奮して、両手を叩いて喜んだ。日頃から生意気な態度をとるシュルツの変貌ぶりに、狂喜乱舞している。

「一体どんな手を使ったのだ？　あのシュルツが犬のようにお前に従っているではないか！

ここまで従順になる弱みとは何だ⁉」

皇帝に身を乗り出して聞かれ、リドリーはにこりと笑った。

「それは私の切り札でございますから、ご容赦を。見ての通り、ホールトン卿はもはや私の犬でございます。飼い主としてしっかり躾けますので、私がもらい受けてもよいでしょうか？」

リドリーは優雅に礼をして言った。

「ふふ……。貴様は使えない豚だと思っていたが、なかなかやるではないか。いいだろう、シュルツ・ホールトンをお前の専任護衛騎士としよう」

皇帝が手を挙げて、言い切る。

「ありがとうございます」

リドリーは内心喝采を上げつつ、足下で怒りに震えているシュルツを見下ろした。

「では私はこれで。お時間を取っていただき感謝の念に堪えません」

皇帝に頭を下げ、リドリーは背後で硬直している近衛騎士に目を向けた。

「この汚さでは私の傍には置けない。入浴させ、散髪して、身なりを整えて私の元へ寄越すように」

「分かりました！」と敬礼した。シュルツは近衛騎士に引きずられて謁見の間を出ていく。リドリーに命じられると、それまで舐めた態度をとっていた近衛騎士たちが背筋を伸ばして
ドリーも皇帝の気が変わると困るので、早々に退室した。

廊下で待っていたスーは、緊張が解けて汗だくになっているリドリーにハンカチを手渡す。

（シュルツ、怒ってるよなー）

憎悪で人が殺せるなら、自分はとっくに死んでいるかもしれない。去り際に睨んできたシュルツの表情を思い返し、リドリーは背筋を震わせた。

シュルツは一時間後に近衛騎士と共にリドリーの私室に連れてこられた。連れてきた近衛騎士たちは複雑な表情をしている。謁見の間での出来事を聞き及んでいるのだろう。処刑を免れたのはいいが、騎士として名誉を重んじる彼らにとって許しがたい出来事だ。

伸び放題だった髪を切り、髭を剃ると、シュルツは目を奪うようないい男だった。端整な顔立ちは女性の心を射貫くだろう。高身長で鍛え上げた肉体を持ち、崇高な魂を持つ、好物件だ。ぼろ布だった衣服を脱ぎ、白いシャツと麻のズボンを穿いている。

近衛騎士に両脇を挟まれ、シュルツは憮然とした表情で立っている。その両目はぎらぎらした憎しみでいっぱいだ。彼の怒りは部屋の隅にいたスーにも伝わり、震えながら立っている。近衛騎士たちもリドリーに飛びかかるのではないかと、ひやひやした様子だ。

「手枷は外していい」

リドリーはシュルツの手枷に気づき、近衛騎士に命じた。近衛騎士たちは戸惑いながら手枷を外した。自由になったシュルツがいきなり殴りかかってくるかと思ったが、怒り狂いつつもその場から動かなかった。

「シュルツ以外は部屋を出ていい。近衛騎士たちも今後は俺の護衛は不要だ。シュルツがいるからな」

リドリーは軽く手を振って言った。近衛騎士たちは二人きりにして大丈夫かという顔つきで、部屋を出て行った。

「スーも呼ぶまでしばらく出ていてくれ」

リドリーはスーに声をかけた。スーは不安そうにシュルツを見やり、おずおずと部屋を出て行く。

部屋に二人きりになると、静寂が訪れた。

この場でやることは決まっている。

「本当に申し訳ない‼」

リドリーは、がばっと床に這いつくばり、大声で謝った。いきなり絨毯に額をこすりつけて謝罪を始めたリドリーに、シュルツがぎょっとする。

「皇帝の許しを得るためにはああするしかなく！　ほんっとーに申し訳ない！　ごめん！」

リドリーは誠心誠意謝り倒した。

シュルツと不仲になるのは大変困る。これから公私ともに助けてもらわねばならない相手だ。シュルツの性格は曲がったことが嫌いで正義感が強い。こういうタイプには正攻法の謝罪が効く。

「気が済むまで俺のこと殴っていいから！」

謝罪一辺倒のリドリーにさすがのシュルツも気を呑まれている。リドリーが本当に悪いと思っているのは分かったのか、シュルツの表情が和らぎ、膝を落とす。

「もう……けっこうです。処刑を免れたのは……私も理解しております」

シュルツが言いづらそうに呟き、絨毯に額を擦りつけるリドリーの肩に手を置く。リドリーはホッとして顔を上げた。シュルツの目から憎悪の色が消えている。基本的にこの男は優しい。リドリーが反対の立場だったら、「土下座に何の意味が？」と許さなかっただろう。

「だが、あなたには聞きたいことがある……。あなたは本当にベルナール皇子か……？　私に一体何の魔法をかけたのだ？　あなたの言葉にどれだけ逆らおうと、身体が勝手に言うことを聞いてしまう……っ」

無理矢理靴を舐めさせられたことを思い出したのか、シュルツの顔が険しくなる。

「この話は他言無用だが、俺はベルナール皇子ではない」

シュルツには真実を明かしておくべきと思い、リドリーは声を潜めて明かした。シュルツが動揺したように身を引く。

「魔法で化けているわけではない。雷に打たれて気づいたらこの身体に入っていたんだ。そもそも俺は隣国の人間で、この国の情勢には明るくない」

シュルツの様子を窺いつつ、リドリーは立ち上がって言った。

「身体が……入れ替わる？　そんな馬鹿な話があるのか……？」

シュルツは疑惑の念を抱いている。

「俺も同意見だが……実際に俺の身に起こっていることなのでしょうがない。俺だってこんな豚な皇子になんか変わりたくなかった。しかも騎士団長を牢に入れるとか、ありえない。朝からこってりした料理は出てくるし、義理の妹たちは馬鹿にするし、皇帝に至っては最低の屑だな。俺の国の王を見習ってほしい」

リドリーはテーブルの方に移動してため息をこぼした。

「皇帝を……屑、とは」

シュルツは息を呑み、黙り込む。皇帝に不満があるくせに、表だって不敬な発言はできないのか。

「いや、屑だろう。かなりの暴君だ。息子がこいつしか生まれなかったことといい、魔女に呪われているそうじゃないか。相当な恨みを買っているのだろう」

リドリーはテーブルの上に置いてあったカップに、ポットから熱い紅茶を注いだ。リドリー自身が給仕するのを、シュルツが驚いたように近づいてくる。

「私が」

「これくらいできる。まぁ、座れ」

リドリーは二人分のカップに紅茶を入れて、シュルツに促した。シュルツは身体が勝手に椅子に腰掛けるのを、不満そうにしている。

「すまん、この魔法は安易に解けないのだ。なるべく命令はしないようにするから許してくれ」

リドリーは湯気の立ったカップを、シュルツの前に置く。自分の分もセットすると、向かいの席に腰を下ろした。

「あなたの……正体は何だ?」

探るような目つきで聞かれ、リドリーはふうと息を吐き出した。

「隣国というとアンティブル国か?　それともデトロン国……?　あるいは」

シュルツはじっとリドリーを見つめる。

「アンティブル国、とだけ明かしておこう」

リドリーはシュルツの目を見返して答えた。まだシュルツを信用して正体を明かすことはできない。

「ともかくそんなわけで、俺は国に戻り、自分の身体がどうなっているか知りたいのだ。最悪の場合、ベルナール皇子が俺の身体に入っている。この無能な皇子が俺に変わっていると思うと、ゾッとするが……」

苦悩を滲ませて、リドリーは紅茶に口をつけた。皇宮だけあっていい茶葉を使っている。

「知っての通り、我が国とサーレント帝国は国交を樹立していない。これからあらゆる手を使い、俺は国へ戻るつもりだ。シュルツには俺の護衛を頼みたい。ここだけの話だが、ベルナール皇子は命を狙われていてな。守りたくないだろうが、頼む」

リドリーは深く頭を下げて言った。

「……皇族を守ることは騎士の役目だ。頭など下げなくていい」

シュルツが落ち着いた声音で言う。ホッとして顔を上げると、シュルツは複雑そうに髪を掻く。

「……あなたは本当にベルナール皇子ではないようだな。あの皇子が俺に頼みや頭を下げるなどするはずがない」

シュルツの視線が紅茶に落ちる。

「俺がベルナール皇子ではない証を見せよう。お前に手伝ってもらおうと思っていたのだ」

シュルツの心がほぐれてきたのを感じ、リドリーは明るく言った。呼び鈴を鳴らす。ノックの音と共に、スーが扉を開ける。

「お呼びでしょうか、皇子」

スーはシュルツがお茶を飲んでいるのを見て、安堵の表情だ。喧嘩になっているのではないかと案じていたのだろう。

「バスタブに水を張ってくれ」

リドリーはスーに頼んだ。

「水……ですか？　お湯ではなく？」

スーは肌寒さを感じる気温なので、首をかしげている。

「水でいいんだ。できるだけ冷たく」

重ねてリドリーが頼むと、かしこまりましたと頭を下げて出ていった。

「何をなさるおつもりで……？」

シュルツは面食らった様子だ。

ベルナール皇子の部屋はいくつかあるが、浴室だけで一室ある。わざわざ自分のためだけにお湯を運ばせるのが嫌だったので、入浴は皇族が使える大浴場を使っていた。ベルナール皇子専用の浴室は、凝ったタイルが敷き詰められ、猫足の特注サイズの大きなバスタブが置かれている。リドリーはそこへシュルツと共に移動した。

「水を張りました」

スーはバスタブを水で満たして言う。

「ご苦労だった。もう下がっていい」

リドリーはスーを浴室から追い出した。シュルツは一体何をするのかとリドリーと水の張ったバスタブを見比べている。

「俺は火魔法が使える」

リドリーは衣服を脱ぎながら明かした。シュルツが目を丸くした。

「ベルナール皇子は風魔法しか使えません。本当に火魔法を……？」

「ああ。けっこうな上級者だぞ。上級魔法で、身の内を火で焼くというのがあってな」

脱いだ衣服を籠に放り投げ、リドリーはズボンのベルトを外す。太っていると衣服の脱ぎ着が面倒この上ない。下着まで脱ごうとすると、シュルツが赤くなって背中を向けた。

「身の内を焼く……とは？」

「病気や瘴気(しょうき)を消す魔法でもあるんだが、この太った身体にも有効だ。脂肪を燃焼する」

リドリーは決意を秘めた眼差(まなざ)しで告げた。

「脂肪……」

「この身体に入れ替わってから必死にダイエットをしているんだが、せいぜい五キロ程度しか落ちていない。手っ取り早く脂肪を燃焼し、身軽な身体になるつもりだ。それでシュルツ、その魔法を使うと一時的に火傷に近い状態になるので、俺をすぐさまこの水の中に放り込んでほしいのだ」

背中を向けているシュルツに、リドリーは頼んだ。シュルツが振り返り、あんぐり口を開ける。

「それは危険な魔法なのでは？」

「危険だが、やる価値はある。頼んだぞ」

リドリーはそう言うなり、両手に魔力を込めた。赤いオーラが身体全体を覆い、シュルツがびっくりしてたじろぐ。

「炎魔法、我が炎よ身の内を焼き尽くせ」

リドリーは炎魔法を身体の内側に向けて放った。とたんに業火に焼かれたように身体が熱くなり、激しい蒸気が肌から噴き出した。あまりの熱さに咽(のど)さえもやられて息ができなくなる。炎は身体の内側にあるこびりついた脂肪を燃やしていった。

リドリーが助けを求めるように手を伸ばすと、ハッとしてシュルツがリドリーの身体を抱え上げ、バスタブに落とした。大きな水飛沫(みずしぶき)が起こり、水は一瞬にして沸騰した湯となった。

スーには絶対頼めなかった。か弱い女性にはリドリーの体重を支えることすらできないだろう。さすが騎士団長を務めただけあって、シュルツは百キロを超えているリドリーを抱え上げることができた。

「ぷはぁー……っ」

水の中に沈んで、リドリーはやっと息をついた。

「皇子！　大丈夫ですか⁉」

シュルツがリドリーの肩を摑んで声を上げる。リドリーはふらふらになりながらも、どうにかしてバスタブに腕をかけた。

「何とか……、ふう、あと少し燃えてたら全身ケロイドになっていたな」

自分の赤くなった肌を確認し、リドリーは笑った。

炎魔法は強力だった。明らかに肉が落ちている。腕回りや腰回りの肉を見るに、おそらく二十キロくらいは体重が落ちたはずだ。

「あと三回くらいやれば、標準体重になるはずだ」

満足げにリドリーが言うと、呆気に取られた様子でシュルツが膝を落とす。

「信じられない……無謀な方だ」

シュルツは喘ぐように息をこぼし、キッと眦を上げる。

「この身体は恐れ多くもこの国の後継者であるベルナール皇子のものなのですよ！　死と隣り合わせのような危険な真似はしないでいただきたい！」

激しく叱責され、リドリーはたじろいだ。

こいつのせいで処刑されかけたというのに、本気で身を守ろうとしている。リドリーからすれば理解しがたいことだが、シュルツというのは愛国心の塊のような男だったらしい。

「分かった、分かった。じゃあ続けてやるのはやめるよ……」

あと一回くらい魔法を使おうと思っていたが、続けてやると疲労困憊して倒れるかもしれない。

「まだおやりになると……?」

シュルツは青ざめて眉根を寄せている。

「大丈夫だ、手はずは大体分かったろう? お前さえ失敗しなければ、大丈夫だから!」

リドリーはシュルツの手を借りてバスタブから起き上がり、快活に言い放った。呆れたように自分を支えるシュルツに笑みを向け、火照った身体をタオルで包んだ。

## ◆2　生まれ変わった皇子

　ゆうに一カ月かけて三度の炎魔法を用い、リドリーは標準体重になった。

　その日、皇宮では皇后の生誕を祝う夜会が行われた。主立った貴族が集められ、皇族も全員出席していた。

「皇后様とベルナール皇子のおなりです！」

　大広間に続く大階段を、皇后の手をとってリドリーはゆっくりと下りていった。とたんに、大広間にいた貴族たちがざわめき出す。

「あれは、誰だ……？　まさか、皇子……？」

「嘘でしょ、あの白豚皇子が……⁉」

「あ、ありえない……、何ということだ……」

　貴族たちが口々に騒ぎ出したのも無理はない。ダイエットを成功させて皆の前に立ったリドリーは、肌の白い金髪、薄紫の目を持った美青年だったのだ。すらりとした肢体に皇宮お抱えの針子の縫った、白を基調とした布地に金の刺繍を施した美麗な衣服が似合っている。それまで百キロ超えの衣服を縫わされていた針子は、痩せたリドリーに感動して精魂込めた一着を縫い上げてくれた。

「まぁ、皆、驚いているわ。あなたがこんなに素敵だってやっと気づいたのね」

エスコートしている皇后が、嬉しそうに頬を赤らめる。皇后も今日は贅を尽くした淡いピンク色のドレスに身を包んでいる。

「母上の美しさには敵いませんよ」

リドリーは皇后に微笑み返し、階段を下り立った。すぐに貴族たちが集まり、痩せて美しくなったリドリーに興味津々で声をかけてくる。

「お義兄様、今宵は私と踊って下さいね」

「あら、ずるいわ。私が先よ。ねぇ、お義兄様」

貴族を牽制するように義理の妹たちが我先にとドレスを揺らしてくる。痩せてすっかり態度が変わったのが、義理の妹たちだ。それまでずっと馬鹿にしていた癖に、実は美青年だと分かり、ころりと態度を変えた。

「今日はこの世で一番大切な母上の生まれた日です。母上、一曲お相手願います」

リドリーは義理の妹たちに背を向け、皇后に微笑みかけた。傍にいた貴族の若い女性たちが、リドリーの微笑を目にして頬を赤らめる。

「あらあら、私に気を遣わなくてもいいのに」

皇后は嬉しそうに笑い、手を差し出したリドリーに手を重ねた。そのままリドリーは皇后を伴い、ダンスホールに立った。リドリーと皇后の登場に合わせ、弦楽器の演奏が始まる。リドリーは礼をして、皇后の手を取り音楽に合わせて踊り出した。

「あなた、こんなにダンスが上手かったかしら?」

皇后はリドリーのエスコートに感激しつつ、ドレスの裾を翻している。皇后の動きをよく観察しつつ、リドリーは微笑んだ。

「痩せて動きが軽くなったのです」

ベルナールのダンスの腕前は知らないが、リドリーの言い分で皇后は納得したようだ。貴族たちの羨望の眼差しを浴び、つくづくダイエットが成功してよかったと悦に入った。

(ほんっとーに、この白豚皇子は、ふつうに育ってればちやほやされただろうに)

痩せて美しい顔立ちが現れた時に、リドリーは心底そう思った。たとえ無能だろうと美しさに引き寄せられる者は多い。過食さえしなければ、大勢から馬鹿にされる皇子にはならなかったはずだ。

「今日は嬉しい日だわ」

ダンスを踊り終えると、皇后は目を潤ませて言った。ベルナールへの貴族たちの態度には、皇后も思うところがあったのだろう。甘やかしてばかりで皇后としてはどうかと思うが、母親としてベルナール皇子への愛は本物だった。

「母上のためにがんばりました」

リドリーは皇后の手を取り、囁いた。皇后が深く頷く。

ダンスが続く中、皇帝の登場を知らせるラッパが鳴り響いた。大広間にいた貴族たちが、全員膝を落とし、らせん階段を下りてくる皇帝に礼を尽くす。

皇帝は赤いマントを翻して侍従と共に階段を下りて踊り場に立った。皇后はリドリーの隣を離れ、しずしずと階段を上っていく。

皇帝が大広間にいる貴族たちに立つよう促し、給仕が渡してくる酒入りのグラスを受け取る。

「今宵は皇后のために、祝杯を上げてくれ」

皇帝の隣に皇后が立つと、皇帝が渡されたグラスを高らかに掲げる。

「皇帝陛下、万歳！　皇后様、万歳！」

貴族たちが声を揃え、グラスの酒を飲み干す。皇帝と皇后が大広間に下り立ち、近づいてきた貴族たちに声をかける。リドリーもゆっくりと皇帝の傍に近づいていった。

「おお、ベルナールよ」

リドリーの姿に気づき、皇帝がにやりとする。

「もうお前を豚とは呼べなくなったな！　生まれ変わるという言葉は真実だったらしい。すっかり別人ではないか」

皇帝は笑いながらリドリーの背中を叩く。貴族たちが周囲にいるにも拘わらず、皇帝は平気で皇子を豚呼ばわりする。

（こいつ、マジで嫌な皇帝だな）

内心そう思いつつも、リドリーは笑みを浮かべ、皇帝にお辞儀をした。

「はい、おかげさまで身軽になりました」

リドリーが平然と皇帝の言葉を受け流すと、面白そうに目を細めてくる。

「ふふん。そういえば、港を視察したいという要望だが、許可を出そう」

グラスに新たな酒を注がれながら、皇帝が鷹揚に言う。

「本当ですか！」

リドリーは目を輝かせて言った。

「ああ。ドーワン港だったな、十日後に行く手はずを整えている。くわしくは宰相から聞け」

皇帝がじっとリドリーを見てグラスを揺らす。

「ありがたき幸せ。海域の流通を学んで参ります」

リドリーが胸に手を当てて言うと、少しだけ面白くなさそうに皇帝が頷いた。

リドリーは皇帝の前から離れ、すれ違う人々と軽い挨拶を交わしながら奥へ向かった。途中で気になる令嬢を見かけた。ちらちらとこちらを見やり、物言いたげにしている綺麗な女性だ。単に痩せて美しくなったリドリーに興味を持ったという視線なら、気にはしなかった。リドリーが気になったのは、令嬢の顔が青白く、唇が震えていたからだ。

「まぁ、あそこにいるのはシャロン嬢じゃありませんか」

近くにいた婦人たちと談笑していると、目ざとく令嬢の姿を見つけて扇子で口元を覆う。

「ベルナール皇子が美しくなられたので、焦っているのではありませんか？」

「そうね、以前は皇子に冷たくなさっていたのにね」

「しょせん、男爵ですもの。いいとこ側室でしょう」

婦人たちはいい気味だというように密(ひそ)やかに笑い出す。そういえばスーからもベルナール皇子が、シャロンという男爵令嬢を気に入っていたというのを聞いたことがある。

（ふーむ）

リドリーは婦人たちのおしゃべりに適当に相づちを打ちながら、頃合いを見て離れた。わざと人気(ひとけ)のない奥へ向かうと、シャロンがついてくる。

リドリーは一番奥にあるテラスに足を向けた。周囲に人がいないのを見計らい、「シュルツ、いるか？」と独り言を述べた。

「はい、お傍に」

リドリーの声は低く小さかったが、いつの間にか隣にシュルツが立っていた。今日のシュルツは近衛(このえ)騎士の制服を身にまとい、凛(りん)とした姿だ。きちんとした身なりをすると、見蕩(みと)れるほどいい男だ。

リドリーはテラスの扉を開け、振り向いた。

「シャロン嬢が来たら、通してくれ。他の者は追い出せ」

シュルッに囁くと、「分かりました」とテラスへの出口に立つ。リドリーは夜風に当たりながら、テラスの中央に立った。半円形のテラスには休憩用のベンチがあり、小さなテーブルには一輪の花が活けられていた。

ほどなくして、扉からおずおずとシャロンが出てくる。

「やぁ、シャロン嬢。よい夜だね」

リドリーはにこりと笑い、シャロンに話しかけた。ベルナールが執心しているだけあって、シャロンは人形みたいに整った顔立ちだった。黄色のドレスの裾を持ち上げ、「ベルナール皇子、ごきげんよう」と挨拶をする。

シャロンは視線を泳がせながら、手すりに手をかけるリドリーの横に立った。

「あの……ベルナール皇子……」

「何だ?」

シャロンを観察しつつ、リドリーは促した。

「あ、あの……私、と一緒に……東屋へ、参りませんか?」

シャロンはリドリーの視線を受け止めきれず、うつむいて呟く。その細い肩が小刻みに揺れている。息も乱れているし、手汗を掻いているのか、扇子を持つ手もわなないている。シャロンの様子がおかしいのは明白だった。

「東屋か……ちょっと失礼」

リドリーはシャロンをベンチに座らせると、テラスへの出口に立つシュルツに寄り添った。

「シュルツ、俺の命を狙う賊が東屋に潜んでいる。先回りして捕まえておけ。近衛兵も連れて行っていい」

リドリーが耳打ちすると、シュルツの顔がすっと強張り、「分かりました」と頷く。シュルツはすぐに姿を消した。これで上手くやってくれるだろう。

「あの……？」

ベンチに座ったシャロンが不安そうに見上げてくる。

「ああ、東屋だね。少ししてから行こう」

リドリーはシャロンの隣に座り、足を組む。そのまま無言でいると、シャロンがチラチラこちらを見る。

シャロンの恐怖を抱えた様子から、暗殺者に脅されているのだろうというのは推測できた。夜会は暗殺ギルドが忍びやすい格好の舞台だ。

「では参ろうか」

もういい頃かなと思い、リドリーは立ち上がってシャロンに腕を差し出した。シャロンは戸惑いながらリドリーのエスコートで大広間に戻る。

リドリーはシャロンを伴い、中庭に出る扉から外へ出た。大広間の喧噪が窓やテラスから漏れ聞こえている。面倒くさかったのでシャロンに何も話しかけずにいると、いつもと違うと感じたのか、シャロンが恐れるように見上げてきた。

「ベルナール皇子……あの」

東屋が近づき、リドリーは「しっ」と唇に指を立てた。ここまで離れると、わずかに音楽が聞こえるだけだ。

「何者だ、お前！」

「うぐっ」

遠くから男の争う声と、剣を交える音がした。ハッとしてシャロンが足をすくめ、ぶるぶる震え出す。リドリーは物音が収まったのを確認し、東屋へ近づいた。

「捕まえたか？」

リドリーが声をかけると、東屋の傍で、シュルツが黒い装束の男を縄で拘束している。近衛騎士が他にも二人いて、足下に落ちたナイフを拾い上げていた。

「はい。他にはいないようです」

シュルツは有能で、身を潜めていた賊を無事捕縛した。黒い装束の男は足から血を流し、痛みに呻いている。

「お、皇子……っ、皇子、私は……っ」

捕まった賊を見るなり、シャロンはわっと泣き出して、その場に頽れた。

「も、申し訳ございません！　私の……っ、私のせいで」

泣き出すシャロンの肩に手をかけ、リドリーは安心するよう微笑んだ。

「大丈夫だ、あなたが脅されて俺をここへ誘ったことは分かっている」

リドリーが優しく語りかけると、シャロンが顔を上げ、驚きにわななく。

「家族の命でも盾にされたか？　くわしい話はそこの近衛騎士にしてくれ。すぐに手を打とう」

リドリーが近衛騎士を手招いて言うと、シャロンが感激したように頬を紅潮させる。

「ベルナール皇子……っ、何故、お分かりに!?　私、弟を人質に取られて、皇子を東屋へ呼び出さなければ殺すと言われて……っ、申し訳ありません、どのような罰でも受けます！　ですから弟を……っ」

リドリーにすがりつくシャロンの肩にそっと手を置き、深く頷いた。

「あなたも被害者だ。罰などないよ。俺はこうして無事だし。――聞いたとおりだ、早急にその賊を締め上げ、シャロン嬢の弟の無事を確認しろ」

リドリーは駆け寄ってきた近衛騎士にシャロンを託して言った。

「了解しました！」

近衛騎士が敬礼して、シャロンに手を貸す。応援に来た近衛騎士に賊を引き渡し、リドリーはシュルツと共にその場を離れた。

るべきでは」

「皇子……、よろしいのですか？　本来なら皇族の命を危険にさらしたシャロン嬢は罰を受けるべきでは」

汚れた白い手袋を外しながら、シュルツが問う。

「いや、彼女は被害者だよ。こうして無事だったし、問題はない」

リドリーはきっぱりと言い切った。シュルツが感銘を受けたようにリドリーを見つめる。

（だって俺が依頼したからね。ぶっちゃけ罰を受けるのは俺だよね……）

令嬢に寛容な態度をとったリドリーを誤解しているシュルツには、とても言えない。

「それよりドーワン港へ行く許可が出た。お前も帯同してくれ」

リドリーは小声で伝えた。

ドーワン港へ視察に行きたいと要望を申し出たのは一週間ほど前のことだ。自国と連絡をとりたいと願っても、国交が回復していない以上、手紙すら出すことはできない。そこで考えたのが、ドーワン港だ。サーレント帝国には港が五つあるのだが、ドーワン港にはデトロン国の商団も出入りしている。デトロン国はアンティブル国とサーレント帝国、ともに国交を樹立している。ドーワン港に来る海運関係者の中で、自国にも輸送を行っている者を探し出し、手紙を託す——というのがリドリーの考えた手だ。ただ、ドーワン港は帝都から近いといっても、馬車で最短距離でも一週間かかる。皇子という身分になったせいで、気軽に出かけられる場所ではない。皇帝の許可が下りて本当によかった。

「はい、お供します」

シュルツは周囲に目を向けながら、頷く。暗闇に賊がいないか、油断なく目を光らせている。

「お前は本当に有能な騎士だな……。あの短い時間でよく賊を見つけたものだ」

中庭を歩く途中、リドリーは感心して言った。

「気配には敏感なほうで」

シュルツは褒められてわずかに照れた顔つきだ。こんな有能な騎士が処刑されなくてよかった。もし元の身体(からだ)に戻れたら、シュルツを自国に連れていきたいくらいだ。

「シュルツ……お前、恋人はいるのか？　それだけいい男なのだから、モテるだろう？」

シュルツの横に立ち、リドリーは興味を引かれて問うた。

「私にそのようなものは不要です。我が身は皇家のために捧(ささ)げておりますので」

シュルツの答えは揺るぎない。たまにこういう馬鹿正直な忠臣がいる。あれほどひどい目に遭っても、洗脳されたみたいに皇家に尽くす。

「いやいや、最終的に大事なのは自分の命だろう？　しかも俺は本物じゃないし」

頑(かたく)なな態度のシュルツに呆(あき)れ、リドリーはシュルツの腹を軽く叩いた。鋼のように硬い筋肉に押し返される。

「あなたの正体については分かりませんが、……尊敬に値する人物というのは存じてます」

シュルツの腹をぽこぽこ叩いていると、どこか恥ずかしそうな顔をして避けられる。腹筋を見せてくれと頼みたいところだ。

「尊敬ね……」

何ともいえない表情で黙り込んだリドリーに、シュルツが突然立ち止まる。前方から近衛騎士が一人、駆け寄ってくる。

「皇子、申し訳ありません。先ほどの賊なのですが……」

近衛騎士がリドリーに迫ってくる。ふいに刃がきらめいたと思った瞬間には、リドリーはシュルツの腕に抱えられ、近寄ってきた近衛騎士の腹には、シュルツの剣が突き刺さっていた。

「あぐ……っ、な、何故……っ」

近衛騎士は血を吐いて、よろめく。その手にナイフが握られていて、最期の力を振り絞ってリドリーにナイフを投げつけてくる。

「おっと」

とっさに避けたが、腕にかすって服が破れた。シュルツは突き刺した剣を引き抜き、近衛騎士にトドメを刺す。断末魔の悲鳴を上げて、近衛騎士に扮(ふん)した賊が倒れた。

「大丈夫ですか⁉」

賊の死を確認して、シュルツが血相を変える。

「ああ、まさかの二段構えだったな。ちょっと服が切れただけだ」

リドリーは倒れた近衛騎士を見下ろし、腕を上げた。衣服が切れただけだと思ったが、腕ま

で届いていたらしく、一筋の血が流れてくる。

「すぐに手当てを。誰か！」

シュルツの大声の呼びかけに、近くを警備していた近衛騎士たちが集まった。彼らは近衛騎士の制服に動揺し、顔を確認して見知らぬ男だと胸を撫で下ろした。

「こちらに近衛騎士のビルが倒れてます！」

草むらに全裸で意識を失っている近衛騎士が発見され、騒ぎになった。どうやら暗殺ギルドは近衛騎士の制服を奪って成り代わり、リドリーに近づいて来たらしい。

「さすがだな、シュルツ。近衛騎士に扮した賊を見破るとは」

上衣を脱ぎながら、リドリーはシュルツを褒め称えた。まだここへ来て日の浅いリドリーには、近衛騎士全員を把握することはできなかった。シュルツのおかげで命拾いしたと労をねぎらった。

「それよりも、痛くはありませんか？　血を止めるために縛ります」

中に着ていたシャツをまくり上げると、左腕に斜めに傷ができている。思ったより血が流れてきたので、腕を上げた。シュルツは手際よく二の腕を細い布で縛った。リドリーが怪我をしたせいか、どんどん近衛騎士が集まってくる。

「面倒だな。部屋へ戻ろう」

たいした痛みではなかったが、あまり大騒ぎになっても困る。

「今宵は母上の誕生日だ。私が怪我したことは、明日まで内緒にしてくれ。分かったな？」

リドリーは集まった近衛騎士に命じた。近衛騎士たちは全員「分かりました」と胸に手を当てて答えた。

リドリーはシュルツと共に、人があまり通らない出入り口から城に戻った。

近衛騎士たちはシュルツを従えた最初は微妙な態度だったが、最近ではリドリーに礼儀正しい態度をとるようになった。はっきり聞いたことはないが、シュルツが彼らの心を解きほぐしたのだろう。あとは、やはりビジュアルは大事なようだ。痩せて美しくなった皇子に、近衛騎士たちも守り甲斐を感じているらしい。

部屋に戻る廊下の途中で怪我をしていることを侍従に気づかれ、すぐさま医師が呼ばれた。幸い、部屋に着いた頃には血が止まり、じんじんとした痛みがあるくらいだ。

「私がついていながら、お怪我をさせて申し訳ありません」

シュルツはかすり傷ひとつで、苦悩を滲ませている。

「大げさだな。この衣服が切れやすかったのが原因だ」

傷口に包帯を巻かれ、リドリーは辟易して呟いた。衣装を着替え、鏡の前で乱れたところがないかチェックする。

「では大広間に戻るぞ」

リドリーはシュルツと共に部屋を出て行った。シュルツはまた大広間に戻るとは思わなかったらしく、面食らっている。

「しかし、皇子、怪我を……」

「俺は今宵、怪我などしていない。さっき、近衛騎士たちにもそう言っただろう」

リドリーはにやりとして大広間に続く廊下を歩いた。

「心配なら、常に傍にいろ」

冗談でリドリーが言うと、シュルツは生真面目な顔つきで「心得てございます」と頷いた。

大広間に戻ると、リドリーの姿が見えなくなったと皇后が気にしていたと皇帝の側近から言われた。リドリーは何事もなかったように皇后に話しかけ、皇后や公爵家の令嬢、義理の妹たちとダンスをこなした。

（ドーワン港へ行き、早く自国の者と連絡を取れる者を探さなければ。そして暗殺ギルドの依頼を取り消してもらおう！）

貼りついた笑顔で貴族たちと会話をしつつ、リドリーはじんじんする腕を厭（いと）った。

腕の怪我が治った頃、リドリーはドーワン港へ視察に赴いていた。

皇家の所有するきらびやかな馬車に乗り、近衛騎士を十数人率いての視察だ。目立つことこの上なく、ドーワン港に至る道の途中にある山道で山賊に襲われないか心配だった。馬車の前後には近衛騎士が隊列を組み、周囲を警戒している。

（地形を記憶しておこう。いずれ元の身体に戻ったら役に立つかもしれない）

リドリーは馬車の窓に流れる風景を目に焼きつけた。国交が回復していないので、スパイを潜入させるくらいしかサーレント帝国について知る機会はない。これまで情報だけで知り得たものを、自分の目で確認するのは有意義なことだった。帝都から港に向かう街道は、ほぼ整備されている。裕福な国だからこそなせるワザだろう。リドリーのいる国では、これほど道は整備されていない。人々の身なりも水準が高く、民家も多く建っていた。無論スラム街はあるはずだが、それでもサーレント帝国は潤った国と言わざるを得ない。

「……港に行って、何をなさるおつもりですか？」

馬車に揺られ、四日が経った頃、シュルツがふと尋ねてきた。一人で馬車に乗るのが退屈だったので、シュルツにも同乗させている。シュルツはリドリーが話しかけない限り沈黙していたが、さすがに気になったのだろう。

「知り合いを捜す。お前にも手伝ってもらうかもしれない」

リドリーは窓から目を離し、答えた。今夜は湖の傍で野営を張るので、日が暮れても馬車は走り続けている。シュルツは騎士団の制服を着ているが、リドリーはシャツにズボンというラフな服装だ。

「俺がベルナール皇子ではないことは、もう信じたのか？」

リドリーはシュルツの整った顔立ちを見つめ、にやりとした。

「……簡単には信じられないことですが、ベルナール皇子とは別人としか思えないのも確かです。皇子が心を入れ替えたと思いたいところですが」

シュルツはじっとリドリーを見据えて言う。シュルツは目力が強く、見つめられるとこちらは穴が開きそうになる。

「本当にあなたが隣国の者なら、……敵、にもなりかねませんので」

シュルツが不穏な気配を漂わせる。騎士団長を務めていた男だ。あらゆる可能性を鑑みているのだろう。

「お前に嘘は言わない」

シュルツの硬い表情を崩したくて、リドリーは真面目に言った。

「ところで近衛騎士が俺のほうを見ながらひそひそ話しているのだが、何かまずいことでもしたか？」

リドリーは気になっていたことを尋ねた。昨夜も野営した森の中で近衛騎士に困惑した目で見られたのだ。

「それは……、以前のベルナール皇子でしたら、野営などするとうるさかったので……。外で寝るのが不潔と言って、どうにかして宿屋に泊まろうとなさっていました。今回、野営ばかりなのに、文句ひとつ言わないので騎士たちも戸惑っているのです」

シュルツが声を低めて教えてくれる。なるほど、文句を言わないのが逆に不気味に思えたのか。無駄金を使いたくなかったので、ほとんど野営だ。皇子の身分とはいえ、今回は完全に私的な目的でドーワン港へ行く。敵国だから金を遣いまくろうかと思ったが、性に合わない。

「いちいち宿に泊まっていたら、大回りで行く羽目になるじゃないか。時間の無駄だ」

今回旅のルートは、最短距離にしてもらった。以前のルートより二日早めにつくことができる。そういえば宰相に地図と共にルートを示された時に、何故そんな大回りをするのか疑問を投げかけると、意外そうに見返されたっけ。あれは以前の皇子らしからぬ発言だったからか。

「……あなたがベルナール皇子ではないというなら、本当のあなたは何者なのですか？」

考え込んでいると、シュルツが思い切ったように尋ねてきた。リドリーは頬に手を当て、小さく笑った。

「魔法を使えるし、特殊な能力も持っている……。洗練された所作からも貴族であるのは間違いありません。それに人を見抜く力もあるようだ。隣国では、重要な地位にいた方では？」

シュルツが目を細めて、リドリーを見透かすように言う。シュルツを奴隷にした加護は、アンティブル王国の王とわずかな神官のみしか知らない。加護の力から隣国のシュルツに自分の正体がばれることはないだろう。

「俺の正体については言えない。嘘は言わないと言ったからな。差し障りのない話ならしよう。

ベルナール皇子と同じ年齢で、妻子はいない。お察しの通り貴族で、臣下も多い。身体が入れ替わって、最悪の場合ベルナール皇子が俺の身体に入っていたら、周囲のやつらがどうなっているのか考えるのが恐ろしいね」

リドリーはため息と共に、簡単に答えた。

「ともかく俺は元の身体に戻りたい。そもそもどうしてこんなことになったのかも分からないし……、よりによって国交を回復していないサーレント帝国の皇子になるなんてな。まずは港に行き、知り合いを捜す。そいつにアンティブル王国の知り合いと連絡をとってもらう」

元の身体に戻れないかもしれないということは、なるべく考えずにいた。それを考え始めたら、絶望しかない。サーレント帝国は敵国で、馴染(なじ)みもなければ愛国心のかけらも持てない。皇帝はクソだし、能力のない臣下は多いし、何よりも皇子という立場は敬遠したい。

「……」

シュルツはリドリーの言い分を無言で受け止めた。浮かない顔つきなので、帰りたいリドリーとは意見が違うのは分かった。おそらく無能で周囲に当たり散らす駄目皇子より、まともで仕事ができそうな自分に皇子のままでいてほしいのだろう。

「俺が元の身体に戻れれば、お前も命令を聞く必要はなくなる。俺の真の名で契約したから、ベルナール皇子がお前に命令しても効力はないだろう。まぁ、戦場でもし会ってしまったら、能力を使ってお前を拘束してしまうかもしれんが」

さらりと告げると、シュルツの形相が険しくなった。

「戦争が起きないように、祈るしかない」

リドリーはシュルツの強面から目を逸らした。シュルツには悪いが、実際にそんな状況になったら、迷わずにこの能力を使うだろう。戦闘能力の高いシュルツに剣を振るわれたら、自国の兵士がどれだけ命を落とすか分からない。幸いなことに、宰相である自分は前線には出ない。

「自国の者と連絡がつけば、次にするのはどうにかして自国へ戻ることだ。視察でも留学でも国交を回復させるためでも何でもいい。皇子という身分で簡単ではないが、皇帝を説き伏せて、行く機会を作る」

リドリーは馬車に揺られながら、今後の展望を語った。第一皇子が、国交を樹立していない国へ行くのは至難の業だ。しかも自分以外、男子の跡継ぎがいないときている。皇太子ではないとはいえ、皇帝の側近は全員反対するだろう。

(俺が入れ替わったことといい、男子が生まれないことといい、本当に呪われてるな。それもこれもあの暗黒クソ皇帝のせいじゃないか?)

シュルツには言わなかったが、城にいる間、古くから勤めている使用人たちに話を聞き、呪いは真実だと思っていた。サーレント帝国の皇帝は、兄を殺して皇帝の地位についた。兄の側妃や子どもも、全員その手にかけたそうだ。身内の恨みが強くて、ベルナール皇子以外男が生まれないのではと使用人の老婦が話してくれた。

(そもそも国交が閉じたのも、皇帝のせいなんだよな)

リドリーは玉座に座る皇帝を脳裏に描き、悩ましげにうなじを掻いた。

二年ほど前、会談で互いの意見がぶつかり合った時、サーレント帝国は派遣された大臣を斬りつけた。それが火種となり、国境付近で一年ほど戦争になったのだ。その時は第三国が和解に乗り出し、とりあえず休戦状態になった。だが、国境付近では小競り合いがその後も続き、いつ戦争が起きても不思議ではないのが現状だ。

(はぁ……。何で俺の身にこんなことが)

改めて頭が痛くなり、リドリーは目を閉じた。

自分の身体が恋しいと思いつつ、目的地に向かって揺られ続けた。

一行は、無事に一週間かけてドーワン港に辿(たど)り着いた。

「ようこそ、ベルナール皇子。おいでをお待ちしておりました！」

ドーワン港を視察するに当たって、この地域の領主であるビルデン伯爵の屋敷に三日間世話になることにした。ビルデン伯爵は小太りの眉の太い中年男性で、身につける衣服や宝石は成金っぽい派手なものだ。皇子を迎えるということで、屋敷には執事を始めとする使用人が勢揃いしていた。

（昨夜は宿屋に泊まっておいてよかったな）

伯爵に会うので、リドリーたちは昨夜、久しぶりに宿屋へ泊まった。汚れた身体を洗い、髪を整え、用意していた高貴な服に着替えた。騎士たちも久しぶりに屋根のある部屋に泊まり、気分を一新させたようだ。

「数日、世話になる」

リドリーは当主であるアンガス・ビルデン伯爵と挨拶を交わし、ちらりと彼の家族を見やった。ビルデン伯爵は最初の妻を病気で亡くしている。家族構成は病気で亡くした妻の長男と、後妻と後妻の連れ子の娘だ。長男は質素な服装をした真面目そうな青年だが、後妻はいかにもお金大好きという派手な妻で、娘も似合わない高いドレスと宝石をこれ見よがしにつけている。

「ベルナール皇子にわざわざ視察に来てもらえるなんて、本当に有り難い話です。以前お会いした時より、ずいぶんと男前が上がりましたな！」

ビルデン伯爵は口から流れるように世辞を述べる男で、リドリーを案内する間も、延々とリドリーを褒め称える。

「そうそう、こちらが愚息のマイルで、可愛（かわい）い娘のミレーヌです。ミレーヌは皇子が来るのを心待ちにしていたのですよ。視察にも一緒に連れて行って下さい。お役に立つはずです」

ビルデン伯爵は息子を適当に紹介し、娘のほうはやたらアピールしてくる。あわよくば皇子と懇意な関係にしたいと願っているのだろう。あいにくと娘に興味は一滴も湧かず、リドリーは静かに控えているマイルに目を向けた。不思議なことに実の息子であるはずのマイルより、血の繋がっていないミレーヌのほうがビルデン伯爵に可愛がられている。

「ほう。伯爵の娘はドーワン港についてくわしいので？　港にはどれくらいの船が寄港するのですか？　積み荷で一番多いものは？　ドーワン港で働く者たちの給与は？　どこの国との交易が多いか教えていただきたい」

ペラペラしゃべるビルデン伯爵がうざったくなり、リドリーは笑顔でミレーヌに問いかけた。ミレーヌは突然の質問に真っ赤になって、口をぱくぱくさせる。

「ぜんぜん役に立たないじゃないか」

呆れてリドリーが言うと、背後でシュルツが笑いを堪えている。

「そ、そういう細かいことはうちのマイルが答えますので！」

ビルデン伯爵が慌ててミレーヌの前に割り込んでくる。リドリーは後ろにいたマイルに向き直った。

「跡継ぎとなるマイル殿が実質責任者というわけだな。では令嬢は視察に必要ない」

リドリーが一瞥して言うと、ミレーヌがショックを受けたように青ざめた。ミレーヌは綺麗な顔が好きなのか、最初に目が合った時から、リドリーにハートマークを向けていた。リドリーがミレーヌに背を向けると、マイルの目に一筋の光が差し込み、小さく頷く。

「最近はもっぱらデトロン国、タルミネール国との交易が主流です。一日、多い時では十隻寄港します。流通の主流は絹織物や鉱石、香辛料が多いのですよ」

マイルは快活に話し始める。よどみなくしゃべる様子から、マイルはお飾りではないと直感した。

「荷物を置いたらすぐにでも港へ行きたいのだが、マイル殿、案内を頼めるか？」

リドリーはマイルに手を差し出して聞いた。マイルの口元が弛み、リドリーの握手に応じる。

「もちろんです。では馬車を表門に寄せましょう。皇家の馬車は目立ちすぎるので」

マイルの手をしっかり握り、リドリーは頷いた。ビルデン伯爵は物言いたげに見ているが、相手をするのが面倒で放っておいた。

案内された部屋をざっと確認すると、リドリーはシュルツと数人の近衛騎士を伴って表門に出た。表門にはビルデン家の紋章が入った馬車が停まり、マイルが御者と話していた。

「どうぞ、十五分程度で着きます」

リドリーの姿に気づき、マイルが馬車の扉を開ける。リドリーはシュルツと共に乗り込んだ。他の近衛騎士は馬でついてくる。マイルが乗り込み馬車の扉を閉めると、御者が鞭を振るってゆっくりと動き出した。

「皇子が視察にいらっしゃるとは思いませんでした」

向かいに座ったマイルが、探るような目つきで話しかけてきた。

「ドーワン港は規模も小さいですし、他の港に比べると開発途上です。皇子のお目汚しにならないといいのですが」

窓の外へ目を向けるリドリーを見つめ、マイルが言う。

「そうか？　そなたの身内を見る限り、十分潤っているようだが」

リドリーは目を細めて、声に含みを持たせた。マイルにも家族の服装や身につける宝石を指していると伝わったのだろう。かすかに困ったようなそぶりで、苦笑いする。

「ここは異国の商品が入りやすい場所ですから……。帝都より、宝石類は値が下がるのです」

マイルは動じた様子もなく話しているが、リドリーは疑わしいものだと思っていた。屋敷や屋内の調度品、家具や絵画といったものを見たが、最近流行の高級なものが多かった。皇子が来たので見栄を張ったということも考えられるが、使用人の数も多かったし、潤沢な資金があると言わざるを得ない。

「ベルナール皇子は……以前、お会いした時と比べて別人のようですね」

マイルが感心したような息をこぼして言う。以前がいつだか分からないが、推測するに舞踏会や城でのパーティーで挨拶をした程度だろう。

「はっきり言っていいんだぞ、豚から人間に昇格したとな」

リドリーがにやりとして言うと、慌てたようにマイルが首を横に振る。

「とんでもないことでございます！　その……、確かにずいぶん体型が変わられたようで驚きました。一年前に城に招かれた時には、生臭いものはお嫌いと申しておりましたが……」

マイルはリドリーの毒舌に汗を掻いている。何となくベルナールとマイルの会話内容が読めてしまった。領地のドーワン港についてアピールするマイルに対して、ベルナールは興味を示さなかったのだろう。もしかすると、ひどい言葉を投げかけたのかもしれない。

「ドーワン港は重要な拠点だ。きちんとこの目で見ておかねばと思ってな」

「皇子……」

目を輝かせてマイルが微笑む。マイルはあまりすれていないというか、口が達者なほうではないようだ。父親に好かれていないのは、そういう面が強いせいだろう。

ドーワン港についていくつか尋ねているうちに、馬車は港の近くへ到着した。リドリーは馬車を降りて、シュルツとマイルに挟まれて歩き出した。近衛騎士たちも馬を留め、ついてくる。

ドーワン港は入り組んだ地形で、港には大きな船が一隻と、小さな船が数隻係留されていた。積み荷を降ろす船員や品物を仲介する商人が数人いて、忙しなく動き回っている。港の傍には倉庫が並び、酒場や宿屋が軒を連ねていた。

「今、ちょうど大きな船がついたようですね」

マイルは大型船に近づき、船員に手を振る。船員はマイルの顔を見知っているのか、笑顔で手を振り返してきた。積み荷を降ろすのはすべて手作業なので、船員はもっぱら筋肉隆々の男たちだ。太い縄で品物をくくり、大声を上げながら船から積み荷を下ろしていく。

「デトロン国の者か？」

リドリーは大型船を見上げ、尋ねた。

「少々お待ち下さい」

マイルが船長と書類を交わしている作業員に近づき、何事か話しかける。入港許可証を確認し、マイルが戻ってくる。

「デトロン国から来た、紡績や香辛料、木材を運んで来た船です。デトロン国でも有名なレイヤーズ商会ですが、ご存じですか？」

マイルに説明され、リドリーは目を光らせた。

（よし、幸先がいいぞ！）

レイヤーズ商会なら、知り合いがいる。他国へ行く船には必ず同行する奴だから、いる確率は高い。異国の大きい商団とは輸出入の関係で何度か顔を合わせている。そのうちのひとつくらいは寄港している可能性があると思っていたが、その中でも一番いいカードだ。

「ああ。有名な商会だからな。倉庫のほうも見ておきたいが、構わないか？」

はやる気を抑え、リドリーは首を傾けた。

「もちろんです。どうぞ、こちらへ」

マイルが先に立って案内しようとする。リドリーはシュルツの横に立ち、そっと目配せした。

「シュルツ、レイヤーズ商会の者が、今夜どこに泊まるか調べてくれ。ついでにアンディという男が来ているかどうかも」

　小声で指示すると、シュルツが頷く。

「分かりました」

　シュルツはそう言うなり、輪の中からすっと消えた。傍にいる時は存在感があるが、気配を消すと見失う。器用なものだと感心した。

　リドリーはマイルと共にドーワン港の倉庫や事務所を見て回った。マイルは実質的な責任者のようで、どんな質問にもはきはきと答える。だが、帳簿が見たいと言うと、さすがのマイルも逡巡（しゅんじゅん）した。

「何かまずいものでも？」

　リドリーがあどけない表情で聞くと、隠すのはまずいと感じたのか、マイルが事務所の奥から帳簿を持ってくる。紐（ひも）で閉じた書類をぱらぱらと目で追った。帳簿には数字の羅列と商会名、暗号めいた記号が並んでいる。皇子に帳簿など読めないとマイルは踏んだのだろう。実際、ベルナール皇子だったら、ちんぷんかんぷんだったに違いない。

（でも俺は読めちゃうんだよ！　自国で嫌になるくらい帳簿を検分したからね！）

　悪魔的笑いを押し殺し、リドリーはすぐさま帳簿の疑惑に勘づいた。

　暗号めいた記号は、船乗りがよく使う品名を示している。アンティブル王国の港でも使われている記号と同じだったので、どんな品物が輸入されているか一目瞭然だった。帳簿を見る限り、不審な点がひとつある。

宝石や鉱石に関する品物の数が、少なすぎる。

(ははぁ。宝石や鉱石は裏帳簿で管理していると見た……。いわゆる横流ししてやがるな)

こういった場所で金を稼ごうと思ったら、闇取引で横流しが一般的だ。税金もかからないし、宝石や鉱石なら高値で取引できる。

「なるほど。しっかりやっているようだな」

リドリーは何も分からないふうを装って、帳簿を返した。マイルはホッとしたように帳簿を戻す。

(横流ししているのはビルデン伯爵だろう。成金風の金の使い方を見れば一目瞭然。だが……マイルの様子を見ると、マイルもそれを黙認しているようだな)

マイルについて、調べる必要がある。服装は質素だが、女に金を遣っていたり、ギャンブルに金をつぎ込んだりしている場合もあるからだ。

「日も暮れてきたようだし、今日はこの辺にしておこう」

リドリーはそう言って、今日の視察を終えた。

屋敷に戻ると、贅を尽くした夕食が振る舞われた。

ビルデン伯爵はリドリーを褒め称え、自分はサーレント帝国の忠実なる僕であるという内容を大げさに語った。皇帝に必ず伝えて下さいと繰り返し言われ、適当に頷いておいた。

ビルデンの妻とミレーヌは、新たなドレスをまとって夕食の席についた。特にミレーヌのほうは、夕食を終えた後は、庭を案内すると言って、メイド数人にカンテラを持たせた。面倒くさいと思ったが、庭の池に光る虫がいると言うので、リドリーは興味を引かれてつき合った。飛ぶと光る虫がいて、カンテラの明かりにつられて近づいてくる。

「どうです？　この虫はタルミネール国から取り寄せたのですよ。さすがの皇子も、初めてご覧になるのでは？」

ミレーヌが自慢げに言う。他国の虫を放つなんて、生態系が狂いそうだとゾッとした。

ミレーヌとの話を切り上げて、リドリーは「疲れたので部屋で休む」と宛がわれた部屋に戻った。

近衛騎士を一人、部屋の前に立たせ、「シュルツ以外、絶対に誰も入れるなよ」と言い含めておいた。

部屋に入ると、リドリーは荷物の中から近衛騎士の制服を取りだした。制服を着込み、フードのあるマントを被り、剣を腰に差す。シュルツはリドリーが着替えを終えた頃に戻ってきた。

「皇子、レイヤーズ商会ですが……」

部屋に入ってきたシュルツが、近衛騎士の制服姿のリドリーを見て固まる。

「シュルツ。彼らは今夜、どこへ泊まると？」

「は、レイヤーズ商会はアライオン酒場という宿屋が定宿のようです。お捜しのアンディという男も泊まっているようです」

「そうか。アライオン酒場はどこにある？」

窓に向かって歩き出したリドリーの腕を、シュルツが摑む。振り返ると、恐ろしい形相でシュルツがこちらを見ている。

「まさか、今から行くので？　その服装で？」

そうだと言うと、シュルツが眉間にしわを寄せる。

「私もお供します」

有無を言わさぬ口調でシュルツが言う。少し悩んだが、用心棒がいれば、心強い。

「分かった。目立たぬようにフード付きのマントを羽織るのが条件だ」

リドリーが窓を開けて言うと、シュルツが頷く。

リドリーが宛がわれた部屋は、二階の南側の角部屋だ。テラスに出ると、大きな木が枝を広げている。庭を見下ろしたが、特に巡回している警備兵もいない。屋敷は高い塀で囲っていて、門のところにだけ雇った兵を配置しているようだ。

「お前は部屋を出て、馬を一頭借りてこい。下で待っているぞ」

リドリーは用意しておいた縄を木の枝に引っかけ、ブランコの要領でテラスから飛び降りた。テラスにいたシュルツが青ざめて息を呑んでいる。降下しながら縄を弛めて地面に着地すると、テラスにいたシュルツが大きく肩を揺らすのが見えた。まさか二階から飛び降りるとは思わなかったのだろう。リドリーが手で合図すると、顰めっ面で身を翻す。

リドリーは身を屈めて庭を移動した。庭に明かりはなく、この暗闇では見つかる心配もない。ビルデン伯爵の屋敷の警備はずさんだ。皇子を出迎えているというのに、庭に兵もいない。これまで特に狙われることもなかったのだろう。しばらく庭の建物の陰で待っていると、シュルツが黒いマントを羽織り、一頭の馬を引いてやってきた。リドリーに気づき、手綱を引っ張ってくる。

「皇子……っ、あのような無謀な真似はしないでいただきたい。もし怪我をなされたら……」

駆け寄ってきたシュルツは、咎める顔つきだ。

「あれくらい余裕だ。太っていた頃なら無理だったかもしれないが。今夜、俺は部屋から出ていないことになっている。シュルツ、今から俺をビートと呼べ。お前と同期の近衛騎士という設定だ」

正面玄関の門の前には、ビルデン伯爵の私兵が二人立っていた。シュルツを前に出して、リドリーは後ろに控えた。

「少し出ていく。朝までには帰るつもりだ」

シュルツは私兵に声をかける。シュルツの顔を覚えていた私兵は、門を開ける。

「どちらへ？」

私兵は探るような目線でシュルツを見る。

「兄貴、早く酒場へ行こうぜ。せっかく来たんだから、いい思いしないと！」

リドリーは声音を変えて、シュルツの肩に馴れ馴れしく腕をかけた。その様子に私兵も表情が緩む。

「酒場に行くのか？　アライオン酒場は値が張るが、ダンテの酒場はぼったくりだから気をつけろ。女を買うなら、アライオンのマリアって子がいいぜ」

私兵は気を許したのか、下卑た笑いを浮かべる。

「……覚えておこう」

シュルツは勘違いされて不満そうな顔つきだが、リドリーをかばうようにして門を通り抜けた。その足を蹴っ飛ばして、シュルツは笑いかける。

「早く行こうぜ、どうせ皇子は寝てるしな！」

私兵に聞こえるように、ろくでもない近衛騎士を演じた。シュルツは「分かってる」とフードを深く被る。

私兵がこちらを気にしなくなるまで、リドリーは浮かれた様子で騒いだ。シュルツが馬に飛び乗り、リドリーに手を差し出す。リドリーはシュルツの手を摑み、ひらりとシュルツの後ろに跨がった。

「急げ」

　リドリーがシュルツの腰を摑んで言うと、馬の腹を軽く蹴り、シュルツは馬を走らせた。


　アライオン酒場は、港からほど近い距離にあった。入り口から酒を飲んでいる男の笑い声が聞こえてくる。深夜近かったが、いくつかの酒場はまだ明るく、出入りする男たちも多い。リドリーはシュルツと共にアライオン酒場に入った。

　カウンター席と丸テーブル席があるありふれた酒場だった。二階に上がる階段があり、泊まり客と、女を買う時の逢い引き場所になっている。宿の女将と若い女性の店員が三名、忙しなくテーブルの間を動き回っていた。カウンターには中年男性がいて、入ってきたシュルツとリドリーに目を向けた。

「レイヤーズ商会のアンディという男に会いたい。上手いもうけ話があると言って、連れてきてくれないか？」

　リドリーはフードを深く被って顔を隠し、若い女性の店員に近づき、銀貨を握らせて言った。若い女性は銀貨をポケットにしまい、そそくさと階段を上がっていく。

丸テーブルについて、シュルツと酒を飲んでいると、しばらくして若い女性と共にアンディが下りてきた。アンディは二十代半ばの狐っぽい顔をした男だ。麻のシャツに赤いベスト、茶色のズボンを穿いている。若い女性がアンディにリドリーたちを指し示す。

「あんたたちか？　俺に用事って」

アンディがテーブルに近づいてきて、探る目つきで尋ねる。アンディはリドリーとシュルツを見比べ、フードで顔を隠しているが、小柄で細いリドリーのほうが重要だとすぐに見抜いた。

「ああ。頼みがある。とある人物に手紙を渡してほしい。報酬ははずむ」

リドリーは懐に手を入れ、金貨の入った袋をちらりと見せた。ベルナール皇子の所有する金だが、勝手に使わせてもらうことにした。

「……ふーん。とりあえず、上へ行くか？」

アンディは軽く顎をしゃくり、背中を向けた。リドリーは無言でその後をついて階段を上がった。当然のごとくシュルツもついてきたが、この先の会話は聞かれたくなかったので、アンディの部屋に入る前に手で制した。

「お前はここで待て」

廊下でシュルツを止めると、険しい顔立ちで首を横に振る。

「私も参ります。あなたに何かあったら困りますので」

シュルツは頑として聞かず、恐ろしい形相で見下ろしてくる。そんな様子を見やり、アンディが目を細めた。これでやんごとなき身分というのがアンディにばれた。

「……分かった。ただし、ここで起きたことは一切他言無用だぞ」

リドリーはシュルツの目をじっと見つめ、命じた。シュルツは大きく身体を震わせ、こくりと頷く。

アンディは扉を開け、部屋にリドリーとシュルツを招いた。ベッドと小さなテーブルがあるだけの簡素な部屋だ。アンディはベッドに腰を下ろし、面白そうな顔でリドリーとシュルツを眺めた。

「手紙を渡すだけの簡単な仕事だそうだが……。先に顔を見せてもらうぜ。顔も知らない奴の依頼は受けられないからな」

アンディは目の前に立つリドリーに言った。本当は身分を明かしたくなかったが、抜け目のないアンディをごまかせるとは思っていなかったので、素直にフードを下ろした。

「え……っ」

リドリーの顔を見上げ、アンディが声を上げる。

「金髪に薄紫の瞳……、まさか、ベルナール皇子……っ⁉」

アンディはいち早くリドリーの正体に気づき、青ざめて床に跪(ひざまず)く。アンディは困惑している。この国の皇子が突然自分の元に現れたので、当然といえば当然だ。

「楽にしてくれ。面倒な挨拶は不要だ」

リドリーはため息をこぼして、アンディを促した。アンディは半信半疑という表情で腰を浮かせ、シュルツの顔を確認する。

「ベルナール皇子が視察に来ているという話は聞きましたが……ずい分、体型が変わられたようですね。何故私に？　私はレイヤーズ商会と共に来ておりますが、レイヤーズ商会の権限は持っておりませんよ」

アンディは不審げにリドリーを窺う。

「分かっている。ある人物にこの手紙を渡してもらいたい」

リドリーは内ポケットから白い封筒を取りだした。封筒には厳重に封がされている。

「手紙……ですか。どなたに？」

アンディは手紙を受け取らず、リドリーとシュルツを交互に見やる。

「アンティブル王国のファビエル家に行き、執事長のニックスに渡してほしい。できれば返事ももらってきてほしい」

シュルツの前で明かしたくなかったが、仕方なかった。リドリーは手紙をアンディの手に無理矢理握らせた。

「ファビエル家……？」

アンディは手紙を受け取り、眉根を寄せる。皇子が頼む相手として、納得いかなかったのだろう。

「報酬はここに。きちんと手紙を渡せば、ニックスから金子がもらえるはずだ。無論、途中で開封したり、失くしたりしたら、それ相応の報いを受けるが」

リドリーはにっこり笑ってアンディの肩を叩いた。アンディは面食らった様子で、封筒をひっくり返す。

「もしニックスから返事をもらってきたら、倍の報酬を約束しよう。城に持ってきてほしい」

リドリーは金貨の入った袋をアンディの手に握らせた。

「……お聞きしていいですか？　何故、敵国のファビエル家の執事長に手紙を？　どんな関係がおありで？　それに——何故、俺がファビエル家と懇意にしていることをご存じで？」

アンディの目が疑惑の色を浮かべる。

とても言えない。実は自分はファビエル家の当主で、アンディとは仕事仲間であることなど。アンディは機転の利く、身軽な男で、腕も立つし、信頼もおける。宰相に上り詰めるまでの間、どれほど世話になったか分からない。真実を明かしてもいいが、アンディはこういった話を信じる男ではない。その裏を勘ぐって、余計に混乱を招くだけだ。

「会ったばかりの男に話す内容ではないな」

リドリーは助けを求めたくなりながらも、あえて突き放すような声を出した。このままアンディに頼んで、アンティブル王国行きの船に潜り込み、自国へ戻りたい気持ちは山々だった。だが、実際にアンティブル王国に行けたとしても、その後の展開が見込めない。何よりもサーレント帝国の皇族特有の薄紫色の瞳が、どこへ行っても悪目立ちする。自国へ戻ったら、自分は敵国の皇子という身分だ。下手すると、戦争の火種になりかねない。

「むずかしい依頼ではないだろう。頼んだぞ」

リドリーはそう言って再びフードを深く被った。

ファビエル家の執事長ニックスは、有能な執事だ。リドリーのために執事をしてくれていたが、本来は王家の指南役という立場だった。ニックスとは暗号を使った手紙のやりとりを昔からしていた。彼から勉学を習い、剣を習い、リドリーは己の内にある才能を開花させた。お互いだけが分かる印を使い、仕事や遊びに応用していた。

手紙に記した内容は、こうだ。雷に打たれて自分はサーレント帝国の皇子の身体に入ってしまった。そちらにいる自分は、別人のようになっているはずだ。元に戻りたいが、今のところ方法は見つかっていない。ついては、暗殺ギルドに依頼したベルナール皇子への暗殺依頼を取り消してほしい。——ニックスがこの手紙を信じてくれるかどうか分からないが、頭の切れるニックスなら、リドリーの意図を読み取れるはずだ。これでも信じてくれなかったら、今のところ打つ手がない。

「……いいでしょう。仰せのままに」

アンディは皇族に対する礼を行い、リドリーはそれに背中を向けて部屋を出た。何か言いたげなシュルツと共に一階の酒場に戻る。

「せっかくだから飲んでいくか？　女を買いたいなら、好きにしていいぞ」

元のテーブルに戻り、不味い酒を呷ると、リドリーは小声で言った。シュルツは眉間にしわを寄せ、「けっこうです。用事が済んだのなら、戻りましょう」と答えた。

お代を払ってリドリーはアライオン酒場を後にした。厩舎に留めていた馬に乗り、ビルデン伯爵の屋敷へ戻る。

「……ファビエル家、というのがあなたの本当の家なのですか？」

帰りの馬に揺られる途中、シュルツが気になったように尋ねてきた。聞かれたくなかったが、仕方なかった。

「ファビエル家といえば、アンティブル王国の若き宰相が当主を務めております。あなたは……」

シュルツの声が低くなる。シュルツが隣国の情勢に明るくなければいいと願っていたが、一時は騎士団長を務めただけあって、隣国の主要人物の名前は知っていたようだ。

「そうだ」

リドリーはこれ以上隠しても無駄だと思い、シュルツの背中にしがみついた。馬に揺られつつ、シュルツの鼓動を背中越しに聞く。

「俺の本当の名はリドリー・ファビエル。お前の言う、若き宰相だよ」

リドリーが囁くと、シュルツの鼓動が早鐘を打つように速まった。

## ◆3　のし上がる

屋敷に戻るまでの間、シュルツは一言も口を利かなかった。シュルツにとって、意外な正体だったらしい。

リドリーは木を伝って二階の自分の部屋に戻ると、近衛(このえ)騎士の制服を脱いで、寝間着に着替えた。シュルツは休むよう言ったので、客間に戻っただろう。

(できれば、ばらしたくなかったな……)

ベッドに横になり、大きくため息をこぼす。

シュルツを追いやってアンディと二人で話すこともできたのだが、なるべくシュルツの信頼を損なうことはしたくなかった。加護の力でシュルツを奴隷にしたのは、リドリーにとって望まない選択だったからだ。これまでリドリーが奴隷にしたのは、どうにもならない悪党ばかりだ。シュルツのような忠臣の騎士を無理矢理縛り付ける真似(まね)は本来したくなかった。この状況ではこの選択が一番いいと思ってやったが、シュルツに対して罪悪感がある。

リドリーは今の状況を打開すべく、あらゆることを考えている。

アンディが無事に手紙をニックスに手渡したとしても、気軽に行き来のできない二国間では打つ手が少ない。ある日、目覚めたら元の身体に戻っていたとなれば万々歳だが、もしそれが叶わなかった場合――つまり、元の身体に戻れない可能性も考えて、行動しなければならないのだ。

元の身体に戻れなかったら、サーレント帝国の皇子として生きていかなければならない。はっきり言って、かなり不本意だ。皇子という恵まれた立場を得ても、息苦しいだけでちっとも嬉しくない。

リドリーは伯爵家に生まれたが、爵位を持つ父親は人がいいだけで領地を半分も失った領地経営に向かない人だった。母親は男爵の出自で、リドリーは後ろ盾のない状態から宰相の地位に上り詰めたのだ。幼い頃から両親があまり頼りにならないというのが分かっていたので、あらゆる手を尽くして人脈を広げ、画期的な商品を開発し、領地を潤してきた。十三歳の頃には子どもながらにすごい才能があると、王宮のパーティーに招かれたほどだ。リドリーはアンティブル王国の国王に自身の能力をアピールし、王族との繋がりを持った。執事長のニックスは、国王の紹介で得た人材だった。

二十歳になる前にいくつかの功績を挙げ、リドリーは老いた宰相が引退するのを見計らい、宰相の地位を得た。若いリドリーに嫉妬する貴族は多かったが、加護持ちのリドリーに敵う相手はいなかった。

一から自分で積み上げてきたものが、アンティブル王国には残っているのだ。それを手放すのは惜しい。それに祖国に愛着がある。国王や王子とは信頼しあえる仲だし、王家に対する尊敬の念もある。

(せめて敵国じゃなければマシだったのに……)

リドリーは己の運の悪さを嘆いた。大国であるサーレント帝国の皇家の人間はどいつもこいつもろくな奴(やつ)がいない。もしこのままこの身体で生きるとしたら、真っ先にやることは皇帝を抹殺することだ。

(いや、むしろ……この身体でいるうちに、やり遂げるべきか? そうすれば、アンティブル王国の利益になる)

隣国にいた時は、第一皇子(おうじ)を殺せば王位継承争いで内紛が起きるのではと目論(もくろ)んだが、一番この国の不利益になるのは、皇帝を弑逆(しいぎゃく)することだ。

(サーレント帝国の皇帝は、加護持ちだと聞いている。それもあって、簡単に殺せそうなベルナール皇子を暗殺しようとしたのだが……)

ごろごろとベッドで寝返りを打ち、リドリーは爪を噛(か)んだ。

加護とは特別な大きな力だ。あんな暴君でも皇帝を続けられるのは、加護を持っているからだろう。サーレント帝国の皇帝が『君主の領域』という加護を持っていることは知っている。だが、それがどんな加護なのか、はっきりは明かされていない。

（まずは、のし上がるか……。幸い、この無能な豚皇子の評価は地に落ちていて、ちょっと優しくするだけで人々の見る目が変わっていく）

リドリーは目を閉じて、ひそかな決意を抱いた。

翌朝起きると、リドリーは近衛騎士を五名、部屋に呼んだ。

ずらりと並んだ近衛騎士五名は、制服姿で背筋を伸ばして立っている。シュルツはドアの傍に立って、こちらを見守っている。

リドリーは真ん中に立っていた茶髪の陽気そうな近衛騎士に目を向けた。

「シャドール。お前は、この屋敷の使用人と仲良くなり、家族の情報を多く集めろ」

リドリーが名前を呼んで命じると、シャドールが面食らって固まる。

「特にマイルについて。見たところ、マイル以外は金遣いが荒いようだが、マイルにも金の遣い道がないか調べてくれ。女やギャンブルに金を遣っているかもしれないからな」

リドリーは屋敷の調度品など、いつ頃羽振りがよくなったかも調べるようにとシャドールに細かく指示した。シャドールは見目のいい男で、城でもよくメイドや側室の娘と話していた。根っからの女好きなのだろうから、打って付けの役割だ。

「え……っ、はい」

シャドールはまじまじとリドリーを見る。

「それからジンとリュカは街に行き、ビルデン伯爵家の噂を集めろ。領民の彼らに対する評価を知りたい」

リドリーは右に並んだ二人に言った。ジンは朴訥そうな男で、リュカはそばかすの多い小柄な男だ。二人とも、名前を呼ばれ、目をぱちぱちしている。

「アルトとイムダは私服に着替え、この港に着いているはずの鉱石や宝石がどこに流れているか調べてほしい。闇取引をしているはずだ。近衛騎士というのは明かすなよ」

リドリーは左にいる男に目を向けた。アルトは体格のいい豪腕の男で、イムダは額に傷のある男だ。

「頼んだぞ。明日の昼の出発までにできるだけ多く情報を集めろ」

リドリーは五人を見やり、行けと命じた。

「は、はい。……あの」

五人が戸惑った様子でリドリーを窺う。何か疑問でもあるのだろうかと首をかしげると、シャドールが頭を掻いた。

「皇子、俺たちの名前、知ってたんですね」

シャドールは笑っていいのか分からないと言いたげだ。

「近衛騎士の名前くらい、知っているだろ」

リドリーは眉根を寄せて、言い返した。近衛騎士は皇族を守るのが仕事だ。暗殺者に狙われた後、全員の名前と顔を早急に頭に叩き込んだ。いくら豚皇子が無能といっても、近衛騎士の名前くらい……と思ったが、彼らの顔を見ると、どうやらそれすらも知らなかったようだ。

「いいから行け」

リドリーは咳払いをして、彼らを追いやった。ふと見ると、シュルツが少し面白くなさそうな顔で彼らの背中を見ている。

「何だ？　人選に問題でもあったか？」

気になってリドリーが聞くと、シュルツが慌てたように咳払いする。

「いえ……。ただ、何故私に命じないのかと」

シュルツが不満そうに呟く。

（嫉妬か？）

近衛騎士たちにだけ指示したのが気に食わなかったのかと、リドリーはつい笑い出した。可愛い面もあるらしい。

「お前には俺の苦行につき合ってもらわねばならないからな」

シュルツの背中を叩き、共に部屋を出た。近衛騎士に探ってもらっている間、ビルデン伯爵一家を引きつけておかねばならない。

「皇子、今日は船遊びをしませんか？　夜には歓迎パーティーも開きますし、皇子にお会いしたいという貴族の方々も集まっております」

朝食の席では、昨夜、庭園を一緒に歩いたことで自信を持ったのか、ミレーヌが意気揚々と誘いをかけてきた。皇子がいるせいか、朝食からかなり凝った料理が振る舞われる。

「ご夫妻も一緒なら、ぜひに」

リドリーは如才ない笑みを浮かべ、朝食のスープを口にした。とたんにビルデン伯爵と妻が満面の笑みを浮かべた。今日は一日、ビルデン伯爵のくだらない見栄張りにつき合うつもりだ。

「もちろんでございます。紹介したい方々がたくさんいるのですよ」

ビルデン伯爵が誇らしげに言い、リドリーは貼りついた笑顔で答えた。

——その日は、なかなか忍耐力を試される一日だった。船遊びというのでボートかと思いきや、豪華客船みたいな船に乗せられ、貴族とホールでダンスを踊りまくった。これだけの規模の船を造るとは、かなり金を持っている。船は着岸したままだったので、どれだけの走行速度が出るのか、移動距離などは分からないが、張りぼてだとしてもたいしたものだ。

夜は夜で、屋敷の大広間に貴族が集まり、その相手をしなければならなかった。誰も彼も皇子に媚びを売ろうと、美辞麗句を並び立てる。若い婦人たちはリドリーの美麗な顔に射貫かれ、「あんなに美しかったの⁉」と隅で大騒ぎしている。

夜も更け、ようやくパーティーが終わると、リドリーは部屋に戻った。

「……今夜はどこにも出ないから、自由にしていいぞ。他の近衛騎士に見張りを任せる」

当然のように部屋の前で見張りをしようとするシュルツに、リドリーは声をかけた。

「……了解しました」

シュルツは目を合わさないまま、部屋から離れていく。昨日からシュルツは深く考え込んでいる。敵国の宰相という正体が、シュルツにとって受け入れがたかったのだろう。

明日にはこの地を発って、城に戻る。シュルツとの仲を良好にしておかねば、今後の計画に差し障りがある。

(シュルツの奴、頭が硬そうだからなぁ。とりあえず、両国の関係をよくしたいとか、言っておいたほうがいいだろうな)

シュルツのような男は、同胞には限りなく優しいが、敵となると容赦をしないタイプだ。サーレント帝国のために自分は役立つというのをすり込む必要がある。

(とりあえず、この港町の膿を出すべきだな……)

明日、近衛騎士たちが持ち寄る情報が楽しみだと思いつつ、リドリーは疲れた身体を労った。

翌日の昼には、身支度を終えてリドリーたちはビルデン伯爵に暇を告げた。

ビルデン伯爵と家族はリドリーとの別れを惜しんだ。特にミレーヌは目を潤ませ、手を握って見つめてきたほどだ。調子に乗らせるために、パーティーでミレーヌを優遇したのが効いたのだろう。ミレーヌはパーティーでも他の令嬢のドレスがやぼったいだの、みすぼらしいだの平気で話していた。とりまきの令嬢たちはそれに相づちを打っていたが、ミレーヌが化粧室に消えると、「連れ子で本来なら平民なのに」と馬鹿にされていた。どこの国でも、令嬢たちの争いは見るに堪えない。

ビルデン伯爵の屋敷を離れ、行きと同じく最短ルートでリドリーたちは帝都を目指した。最初の休憩地点で、五人の近衛騎士を呼んで、報告を求めた。

「あー。屋敷の使用人ですが、ビルデン伯爵家は金払いはいいけど、家族の人となりは最悪って言ってましたね。特にミレーヌお嬢様は、兄であるマイルさんを馬鹿にしていて、金はせびるし、しょっちゅうこき使っているらしいです。ビルデン伯爵の奥さんもお金大好きで、娘と似たり寄ったりですね。前妻はマイルさんを産んだのが原因で亡くなったらしく、それでビルデン伯爵はマイルさんを嫌っているらしいです。仕事もほとんどマイルさんに押しつけて、自分は豪遊しているとか」

焚き火を起こして暖を取りつつ、リドリーはシャドールからの話を聞いた。

「そんでマイルさんですが、使用人からの信頼も篤いし、いい人ってのが皆の意見です。ギャンブルもしないし、情婦を持っているわけでもないそうです。数年前から平民の女性といい仲になったらしいですが、ビルデン伯爵に平民との結婚は許さないと言われて、結婚には至ってないようです。今は爵位を持つ女性と結婚させようとするビルデン伯爵と、それを嫌がるマイルさんという膠着状態ですね」

シャドールの話によると、マイルには今のところ悪い噂はない。続けてジンとリュカが報告した。

「街のビルデン家の評判ですが、正直よくないです。ミレーヌお嬢様がわがままで商業地区のある店を潰したことがあって、恨みも買っています。ただ宝飾店や衣料店では高いものを買ってくれる上客って感じですかね。あ、マイルさんについては誰も彼もが、ビルデン伯爵家の良心と言って慕っているようですよ」

ジンがメモ帳をめくりながら言う。

「マイルさんのお相手ですが、街の診療所で働く薬師の女性です。ちょっと話しましたが、美人ってわけじゃないけど、気さくで優しそうな子でしたよ。二人でいるところを街の人も見ていて、結ばれればいいのにと願っていました。そうそう、あとビルデン伯爵はギルドのタチの悪い男たちと繋がりがあるようで、船着き場の倉庫でこそこそ話しているのを見た人がいました」

リュカは嬉々として話す。最後にアルトとイムダが口を開く。

「鉱石や宝石ですが、たいてい夜に取引が行われるようです。鉱石は倉庫を経由しないで、必ず待ち構えた荷馬車に乗せて運ばれると見かけた者が言っていました。あまり首を突っ込むと、危険だとも言われましたね」

アルトとイムダは険しい顔つきだ。

「取引先の相手が何者か分かるか？」

リドリーは目を細め、問いかけた。

「それが……一度だけ、取引を見かけた子がいたのですが、どうも他国の者のようだったと……。たまたま倉庫でかくれんぼしていたらしく、怖かったのでずっと身を潜めていたと。褐色の肌の男とやりとりをしていたそうです」

イムダは額の傷を手で掻き、声を潜めて言った。

「なるほど、ラムダ国が関係している可能性があるのか……」

リドリーはイムダの肩を思わず叩いて言った。褐色の肌といえば、ラムダ国の者が濃厚だ。自国の貴族と闇取引をしていると予想していたが、他国の者としていたとは。予想以上に大きな情報を得てきてくれた。

「短い時間でよく情報を集めてくれた。城に戻ったら報奨を与える。あとはゆっくりしてくれ」

リドリーは近衛騎士をねぎらって、馬車に戻ろうとした。すると、シャドールが「あの」と一歩踏み出してきた。

「何だ？」

まだ何かあるのかと、リドリーは振り返った。

シャドールを始め、他の近衛騎士も何か言いたげな顔をしている。

「あのー。何で俺たちに頼んだのですか？」

シャドールが五人を代表して切り出す。

「お前たちが適任だと思ったからだろう」

何を当たり前のことを聞くのかと、リドリーは苦笑した。近衛騎士たち全員の様子を眺めていたが、この五人は中でも情報収集に適した性質を持っていると判断して、ドーワン港の視察に組み込んだのだ。人を見る目に関して、リドリーは自信を持っている。適した人材を適した箇所に置くのは、宰相として重要な仕事だからだ。

「……」

五人はリドリーの返答に、互いに目を見交わし合っている。どこか嬉しそうな顔つきだ。報奨のせいかと思ったが、それ以上に矜持（きょうじ）をくすぐられたらしい。

「えっと……ベルナール皇子、今回の任務、けっこう楽しくてですね。いや、こういうのは初めてやりましたが」

イムダが言葉を探しつつ、はにかんで笑う。

「そうだよな、こんな任務初めてだ」

リュカも仲間に目を向け笑っている。

「俺たちの情報は国のために役立つのでしょうか？」

ジンが期待に満ちた眼差(まなざ)しで言う。リドリーは思わず微笑(ほほえ)んだ。

「無論だ。ビルデン伯爵は闇取引をしていると俺は思っている。不当に得た金でのさばっているとしたら、それを正さねばならないだろう？　城に戻り次第、ビルデン伯爵の正体を暴こう」

リドリーは彼らを勇気づけるように、答えた。近衛騎士たちの目が輝き、リドリーに敬礼する。

「皇子、よろしくお願いします」

五人の自分を見る目つきが大きく変わったのに気づき、リドリーは面映(おもは)ゆい気持ちになって馬車に戻った。

休憩を終えて、馬車が動き出す。リドリーはシュルツと共に悪路に揺られた。サーレント帝国の広大な大地を、馬車は駆け抜けていく。

「……あなたは、その身体で何をするつもりなのですか？」

長い沈黙の後に、シュルツがぼそりと尋ねてきた。ずっとしゃべらないつもりかと思っていたので、話しかけられて驚いた。

「もしあなたが、この国を滅ぼそうとしているなら、私は止めなければなりません。けれど、今のところ、あなたがしていることは……」

シュルツは苦渋の表情で問う。おそらくリドリーの正体を知ってから、悩み続けていたに違いない。敵国の宰相という立場にある者が、善意で何かをやるはずないと。

「シュルツ、お前の心配はもっともだが、元の身体に戻れる手がかりは今のところない。だから俺は自分の居場所をよくするために、動いている。裏切る時は先に言うから、安心しろ」

リドリーがあっさり言うと、シュルツは息を呑み、膝の上に乗せた手をぎゅっと握りしめた。リドリーの言葉が意外だったらしい。

「……信じていいのですか。本当に、裏切る時は先に言ってくれますか?」

シュルツが前のめりになって、真剣な目つきで迫ってくる。

「ああ、言うよ。お前に嘘はつかないって言っただろ」

リドリーは苦笑して、身を乗り出して顔を突き出した。間近で視線が絡み合い、シュルツがほうっと息を吐いて背もたれに背中を預けた。

「信じます」

シュルツはそう言って、窓の外へ目を向けた。その身体から、ようやく緊張が解かれた。リドリーのことを信じると決めたようだ。

(性根がいいな。俺が平気で嘘をつく人間だったら、どうする気だ)

リドリーは小さく笑って、腕を組んだ。

宰相という立場になった時、リドリーは嘘も真顔でつけるようになった。大義の前には、人の感情など些末なものだと思っていたからだ。だが、騎士や武人といった輩には、なるべく嘘はつかないようにしようと心がけていた。彼らは企みや偽りの世界に生きていない。人を信じることで、倍以上の力が出ることを知っている。

（まぁ、というか……シュルツは俺の奴隷だから、嘘をつく必要がないってだけなんだよな）

リドリーは目を閉じて、寝ているふりをした。シュルツに嘘をつかないというのは本当だ。それはどんな悪しきことでも、シュルツはリドリーの命令を聞かざるを得ないからだ。

（それにしても……加護の副作用が出ているのだろうか？　今のところ、あまりそういう感じはないんだよなぁ……）

リドリーは薄目を開けてシュルツを見た。寝ている自分の顔をシュルツが見ているか確認したかったのだ。シュルツは窓の外を見ていて、こちらはまったく気にしていなかった。

（悪人じゃないと副作用は出ないのか……？）

内心の疑問を残しつつ、リドリーは帝都に向かっていた。

帝都に戻ると、視察を終えたリドリーたちを皇帝の側近や主立った重鎮が出迎えた。近衛騎士を集めて解散を告げると、彼らは出迎えた騎士団の連中に囲まれて騒いでいた。宰相がすっと近づいて来て、リドリーに一礼する。

「お疲れ様でした。皇帝が報告をお待ちですが、明日になさいますか？」

宰相に聞かれ、リドリーは首を横に振った。

「いや、着替えたら、すぐにでも報告しよう」

疲れをものともしないリドリーに、宰相が目を瞠(みは)る。

「分かりました。会議室で待っております」

宰相の目が頼もしげにリドリーを見る。リドリーは汚れた衣服を着替えるために、自分の部屋へ向かった。シュルツは黙ってついてくる。メイドたちが慌ただしく廊下を駆けていく。今日はスーは休みらしい。部屋に入ると、リドリーは汚れた衣服を脱いだ。湯で温めた布で軽く身体や顔の汚れを拭うと、用意された衣服に袖を通した。メイドに手伝ってもらい、マントを羽織り、肩章をつける。メイドが髪をブラシで梳(す)き、「支度が調いました」と一礼する。

「ありがとう」

リドリーが手伝ってくれたメイド二人に微笑むと、若い二人の頬がぽっと赤らんだ。

リドリーはシュルツを伴い、会議室へ赴いた。会議室のドアの前でシュルツを待たせ、一人で部屋に入った。

「皇子、お疲れ様です」

「ご無事で何より」

リドリーの姿に、席に着いていた貴族たちが、愛想よく言う。すでに部屋には宰相を始めとする、国政に携わる大臣や貴族が席に着いていた。貴族たちの目はリドリーに対してひややかで、どうせたいした報告もないのだろうと高をくくっている。

「皇帝陛下のおなりです」

侍従がドアを開け、厳かに告げる。全員が席を立ち、皇帝を出迎えた。皇帝は黒い礼服を身にまとい、部屋に入ってきた。

「帰ってきたか、ドーワン港がどうだったか、報告を受けよう」

皇帝は椅子にふんぞり返り、顎をしゃくる。貴族たちがそろそろと席に着くのを見計らい、リドリーは口を開いた。

「ドーワン港は帝都から一番近い港のわりに、規模が小さいと感じました。もっと設備を整え、異国の船を呼び込む仕組みを造るべきかと。輸出や輸入に関してもですが、観光地としても発展できる可能性があると思います。それはともかく」

リドリーは滑らかな口調で話し出した。貴族たちの目が点になり、リドリーを凝視する。豚皇子がまともな発言をしたので、戸惑っているようだ。

「領主のビルデン伯爵ですが、脱税しているようです。鉱石や宝石を横流しして、闇取引を行っている可能性が高いです。異国と取引している情報も得ました。首謀者はビルデン伯爵かと思われます。息子のマイルは手を染めていないようですが、父親である伯爵に逆らえずにいるようで」

リドリーがつらつらと話すと、動揺したように貴族たちが腰を浮かせた。

「ちょ、ちょっと待って下さい！　皇子、今、何をおっしゃっているか分かってますか⁉」

「そうですよ！　ビルデン伯爵に対して……っ」

貴族たちが泡を食ったように騒ぎ出す。

「ええ、告発していますが何か？」

リドリーがにっこりと笑うと、異を唱えた貴族たちがぽかんとする。

「ビルデン伯爵の脱税疑惑は、調査すればすぐに明らかになるでしょう。そもそも、異国との取引を領主の人間にだけ任せるのは、ずさんとしか言いようがありません。国から監査をする人間を差し向けるべきかと思われます」

皇帝に向かって、リドリーはドーワン港の欠点や改善すべき点をいくつも挙げた。海に関しては、アンティブル王国の宰相だった自分にはお手の物だ。宰相や貴族たちは、皆呆気に取られてリドリーの話を聞いている。本当なら、サーレント帝国の港の欠点など伝えたくない。いずれ自分の身体に戻った時、強固な砦になったら面倒だからだ。けれど自分の有能さを示すためには、ここで皇帝や重鎮たちに認めさせる必要がある。

「以上が、私の報告です」

長々としゃべった後、リドリーは軽く礼をして終わらせた。

「……ふふ、っく」

しんとした会議室に、皇帝のおかしそうな笑いがこぼれる。皇帝は大声を上げて笑い出すと、じろりとリドリーを見据えた。

「一体どうしたことか。あの無能な豚皇子が、有能な息子に生まれ変わったようだ」

恐ろしい顔つきで笑われ、リドリーは皇帝を見返した。以前のベルナール皇子は、皇帝の眼力に負けて目を逸(そ)らしていたのだろう。だが、リドリーは平然とそれを受け止めた。会議室には緊張感が流れ、貴族たちは冷や汗を掻いている。

「いいだろう。そなたの報告を信じて、ビルデン伯爵を捕らえ、脱税の証拠を集める。騎士団を向かわせろ、抵抗するようなら容赦はするな」

皇帝が宰相に手を振る。

「はっ。手配します」

宰相が深く頷(うなず)く。

「ビルデン伯爵の罪が明らかになったら、そなたには褒美をとらせよう。何か欲しいものはあるか？」

皇帝が肘を突いて、目を細める。リドリーは目に力を宿し、唇の端を吊(つ)り上げた。

「はい。次はグルニエル鉱山を視察したいです」

リドリーは快活に答えた。皇帝や宰相、貴族たちがリドリーに注目する。皆、金子でも欲しがると思ったのだろう。リドリーが鉱山へ行きたいと願うとは思っていなかったに違いない。

「鉱山……？　何故だ？」

皇帝も探るようにリドリーを窺う。

「主要な場所です。見ておくべきでしょう」

リドリーが臆した様子もなく言うと、皇帝が指でテーブルを軽く叩いた。

「まぁいいだろう。そんなものでいいなら」

深く考えるのを止めたのか、皇帝が鷹揚に頷く。

「ありがたき幸せ。それでは旅の疲れもありますので、これにて退室致します」

リドリーは席を立ち、一礼して背中を向けた。皇帝の返事も待たずに出ていくリドリーに、会議室の面々は呆然としている。

「面白いではないか」

皇帝の笑い声を背中に浴びながら、リドリーは廊下で待っていたシュルツと共にこの場を後にした。

## ◆4　辺境の地へ

迅速な手配の元、ドーワン港には騎士団が派遣され、ビルデン伯爵を捕らえた。脱税の証拠はあっという間に集まり、かなりの額がビルデン伯爵の懐に入っていたのが判明した。国を欺いた罪でビルデン伯爵は牢獄(ろうごく)に入れられ、爵位は取り消しとなった。貴族から一転して平民になり、後妻と娘は早々に離縁して別の土地へ逃げたらしい。息子のマイルはお咎(とが)めがなかったものの、父親の罪を正せなかった責任からか、平民になって一からやり直すと言っている。リドリーはマイルが実質的な責任者であったことと、仕事のできる者を追放するのはもったいないと口添えした。そのおかげか、マイルはドーワン港の責任者として働けることになった。平民になったので、診療所で働く恋人と結婚できるようになったとか。

リドリーの進言により、各港には国から監査の手が入るようになった。改めて後日皇帝から報奨が渡され、鉱山への視察も可能になった。

一カ月後の木枯らしが吹く季節、リドリーは近衛騎士十五名を伴い、グルニエル鉱山へ向けて出発した。今回は馬車ではなく、リドリーも馬に乗っての移動だ。

グルニエル鉱山は北方に位置する鉱石の発掘場所で、帝都から馬で一カ月近くかかる辺境の地だ。ヘンドリッジ辺境伯が領地を治めていて、隣国ラムダとの国境線を守っている。辺境伯には槍遣い（やり）の名手を揃え（そろ）た騎士団がいる。亜寒帯地方で育った猛者（もさ）ばかりで、サーレント帝国の要とも言われている。

「寒いなー」

ヘンドリッジ辺境伯の城を見上げ、リドリーは呟いた。雪は降っていないが、素手では指先が凍りつく寒さだ。ヘンドリッジ辺境伯の領地、オマール地方は、年間を通して寒い時期が多い。

一カ月、いくつもの村を通り過ぎ、サーレント帝国の情勢をこの目で確認した。正直、リドリーのいたアンティブル王国より、サーレント帝国のほうが貧富の差が激しかった。特産のある村は栄え、そうではない村は寂れ、大きな街ではスラム街も多い。税金が高いせいもあるが、徹底した貴族社会で、平民はどんなに能力があってものし上がれない仕組みになっている。平民は学校にも行けないし、大病を患ったら手当てを受けるのも難しい。一握りの金持ちと大勢の貧民というのがサーレント帝国の現状だ。

その中にあって、騎士団だけが唯一平民が暮らしをよくできる方法になっていた。各領地には騎士団を造ることが許可されていて、国の有事には国を守るためにはせ参じなければならないという決まりがある。力が強ければ女性でも騎士団に入ることができるので、地方の騎士団には女性も少なからずいるようだ。

（ともかく力なんだよなぁ、国の方針が）

暴君として知られた皇帝の政策は、力で内外の敵をねじ伏せることだ。大国なので治水や街道の整備はしてあるが、それ以上の発展は興味がないようだった。

騎士団の中でも特に強いと評されているのが、ヘンドリッジ辺境伯の抱える騎士団だ。ヘンドリッジ辺境伯と皇帝は若い頃、同じ戦場で剣と槍を振るった仲で、皇帝が唯一敵わないと認める男でもある。出発前から皇帝の側近や宰相に、辺境伯の相手は注意するよう再三言われていた。あの暴君と気が合うのだから、どうせろくでもない人間に決まっている。言われなくても、言動や態度には注意するつもりだった。

「あ、橋が下りますよ」

城の跳ね橋前で待機していた近衛騎士たちが、城から出てきた人を見つけて言う。ヘンドリッジ辺境伯の城は、険しい山に囲まれた場所にあった。城の周囲は深い壕（ごう）があり、唯一の入る道には跳ね橋がかけられている。リドリーたちが到着したのが城の見張り番の目に留まったのだろう。待つほどなく、ゆっくりと跳ね橋が下ろされた。

「ようこそ、おいで下さいました。主（あるじ）がお待ちです」

橋を渡ると、辺境伯の所有する騎士団の騎士がリドリーたちを見回して言った。ここの騎士団の騎士たちは、マント代わりに獣の皮を羽織っている。何でも自力で捕らえた獣の皮を被（かぶ）るのが決まりで、どれだけ大きな獣を狩ったか、お互いにひと目で分かるそうだ。

「あ、お、皇子。お目にかかれて光栄です」

近衛騎士を見回していた騎士は、近くにいたリドリーに気づき、焦って膝を落とす。どうやら太った男を捜していたようで、すぐ目の前にリドリーがいてびっくりしている。

「案内してくれ」

リドリーは騎士に立つよう促し、歩き出した。騎士が急いで立ち上がり、リドリーたちを率いて進む。シュルツはさりげなくリドリーより前に立ち、不測の事態に備えている。

城門が現れ、騎士たちが門の閂（かんぬき）を抜いて扉を開いた。辺境伯の城は石造りの堅固な建物で、要塞と呼ぶほうがぴったりだった。前庭や中庭に噴水や薔薇（ばら）園などは一切なく、城自体も敵が侵入してきた際に返り討つのを想定した造りだ。のこぎり型狭間（はざま）のついた回廊から、数人の騎士がこちらを見下ろしている。聞いた話では籠城できるよう、農場もあるそうだ。

城門を潜（くぐ）ると、リドリーたちは馬から下りて手綱を引いた。すると城の前の芝生には辺境伯の騎士団が勢揃いしていた。どの騎士も自分の背丈よりずっと長い槍を肩に構え、真ん中の道を空けて背筋を伸ばしている。

リドリーはシュルツを脇にずらし、その場に止まった。

ほどなくして城から大柄な中年男性が出てきた。白髪の混じった髪を後ろでひとつに束ねた、彫りの深い顔立ちの男性で、分厚い胸板と太ももくらいある二の腕、数人がかりで襲いかかっても、びくともしなそうな強靱な肉体をしていた。自領を示す雪の結晶と槍をデザインした紋章の入ったマントを羽織り、堂々とした態度でリドリーに近づいてくる。

(なるほど、あのクソ皇帝と渡り合えるだけの人物……)

リドリーの前に歩み寄ってきたヘンドリッジ辺境伯と目が合い、リドリーは居住まいを正した。ヘンドリッジの眼力はすさまじく、圧倒的な強者のオーラを放っている。

「ようこそ、ベルナール皇子。ずいぶんと面変わりされましたな」

ヘンドリッジ辺境伯はリドリーの前に立つと、大きな口から歯を見せて言った。皇族に対する礼は特にしない。ベルナール皇子を舐め腐っているのだろう。シュルツがそれに気づき、ムッとした様子を見せたが、リドリーはにっこりとヘンドリッジ辺境伯に微笑みかけた。目の前に立つと、辺境伯のでかさが分かる。身長は二メートル近くあるようだ。

「お久しぶりです、ヘンドリッジ辺境伯。しばらくお世話になります」

リドリーは笑みを浮かべたまま、手を差し出した。辺境伯の目が光り、ガッと手を握られる。怪力で握られて、痛い。

「お待ちしておりましたよ、さぁどうぞ、中へ。ずいぶんお痩せになられたようだ。といっても、私が前回お会いした時は、五年前。子犬のように震えておりましたな」

辺境伯に大声で笑われて、整列していた騎士が数名、ぷっと笑い出す。ベルナール皇子の無能さはこの地にも轟いているらしい。ある意味すごい。

「五年あれば、子犬も成犬になりましょう。もちろん、自分は犬ではなく獅子であると自負しておりますが」

笑った騎士のほうをじろりと見やり、リドリーは辺境伯と肩を並べて歩き出した。ほう、とヘンドリッジ辺境伯の目が面白そうにリドリーを見据える。

ヘンドリッジ辺境伯に連れられ、城の内部へ足を踏み入れた。内部は寒さを緩和するための厚い絨毯が敷き詰められ、華美ではないが落ち着いた色合いの調度品や壁紙で統一されていた。

「紹介しましょう、私の妻ジャンヌと長男のアシック、長女のメリー、次女のサラ、次男のルイです」

ホールに通され、ヘンドリッジ辺境伯の家族を紹介された。ヘンドリッジ辺境伯の妻はふくよかで優しそうな女性で、アシックはヘンドリッジ辺境伯にそっくりの大男、長女は母親似、次女は気の強そうな美人で、次男はぽっちゃりだ。

「お初にお目にかかります、ベルナールです」

辺境伯の家族とは初対面と聞いていたので、リドリーは女性陣の手の甲に口づけして、印象をよくした。長女と次女はリドリーの絵巻物に出てくるような美しい皇子ぶりに目をハートにしている。

「まぁ、ベルナール皇子がこのように麗しい方だったとは。噂はでたらめだったのですね」

長女はすっかりリドリーにメロメロで、頬を染めて首をかしげている。

「本当に。来て下さって嬉しいですわ」

次女も挑むような目つきでリドリーを見上げる。

「寒さに慣れない方には暮らしにくい場所ですけれど、精一杯おもてなししますので、何か不備がありましたら遠慮なくお申し付け下さい」

ヘンドリッジ辺境伯の妻が、にこにこして言う。

「ありがとうございます。この国にとって重要な地ですから、勉強していきます。それにしてもさすがヘンドリッジ辺境伯の息子たちですね。私などより、よほど強そうだ」

リドリーはヘンドリッジ辺境伯の家族に丁寧な態度で接した。ヘンドリッジ辺境伯が家族を愛する男だと、一見して分かったからだ。こういう男は自分を褒められるより、家族を褒められるほうを喜ぶ。

「ハハハ、父から鍛えられていますからね」

アシックはリドリーの態度を気さくに感じたのか、むきむきの腕を見せつけて言った。

「とんでもありません、皇子」

次男のルイは馴れ馴れしい態度を皇族にとるのはよくないと思っているようで、真面目な顔つきだ。長男は確かリドリーと同じ歳で、次男は十歳だと聞いている。

「さぁ、妻に部屋を案内させましょう。近衛騎士たちは一階のホールに寝泊まりしてもらいます。身の回りの世話をするメイドは二人でよろしいですかな」

ヘンドリッジ辺境伯が、リドリーを階段へ誘う。

「いえ、身の回りの世話はシュルツに任せているので。できれば近くの部屋に彼を置きたいのですが」

リドリーがメイドを断ると、ヘンドリッジ辺境伯が意外そうに顎を撫でる。

「ほう。ではそのように。皇子の隣の部屋は空いておりますので。ジャンヌ、案内して差し上げなさい」

辺境伯の妻が頷いて歩き出すと、長女と次女もうきうきした様子でついてきた。

「今日は旅の疲れもあるでしょうし、鉱山へは明日参りましょう」

ヘンドリッジ辺境伯に階段の下から声をかけられる。本音を言えば今すぐ行きたかったが、この地方ではあと半時で日が暮れるという。

「ええ、よろしくお願いします」

リドリーは軽く頷いて答えた。

通された部屋には熊の毛皮が敷かれていた。かなり巨大な熊で、開きになった状態で鞣されている。調度品やベッドは凝った意匠のもので、壁に複雑な模様を描いたタペストリーが飾られていた。一時間もすれば夕食を振る舞うというので、リドリーは礼を言ってしばし休憩することにした。シュルツと二人になり、肩の力を抜く。

「ここの騎士団に比べると、近衛騎士の体格は見劣りがするな。きっと肉ばかり食っているのだろう。あの太い腕。お前、辺境伯とサシでやったら勝てるか？」

部屋を見て回り、リドリーは運び込まれた私物を整理するシュルツに問いかけた。

「……辺境伯の強さは国一番と申します」

シュルツは淡々として答える。

「負けるつもりはありませんが」

低い声でぼそりと付け足し、シュルツがドアに向かう。ちょうどメイドがお茶を運んで来たところで、入り口でワゴンだけを受け取って、ドアを閉める。

「勝てないまでも、負ける気はないというところか？」

リドリーは小さく笑い、ベランダへの扉を開けた。三階の部屋なので、ずいぶん遠くまで見渡せる。中庭には城の周囲を警備する騎士がいて、常に外敵がいないか監視している。

「皇子、お聞きしてよろしいですか」

ベランダへの扉を閉めて部屋に戻ると、テーブルの上に湯気を立てたお茶が淹れられていた。すでに毒味済みなのだろう。リドリーは安心して長椅子に腰掛け、お茶を口にした。

「何だ？」

「どうしてここへ？　鉱山が重要な場所というのは存じております。ですが、鉱山で働くのは囚役している者ばかりです。危険なので皇族が近づく場所ではありません」

お茶を飲むリドリーを見据え、シュルツが不審を露わにする。

「……俺も本当は行きたくない。だが、早急に行かねばならない」

リドリーはシュルツを手招いた。シュルツがリドリーの隣に腰を下ろす。

「実は、工作員を差し向けた」

リドリーは小さな声で告白した。

シュルツの顔がぽかんとして、しばらく無言になる。

「まさか！　以前のあなたが……っ!?」

険しい形相でシュルツが腰を浮かせ、わなわなと肩を震わせる。シュルツにも分かったようだ。宰相である時の自分が、この国の重要な鉱山へ工作員を差し向けたと。

「声が大きい。それで、急いで工作員を排除したい。怒りは分かっているが、落ち着いてくれ」

静かに深く憤っているシュルツの肩を叩き、リドリーは必死に宥めた。本当はシュルツにも明かしたくなかったのだが、一人で工作員を排除するのは至難の業だ。手助けがいる。

「何という……っ、いや、待て、ひょっとして以前あなたが襲われたのは……っ!?」

シュルツがハッとしたように固まる。シュルツが頭の悪い男であるのを願っていたが、案外頭の回る男らしい。今回の件と暗殺の件を関連付けている。

「まぁ……つまり、そういうわけだ」

リドリーはうつむき、神妙な態度になった。シュルツは呆れてものが言えない状態で、握った拳に力が込められている。

「ブーメランのように自分のした行いが、自分に返ってきているというわけだ」

リドリーは腕を組み、媚びるように笑った。シュルツは髪を掻きむしり、乱暴に座り直す。

「暗殺にも感情的にならない、できた人だと思っていたのに……っ」

恨めしげに見られ、リドリーは頭を掻いた。

「すまない。そんなわけで、ここにいる間に、そいつを見つけたい。皇子が視察に来たとなれば、好機とばかりに動く可能性が高いしな。あと実はひとつ問題があって」

リドリーはシュルツの肩に腕を回した。耳元でぼそぼそ話し出すと、くすぐったそうにシュルツが身をすくめた。

「俺は閉所恐怖症なんだ」

言いたくない弱点を、リドリーはシュルツに明かした。

「え……？」

シュルツが困惑してリドリーを見返す。

「小さい頃、盗賊団にさらわれたことがあってな。そのトラウマで、暗くて狭い場所が苦手なんだ。明日は鉱山の内部に入らせてもらうつもりだが、俺の様子がおかしくなったら、お前に助けてもらいたい」

拝むようにリドリーが言うと、シュルツの肩から力が抜けた。

「それは……分かりました。明日はよりいっそうあなたの態度に注視しておきます」

シュルツは自分の胸を叩き、強い決意を滲ませる。先ほどはリドリーに立腹していたが、今は気持ちが切り替わったようだ。弱者にはとことん甘い男らしい。

「他に何をしてきたのですか？」

その日は部屋から出て行くまで、シュルツはリドリーに不審の目を向けてきた。実はまだいくつかあると言ったら許してくれなさそうなので、リドリーはあいまいな言葉でごまかし続けた。

翌日は、しんしんと冷える中、ヘンドリッジ辺境伯と騎士団十名、リドリーの連れてきた近衛騎士七名を伴って、グルニエル鉱山へ向かった。

グルニエル鉱山は城から西へ馬を三十分ほど走らせた先にある。百年前に山を開削し道を造ろうとした際に、鉱石が発掘されたことにより、国の管轄下になった。当時の皇帝は武功で名を挙げたヘンドリッジ家門にこの地方を治めさせた。百年経った今も、ヘンドリッジ辺境伯として領主の座を務めている。

グルニエル鉱山で発掘作業をしているのは、主に罪人だ。他には職が見つからない者や、まともな場所で働けない流れ者など、さまざまな過去を背負っている者が危険な作業に勤しんでいる。罪人が多いことからも、監視者が多い。国から派遣された監視官と、ヘンドリッジ辺境伯の騎士団から交替で見張りに来ている。たまに逃げ出す罪人もいるため、監視の目は厳しい。

「ここから徒歩ですが、体力は大丈夫ですかな」

山のふもとで馬を止め、ヘンドリッジ辺境伯がリドリーに聞いた。

「無論です」

リドリーは馬の手綱を騎士団の男に手渡し、頷いた。

鉱山の発掘場所に至るまでの道は、整備されていた。ロバや馬を使って鉱石を運び出す作業もあるので、道幅はけっこう広い。リドリーは厚手の衣服の上に、ヘンドリッジ辺境伯から贈られた灰色熊の毛皮を着込んでいる。耳まで隠す毛皮でできた帽子は、ヘンドリッジ辺境伯の妻のお手製のものだ。背後に控えるシュルツは耳が出ていて、木枯らしが吹くと寒そうだった。

「そういえばベルナール皇子は、ドーワン港を治めるビルデン伯爵の汚職を摘発したとか」

勾配のある道を進みながら、ヘンドリッジ辺境伯がにやりとして話しかけてくる。こんな辺境の地まで、噂が届いているのかとリドリーは舌を巻いた。人づてに聞くにしては、情報が早い。ヘンドリッジ辺境伯は地方を治めているが、帝都や主要な都市で起きた出来事を収集する能力があるらしい。

「ええ、偶然視察に出た先で、収支が合わないことに気づきまして。こちらの鉱石はビルデン伯爵と取引はなかったと聞いております」

リドリーはちらりとヘンドリッジ辺境伯を窺った。ビルデン伯爵の罪が明らかになって、闇取引相手の貴族が数人、牢に入れられた。この件でリドリーはかなり評価を上げたが、捕まった貴族たちから恨みを買った。

「取引を持ちかけられたことはありますが、うちはもっぱら皇家が取引相手ですから。たまにウイリアムス侯爵に融通を利かせるくらいですな」

ヘンドリッジ辺境伯はおおらかに笑って言う。

昨夜は豪勢な夕食を振る舞われ、辺境伯の家族と会話を愉しんだ。長男のアシックは来春に結婚するらしく、婚約相手のジョーソン伯爵の娘がここに嫁いでくるらしい。まだ三回しか顔合わせしていないと不安そうに語っていた。貴族同士の婚姻は多くあるが、辺境伯の城が遠いので、なかなか会えないのだろう。

「皇子はどなたか心に決めた方がいるのですか？」

次女のサラに臆した様子もなく聞かれ、リドリーは苦笑した。長女のメリーが真っ赤になって「サラ、言葉を慎んで」と窘める。こういったぶしつけな質問は、ふつう目下の者から聞くものではない。サラは社交界デビューしていないのもあって、礼儀作法はまだまだだ。

「幼い頃には婚約相手がいたのですが、今はおりません。まだ若輩者ですし、結婚は四、五年先でいいと思っております」

リドリーはさらりと答えた。ヘンドリッジ辺境伯夫妻の顔が硬くなり、空気が重くなる。

ベルナール皇子には五歳の時に婚約者がいた。公爵家の同じ歳の娘で、名前をマリアと言った。マリアはベルナールと仲がよかったようだが、十歳の頃に城で起きた反乱事件に巻き込まれて亡くなった――というのは隣国にいたリドリーも知っている。どうやらベルナール皇子の過食傾向が始まったのが、婚約者の死らしい。父親からのプレッシャーにどうにか耐えていられたのは、婚約者の令嬢のおかげだったのだろう。それ以来、ベルナールは他の令嬢との婚約を拒んでいたそうだ。

「そういえば、今年の葡萄はできがよくて」

ヘンドリッジ辺境伯が手を叩く。すぐにメイドがワインを運んで来た。辺境伯夫妻はこの地方で人気のワインをリドリーに勧めてきた。おそらくベルナール皇子の婚約者の話を続けたくなかったのだろう。

婚約者がいなかったことは、リドリーにとって幸運だった。別人の身体を使って、婚約者と深い仲になりたくない。

「――ところで、辺境伯。この地方には魔女がいるそうですね」

リドリーはここに来た際に調べておきたかった件を切り出した。

自分がこんな状況に陥って、呪術や呪いの類いではないかと皇室図書館で情報を漁った。たいした情報は得られなかったが、この地方に魔女がいるという記述を見つけた。

「は……。ベルナール皇子は、そのようなものに興味が?」

ヘンドリッジ辺境伯がおかしそうに笑う。

「魔女といっても、薬草を作ったり、邪気払いをしたりする程度のものですよ」

妻のジャンヌが肉を切り分けて言う。妻の話によれば、不可思議な能力を使うわけではないらしく、村民が気軽に訪ねる薬師に近い存在だという。

「興味がありましてね。一度会ってみたいものです」

リドリーはにっこりして言った。

「森の外れに棲んでいる魔女様は、占いが得意ですのよ。お時間があったら、私がご案内しますわ」

長女のメリーが上目遣いで言ってくる。

「ぜひ、よろしくお願いします」

リドリーはメリーを魅了する笑みを浮かべた。サラがメリーに肘を突き、姉妹できゃっきゃとはしゃいでいる。

——昨夜の夕食時の会話を思いだし、リドリーはふうと肩を落とした。山の斜面に大きな穴が開いている。急勾配のカーブを回り込むと、採掘をする男たちの姿が現れた。出入り口には木枠で崩れないような処置がしてあった。大男が五人くらい通れるほどの大きさだ。二人がかりで二輪の荷車を押していた男たちが、トンネルの中へ入っていく。左手には開けた土地があり、そこには丸太で造られた山小屋が建っていた。騎士や監視者の使用する小屋だろう。

作業する男たちの使う小屋は太い木の枝と幕を張っただけの簡易テントで、そこには発掘する道具を入れる大きな木箱が並んでいる。

「どれくらい奥まで掘っているのですか？」

作業する男たちを見やりながら、リドリーはヘンドリッジ辺境伯に尋ねた。

「かなり深くまで掘り進めています。中に入られますか？」

ヘンドリッジ辺境伯に聞かれ、リドリーは横にシュルツがいるのを確認して頷いた。表で作業している男たちの中に、リドリーが送った工作員はいない。顔に目立つ痣のある男で、癖のある歩き方をしているので見つけやすいはずだ。

「念のため、防御魔法をかけましょう。ブラン」

ヘンドリッジ辺境伯が、護衛についた騎士を一人呼び出す。短髪の背の高い騎士で、防御魔法をかけることができるらしい。魔法を使える人はごく限られているので、騎士団でも重宝しているそうだ。

「では、防御魔法をかけます」

ブランと呼ばれた騎士は、リドリーやヘンドリッジ辺境伯、トンネルの中に入る騎士や近衛騎士に防御魔法をかけていく。

「ふう……、できました」

十名ほど防御魔法をかけると、ブランは目眩を感じたようにしゃがみ込んだ。

「お前は外で休んでいろ」

辺境伯がブランの肩を叩く。十名かけたくらいで魔力が尽きるなら、たいした戦力ではないなと思いつつ、リドリーは「ありがとう」とブランをねぎらった。

ヘンドリッジ辺境伯を先頭に、リドリーたちはトンネルの中へ列を作って入っていった。奥から硬い土を掘る音と、男たちの怒鳴り声が聞こえてくる。しばらく歩くと道が徐々に狭くなり、男二人がすれ違うのがやっとという道幅になってきた。トンネルの上部は等間隔で木枠がはめ込まれており、落盤を防いでいるようだ。内部は暗く、カンテラの明かりがところどころに揺れている。

リドリーは内心のざわつく思いを、必死に堪えて歩いていた。

鉱山内部は暗くて狭くて、本来なら絶対に入りたくない場所だ。だが、それをヘンドリッジ辺境伯には知られたくない。弱みを見せたら最後、この男は平気でそこを攻め込むだろう。今後どうなるか分からない以上、できるだけ平気なふりをするしかない。

「どのような鉱石が発掘されるのですか？」

リドリーは息が荒くなるのを無理に押さえ込み、ヘンドリッジ辺境伯に尋ねた。曲がりくねったトンネルを進んでいるが、今のところ工作員はいない。

「主に鉄ですね。たまにミスリルと呼ばれる金属も出ます」

ヘンドリッジ辺境伯は作業する男たちに目を配り、答える。少し道が開けてきて、つるはしを打つ音が響いてきた。道はいくつかに分かれ、土を載せた荷車がちょうど奥から出てきたところだ。リドリーはそっと汗を拭い、息を吐き出した。

「大丈夫ですか？」

さりげなくリドリーの横に来たシュルツが、囁（ささや）くような声で気遣う。

「もう出たい」

リドリーはこっそりと呟き、呼吸を整えた。

ヘンドリッジ辺境伯は奥までリドリーを案内し、作業する男たちの横に並んで説明を始めた。かなり深い場所まで視察したが、工作員はいなかった。

（もしかして、すでに排除されたか？）

工作員はリドリーが奴隷にした男なので、命令に背くとは考えられない。必ずグルニエル鉱山に来て、何らかの工作を行っているだろう。特に爆弾作りが得意な男なので、すでに潜入していたらどこかに爆発物を仕掛けている可能性が高い。だが、途中で何かあって指令を全うできていないという可能性もある。

「さて、そろそろ出ましょう」

ひととおり案内し終えたとばかりに、ヘンドリッジ辺境伯がきびすを返す。作業する大勢の男を見たが、やはり工作員はいなかった。リドリーも諦めて、出口に向かって歩き出す。

「はー……」

鉱山から外に出て新鮮な空気を吸うと、リドリーは生き返った思いで汗を拭った。

「皇子、水を」

シュルツが持っていた水筒を差し出してくる。リドリーは水を口に含み、シュルツに礼を言った。

「ここでお昼にしましょうか」

ヘンドリッジ辺境伯が言い、馬に乗せて運んで来た昼食を広げ始めた。作業する男たちは、それぞれパンと水が配られるのだそうだ。開けた場所には切り株の椅子がいくつもあり、リドリーは適当な場所に座って、ヘンドリッジ辺境伯の妻が作ったというパンに肉をはさんだものを頬張った。貴族の夫人は料理などしないのが定説だが、ヘンドリッジ辺境伯の妻は常識にこだわらないタイプらしい。

シュルツを隣に座らせて昼食をとっていると、ふと昼飯を食べる作業員の中に不審な動きをする男を見つけてしまった。人のいないほうへ、こそこそ移動している。シャツの腹の辺りが大きく膨れていて、何かを隠し持っている。

「シュルツ、あいつかもしれない」

リドリーはパンを食べるフリをしながら、シュルツに耳打ちした。髪の色が違うし、顔に痣もないが、どうも怪しい。色黒なので、痣を隠すために何か塗ったのかもしれない。

「あの男に近づいて、工作員ならもう素性はばれたから、ここから出ていけと囁いてくれないか」

リドリーは視界の端にヘンドリッジ辺境伯を入れながら呟いた。ヘンドリッジ辺境伯は、仲間の騎士と馬の話で盛り上がっている。

「分かりました」

シュルツは頷いて、すっと昼食の席から遠ざかった。

「おや、護衛の騎士はどうしましたか」

少ししてヘンドリッジ辺境伯が、シュルツがいないのに目ざとく気づき、目を細める。

「出すものを出したらすぐに戻りますよ」

リドリーは笑顔で答え、騎士たちの笑いを誘った。

シュルツは工作員の後を追って、トンネルの近くまで行っている。遠目にシュルツが工作員と触れ合ったのが見えて、リドリーはかすかに緊張した。

次の瞬間——何の前触れもなく、山小屋に爆発が起きた。

「な……っ⁉」

ヘンドリッジ辺境伯が目をぐわっと開き、立ち上がる。ヘンドリッジ辺境伯はすぐさま飛び出し、リドリーを山小屋から離した。二度目の爆発が起き、山小屋の屋根が吹き飛ぶ。もうもうとした煙が流れ、火の手が上がるのが見えた。

「山小屋の中にいた者を助けろ！　水を持ってこい！」

ヘンドリッジ辺境伯が大声を上げて指示する。騎士たちは突然の爆発に呆然としていたが、辺境伯の指示に従い、慌ただしく動き出した。煙がすごくて、リドリーを安全な場所に連れ出そうとする騎士たちも激しく咳き込む。

（あー、やっちまったな！）

リドリーは騎士たちに申し訳ないと思いつつ、煙に紛れてその場を離れた。リドリーにはこの爆破が、工作員の手によるものだと察せられたからだ。

（どこにいる⁉）

リドリーは煙を吸い込まないように顔をハンカチで覆って、トンネルの入り口へ駆け込んだ。煙は辺り一帯に広がり、作業員の男たちのパニックになった怒号が飛び交っている。

「皇子！」

トンネルの入り口に、奥から戻ってきたシュルツがいた。爆発音を聞き、リドリーの身を案じて戻ってきたのだろう。

「俺は無事だ、工作員は？」

リドリーはシュルツの腕を掴み、口早に尋ねた。

「奥へ逃げ込みました」

シュルツの答えを聞き、リドリーは奥に向かって走り出した。事を起こす前だったら、工作員には逃げてもらうだけでよかったが、こうなってしまっては捕まえて処理する以外ない。

（あーもー。何で逃げないんだよ！）

自分の下した命令をこなした男を処刑するなんて、本当はしたくない。相手は悪党だと分かっていても、道理に合わない。

リドリーはどこにもぶつけられない憤りを抱えて、トンネルの奥へ走った。まだ煙はここまで来ていない。シュルツと共に工作員を捜しながら、三つ叉に分かれた道に出た。

「あそこに！」

シュルツが一番右の道を指さし、リドリーは考える前に走り出した。思考すると恐怖が先立つので、無になって走った。追われているのに気づいたのか、男が振り返った。男と目が合い、リドリーが奴隷にした一人だと分かった。肌色を変えて痣を隠しているが、アンティブル王国で爆弾魔として捕らえられた男だ。爆発に喜ぶ変態で死刑になるはずだったが、その才能を見込んで、リドリーが奴隷の一人に加えた。サーレント帝国に差し向けて、思い切り爆弾を作って打ち上げてもらおうと思ったのだ。

「我が主のために！」

男と目が合って、にたりと笑われた。リドリーがハッとして立ち止まると、男が手にした何かを握った。とたんに、激しい爆発音がして、上から土砂が落下してきた。

「皇子！」

とっさにシュルツがリドリーに覆い被さり、地面に倒れ込む。二度目の爆発音がして、前後で地盤が揺れる。土と砂がすごい勢いで落ちていくのが分かり、リドリーは息を呑んだ。土砂が崩れる音が永遠に続くようだった。視界は真っ暗で、急に音が聞こえなくなる。

（閉じ込められた！）

やっと土砂の音が静まったと分かった時には、リドリーは絶望した。真っ暗な上に、狭い空間にいる。息が荒くなり、身体が震えた。おそらく工作員がトンネルの何カ所かに爆発物を仕掛けて、リドリーたちを生き埋めにしたのだろう。

「はぁ……っ、はぁ……っ」

リドリーは胸を喘（あえ）がせ、苦しげに息を吸い込んだ。

「皇子、大丈夫ですか？　皇子！」

ぜぇぜぇと苦しい息遣いのリドリーを、誰かの手が探ってくる。びくっとして震えると、大きくて温かい身体に包まれた。そういえばシュルツがいたのだと、やっと思い出した。

「しっかりして下さい！　皇子！」

過呼吸になっているリドリーに気づき、シュルツが頰に触れてくる。

「く、口……、う、ああ……」

リドリーは恐怖に支配され、うわごとのように呟いた。息を吐き出しすぎて、頭がくらくらした。真っ暗な中に取り残されて、怖い、ということしか考えられない。

「あ、ああ、あ……っ」

リドリーは息苦しさに胸を搔きむしり、ガタガタと身体を震わせた。すると、いきなりシュルツが大きな手で目を覆ってきた。

「皇子、ここは暗闇ではない！　目を閉じているだけです！」

シュルツの怒鳴り声がして、リドリーは息を引き攣らせた。助けを求めるように手を伸ばすと、シュルツがぎゅっと抱きしめてくる。

「皇子、呼吸がおかしい」

シュルツが上擦った声で言い、次の瞬間には唇に何か柔らかくて温かいものが覆い被さっていた。息を吐き出すことができなくなり、リドリーはシュルツの腕をきつく摑んだ。唇に触れたものは、リドリーの中に息を吹き込み、わずかに離れる。リドリーが息をつくと、また重なってきて、優しく吸う。

（キス……？）

呼吸が整い始めると、自分が何をされているか理解してきて、リドリーは朦朧とする頭でシュルツにしがみついた。シュルツの唇がリドリーの唇に重なり、長く吸いついてくる。

「そう……そのままで……」

リドリーの震えが徐々に収まってきたのが分かったのか、シュルツの大きな手がリドリーの髪を撫でる。恐怖がキスという非日常性に入れ替わり、リドリーの理性を取り戻した。暗闇に閉じ込められた。一瞬でも気を抜くと、恐怖に支配されそうだ。

「目を開けないで下さい……。ここは暗闇ではない」

シュルツに暗示をかけられるように何度も繰り返され、リドリーは荒い息遣いでシュルツの首に腕を回した。暗闇ではなく、目を閉じているだけ。必死に自分にそう言い聞かせ、シュルツの熱い唇を吸い返した。

キスが深くなる。リドリーが自然に口を開けると、シュルツの舌が口内に潜り込んできた。

(何だ……やっぱり、副作用は出ているんじゃないか……)

シュルツの舌に舌を絡めながら、リドリーは頭の隅でぼんやり思った。

うなじに手がかかり、シュルツの舌が口内を蹂躙してくる。いつの間にかシュルツもキスに夢中になっていて、リドリーの身体をまさぐってくる。

「ん……、う……、はぁ……」

シュルツとのキスは男同士なのに、心地よかった。無造作に舌で口の中を掻き回されると、

ぞくぞくする。濡れた音が響き、シュルツの息も荒くなる。胸元を探ってきた手が、リドリーの衣服の前ボタンを開けて中に潜り込んでくる。

「はぁ……、あぁ……」

激しくなってきたキスの合間にシャツの中に入ってきた手で、胸元を撫でられた。指先で乳首を弄られ、ぞくっと背筋に快感が走る。

——ふいに、男たちの声と、土砂を掘る音が耳に届いた。

リドリーは我に返って、シュルツを押しのけた。シュルツもハッとして、身体を硬くする。

「皇子！　ベルナール皇子！　ここにいるのですか！」

ヘンドリッジ辺境伯の声が、遠くから聞こえる。リドリーは急いで濡れた口元を拭い、「私はここだ！」と叫んだ。壁の向こうで騎士たちの声がして、土砂を掻き出す音が盛んにした。助けが来たのだ。リドリーは息をついて、ちらりとシュルツのほうを見た。真っ暗でお互いにどんな表情をしているか分からないが、とても気まずい。

「お前のおかげで……助かった」

リドリーは咳払いをして、手探りでシュルツの背中に手を当てた。

「いえ……」

シュルツは口ごもるように言い、リドリーの手を取って立ち上がる。生き埋めにされて混乱していたが、冷静になって調べると思ったより広い空間に閉じ込められたようだ。爆破で道を塞がれたとはいえ、落盤しないよう天井に張り巡らせた木枠が無事だったのだ。シュルツが探ってみると、カンテラが落ちていて、拾い上げてリドリーが火魔法で火をつけると周囲が明るくなった。

一時間ほどして、騎士団たちの手でリドリーとシュルツは外に解放された。

トンネルを抜けると、リドリーは明るい空の下に舞い戻った。土砂で真っ黒になった顔を擦（こす）り、シュルツを振り返る。シュルツの顔は土砂で真っ黒で、きっとリドリーの顔も同じようなものだろう。こんな薄汚れた顔であれほど長く口づけていたのかと思うと赤面の至りだ。

「一体、何故あんな場所に？　無事だったからよかったものの、あやうく皇家と闘いになるところでしたよ」

リドリーの無事を確認して、ヘンドリッジ辺境伯が恐ろしい形相で問い質（ただ）す。

リドリーは不審な人物を見かけてシュルツを差し向けたが、爆破が起こって心配になって後を追ったところ、犯人らしき男に生き埋めにされたと話した。

爆破を起こした犯人は、すでに捕まっていた。トンネルから出てきたところを、リドリーの姿を捜しに来たヘンドリッジ辺境伯に取り押さえられたそうだ。騎士団に身柄を押さえられ、拘束されている。

とにもかくにも、鉱山での一件は収束した。

工作員はこの国の法に則（のっと）り、処罰されるだろう。リドリーは疲れた身体で馬に乗り、ヘンドリッジ辺境伯の城へと戻った。

城に戻ると、リドリーは風呂で汚れた身体を温めた。精神的な衝撃が大きかったのか、熱を出してしまい、二日ほどベッドから出られなかった。

「ご無事でよかった……。こんな無茶はもうしないで下さい」

シュルツは何事もなかったような顔で、リドリーの看病に勤しんだ。長女と次女も看病をしたがったが、シュルツが追い払っていた。

(結局、鉱山に被害が及んでしまったな……)

横になって身体を休めながら、リドリーは複雑な思いで唸(うな)った。

宰相である自分にとっては敵国の鉱山に被害が及んで喜ばしいが、皇子である今の身では、鉱山に被害が及んで頭が痛い。

鉱山はしばらく発掘を止め、修復に勤しんでいると聞く。

三日目になってようやく身体が楽になると、リドリーの元に客人が訪れた。

「ベルナール皇子、レイヤーズ商会のアンディという男がお目通りを願っておりますが、いかが致します?」

辺境伯の妻が、困惑した様子で部屋に来て言った。レイヤーズ商会とは、たまに取引があるらしい。

「通して下さい」

リドリーは待ち望んでいた連絡が来たと目を光らせ、ベッドから起き上がった。寝間着にガウンを羽織り、長椅子に腰を下ろす。シュルツはドアの傍に立ち、ノックの音と共に入ってきたアンディを監視した。

「ベルナール皇子、どうも。ちょうどこちらに取引の仕事があったので、顔を出してみました」

アンディは愛想よく笑いながら、被っていた帽子を軽く下げる。ドアの傍に立っていたシュルツは、誰にも聞かれないよう、ドアの前に立ち塞がる。

「何でも爆破事件に巻き込まれたとか？　お身体は大丈夫ですか？」

アンディの態度は以前と比べ、気さくなものに変わっている。ひょっとして、ニックスから何か聞いたのかもしれない。

「平気だ。寝間着で失礼するよ。手紙の返事を持ってきたのか？」

リドリーは身を乗り出して尋ねた。アンディに座るよう促すと、にやりとして持っていた鞄に手を入れる。

「ファビエル家のニックスさんからの返事です」

アンディが白い封筒を差し出してくる。リドリーは裏の蠟に工作がないのを確認して、ペーパーナイフで封を開けた。

もどかしい気持ちで、手紙を開く。

リドリーとニックスの間でやりとりしている暗号を使った手紙だ。

「……はぁー……」

ひととおり目を通して、リドリーは深いため息をこぼした。

手紙にはこうあった。

『手紙を読んで腹を抱えて笑いました。あの雨の日から、リドリー様の気が狂れたともっぱらの噂です。奴隷の一人が、「こいつは主じゃない」とリドリー様を殺しかけました。記憶を失っているにしては自分は皇子であるとか世迷い言ばかり繰り返すので、今は地下に閉じ込めているところです。暗殺ギルドの件は、とりあえず止めてもらいましたが、すでに差し向けられた暗殺者が何人かいるようです。自力で何とかして下さいね。――ニックス』

リドリーは頭を抱えて、呻き声を上げた。

結局、自分でどうにかしなければならないのか。せめて手助けのひとつでもしてくれればいいのに。

（むしろ面白がってないか？）

ニックスの嫌味な笑いを思いだし、リドリーは手紙を燃やした。

いつ元の身体に戻るか分からないが、何とかしてアンティブル王国へ戻らねばならない。自分の身体には間違いなく、ベルナール皇子が入っている。

「ありがとう、アンディ。これは褒美だ」

リドリーは持ってきた金貨の入った袋をアンディの前に置いた。

アンディは何故かそれをじっと見たまま受け取ろうとしない。

「……皇子としゃべっていると、知り合いの男を思い出すんですが、気のせいでしょうか？」

リドリーを見つめ、アンディが声を潜める。

リドリーはアンディを見つめ返した。

「気のせいだろう。俺はどこにでもいるような凡庸な人間ではないから」

リドリーは不敵な笑みを浮かべ、足を組んだ。アンディが気を呑まれたように身を引き、軽く手を挙げる。

「……そうですね。さて、俺はお役御免ですか？」

アンディが腰を浮かせたので、リドリーは身を乗り出した。

「いや、これからも定期的に顔を見せてほしい。そうだな、手ぶらではまずいから……異国の珍しい品を持ってきてほしい。いいものなら買い取ろう」

今後、アンティブル王国とのやりとりに、アンディは欠かせない存在だ。

「仰(おお)せのままに」

アンディはしばらくこの辺りに滞在していると告げて、部屋を出て行った。アンディがいなくなると、リドリーは思考を巡らせるように指を組んだ。部屋の隅に控えていたシュルツが近づいて来て、手紙の燃えかすを眺める。

「手紙には何と？」

シュルツは暗い面持ちで聞く。

「俺の身体にはベルナール皇子が入っているそうだ」

リドリーが答えると、衝撃を受けたように固まる。シュルツにとって複雑な思いなのだろう。リドリーは立ち上がって、シュルツの肩を叩こうとした。すると、ぎょっとしたようにシュルツが身を引いた。その頬に朱が走っている。

「あー……」

シュルツが目を合わさずに顔を背けるのを見て、リドリーは頭を掻いた。閉じ込められた時、キスしたのを思い出したのだろう。看病の際も時々、意識したように目を逸らすことがあった。

リドリーは咳払いして、シュルツに長椅子に座るよう促した。その隣に腰を下ろすと、シュルツの身体が緊張するのが分かる。

「あのな、お前には言ってなかったんだが……お前を奴隷化したあの術だが……副作用が出るんだ」

リドリーは言葉を選びつつ、切り出した。

「副作用……？」

シュルツが眉根を寄せる。

副作用——実は、術をかけられた相手は、リドリーに対して好意を抱いてしまうのだ。

「ああ。俺のことを好きになるって呪いがかかる」

リドリーは自分を指さして、告白した。みるみるうちにシュルツの顔色が変わり、膝の上に置かれた手がぎゅっと丸まった。

「だから、俺にキスをしたことは気にしなくていい。あれは俺の混乱を宥めるためだって分かっているし、副作用もあるから、お前に非はないんだ」

いずれ言わなくてはと思っていた問題だ。これまでシュルツはリドリーに対して欲情するそぶりはいっさい見せなかった。他の奴隷化した者の中には、襲いかかってきた者もいるくらいなのに。

最初は副作用が出ていないのかと思ったが、あのキスでそんなことはないと確信した。シュルツは自分に対して、魅了されている。

「……あれが、副作用……？」

シュルツはうつむき、低い声で呟いた。その肩が震え、シュルツの息が荒くなる。

「あれがそうだと言うのですか……？　私が、あんなふうに誰かを……っ」

シュルツの声音が高くなり、やおらリドリーの肩を摑んできた。目線が合うと、ひどく狂おしい眼差しで吐息をぶつけてきた。

「あんなたぎるような想いを、術のせいだと⁉　ひそかにあなたに抱いていた想いは、私のものではなかったと言うのですか！」

両肩を摑まれて、シュルツが迫ってくる。副作用がまったく出ていないと思ったのは勘違いで、シュルツは自分に情欲を抱いていたらしい。もともと感情を押し殺す性格だったのかもしれない。

「あ、ああ……。だから悩まなくていいと……」

リドリーとしてはフォローしようとしただけなのに、却ってシュルツの怒りを招いたようだ。いきなり抱きしめられて、強引に口づけられる。びっくりして胸を押し返そうとしたが、厚い胸板はびくともしなかった。

「この想いは嘘ではない……っ」

キスの合間にシュルツが口走る。リドリーは呆然としたまま、シュルツの熱い口づけを受け止めた。嫌がらなければならないのだが、思ったよりシュルツとのキスが気持ちよく、この激情を心地よいとさえ感じていた。

（どうしようか……）

切ない表情で自分を抱きしめるシュルツの背中を叩き、リドリーはこれから先の未来が見通せなくて困った。前途多難な道筋は、出口のないトンネルのようだとひとりごちた。

## ◆5　魔女の残したもの

ヘンドリッジ辺境伯の城から眺める日の出は、なかなか荘厳なものがある。隣国との国境に連なる山の合間から徐々に顔を出す太陽の眩しさに、身の引き締まる思いだ。

「あークソ寒い……」

毛皮のコート、厚手の衣服、ブーツ、手袋を身にまといながら、リドリーは寒さに震えて愚痴をこぼした。帝都と違い、辺境伯の領地であるオマール地方は寒い。冬は雪で覆われると聞くし、とてもじゃないがここでは暮らしていけない。まだ本格的な冬を迎える前で、この寒さなのだ。寒さをしのぐためにだけ、以前のような肉襦袢をまとった身体に戻りたいと思った。

「大丈夫ですか？　やはりもう一枚羽織ったほうがいいのでは」

横にいたシュルツが声をかけてきた。近衛騎士の制服をまとい、腰に長剣を携えている。

「過保護にするな。これくらいの寒さは耐えてみせる」

すでに厚手の服を着込んでいるのだ。これ以上は、着ぶくれてしまう。シュルツはリドリーに対して常に気を配っている。皇子の護衛としては正しい姿だが、あまり構われすぎると周囲の人間に対して示しがつかない。とはいえ、この寒さはリドリーには堪えた。そもそもリドリーのいたアンティブル王国は温暖な気候の時期が多く、帝国の北方の寒さに慣れていない。この城に関わる人間は皆平気そうに過ごしているのが驚異に思える。

馬に乗ろうと鐙に足をかけたリドリーにシュルツが手を伸ばし、腰を支えようとする。

「あ……」

吐息が触れ合うほど顔が近づいて、動揺したようにシュルツがさっと身を引いた。

シュルツは視線を泳がせている。

数日前、シュルツには奴隷化した術には副作用があるという話をした。その時に感情が高まったシュルツはリドリーにキスをした。激情のままに抱きしめられ、何度か口づけされたが、その後は冷静さを取り戻したのか身を引いた。だが、それ以来、シュルツはリドリーを意識しまくっていて、身体が触れ合う距離になるとぎこちなくなるのだ。こちらとしては純情な騎士をたぶらかした思いでいっぱいだ。気にしなくていいというのも変だし、シュルツと主従以上の関係になっていいのかという思いもある。そもそもこの身体は他人のものだ。

結論として、あれ以来そのことに触れていない。

「ベルナール皇子、そろそろ出発しましょう」

ヘンドリッジ辺境伯の長女、メリーが白い息を吐きながら近づいてきた。リドリーよりよほど薄着で、葦毛の馬を引いてきた。

太陽がようやく顔を出した早朝、リドリーは辺境伯の長女と辺境伯の騎士団四名、リドリーの近衛騎士五名を伴って辺境伯の城を出発した。

一週間ほど前、工作員の爆発物で生き埋めになった後、リドリーは身体に変調をきたした。辺境伯の妻子の手厚い看護もあって、数日のうちに回復したものの、まだ少し尾を引いている。捕らえられた工作員は、ヘンドリッジ辺境伯が誰の指示か拷問してでも吐かせると言っていたが、鉱山で怪我を負ったらしく、獄中で亡くなったそうだ。

工作員の件が片付いたので、帝都に戻ってもよかったのだが、リドリーにはここでもう一つやっておきたいことがあった。

それは、魔女に会うことだ。

魔女――リドリーのいたアンティブル王国にも、魔女はいる。薬師と似たような扱いで、薬草の扱いに長け、迷信、伝説といった古い話に精通していると言われている。

魔女に会ったら、この国の恥部、とりわけ皇帝に関する話を聞きたかった。強大なサーレント帝国だが、後継ぎについては問題を抱えている。何しろ直系の男子がベルナールしかいないのだ。皇帝は側室を何人も抱え、夜の営みも盛んで皇女は九人もいる。けれど、ベルナール以降二十年、男子は生まれていない。本来なら一人しかいない皇子のベルナールが立太子すべきなのだが、容姿や能力、人となりに至るまでとても帝国を任せられないと皇家は考え、皇子の身分のままだった。皇女を擁立しようとする派閥もいるらしいが、現在のところ、帝国の法律では男子のみ跡を継げるので、まずは法改正から始めなければならないだろう。

気に食わない帝国の跡継ぎ問題などどうでもいいが、もし本当に男子が生まれないのが呪いというなら、その辺りを詳しく調べたかった。それはいずれ自国に戻った際、リドリーの手札になるかもしれないからだ。

そんなわけで、ぜひ魔女に会ってみたいと辺境伯の妻に話したところ、長女のメリーが「私がご案内します！」と手を挙げた。何でも魔女の棲んでいる森は険しい場所にあり、案内人が必要だそうだ。辺境伯の妻子は魔女からよく薬を買っているらしく、買い物ついでに案内してくれることになった。

「魔女にお会いになるのですか。あまりお勧めはしませんな」

リドリーが社交辞令ではなく本当に魔女に会いに行きたいと知ると、ヘンドリッジ辺境伯は難色を示した。サーレント帝国では、現在魔女に対する扱いが悪い。皇帝が魔女を煙たがっているともっぱらの噂で、いつ魔女狩りが始まってもおかしくない状況だ。辺境伯の妻が懇意にしている魔女はヘンドリッジ辺境伯が小さい頃から世話になった老婆らしく、表立って排除する真似はしていないという。

「ではメリー嬢、案内よろしくお願いします」

リドリーが笑いかけると、メリーはそれだけで真っ赤になって、何度も頷いた。辺境伯の長女は朴訥な性格で、社交界にいる百戦錬磨の女性たちとは大違いだ。ここオマール地方は国にとって要所ではあるが、山々に囲まれた田舎そのもので、そこで育ったメリーものんびりした性格だ。

「デビュタントのために帝都のパーティーに参加したことはあるのですが、どうにもあの空気感に馴染めず……。駄目ですよね、いずれ私もどこかの家に嫁がなければならないのに」

馬首を並べて街道を歩きながら、メリーは恥ずかしそうに明かした。メリーの年齢は十七歳で、婚約者はいない。容姿はよくもないが悪くもなく、刺繍やダンスより、馬に乗って駆けているほうが楽しいという。婚約もいくつか話はあったそうだが、ヘンドリッジ辺境伯が相手の男が気に食わないと言って、全部流れたそうだ。

「メリー嬢なら、きっと良い相手を見つけられるでしょう。幸せな家庭を築ける方だと思いますよ」

リドリーはちらりと前後を守る騎士団の面子を見やった。メリーとはこちらに来てから会話した程度だが、どこかの貴族に嫁いで窮屈な思いをするより、騎士団の中の貴族と結婚したほうがよさそうな気がした。というのもリドリーがメリーと話している間、騎士の一人がちらちらとこちらを気にしていたからだ。茶色い髪にそばかす顔の青年で、明らかに結婚の話をするメリーに耳を欹てている。

「意外と近くにお相手がいるかもしれませんしね」

リドリーとしては後ろにいる青年を慮って言ったのだが、何故かメリーは「近く……？」

と言ってぽっと顔を赤らめ、リドリーに熱い眼差(まなざ)しを注いできた。

（いやいやお前、デビュタントのパーティーで気おくれしてる娘が皇子妃とかストレスでおかしくなるに決まってるだろ）

内心メリーに突っ込みを入れつつ、リドリーは馬を進ませた。一時間ほど馬で移動すると、街道沿いから森の中へと進路を変えた。森の中は雑然と生える木々と深い茂みが混在している。メリーの言う通り、案内人がいなければ右も左も分からなくなりそうな深い森だ。獣もいるようだし、時には魔物も出るらしい。

さらに馬を歩かせること一時間、小川が現れ、もうすぐだとメリーが教えてくれた。

「あ、皇子。あの家です」

メリーが空へ吸い込まれていく煙を指さして言った。鬱蒼(うっそう)とした森の中に、木造の小さな家が建っていた。赤い煙突があって、もうもうと煙を吐き出している。馬を降りて近くまで行くと、おとぎ話に出てくるような手作り感満載の家が現れた。馬と人の気配を感じたのだろう。ドアへ向かう前に窓が開き、黒いフードで頭を隠した老婆が顔を覗(のぞ)かせた。

「魔女様、お久しぶりです。メリーです」

メリーは馬を近くの木に繋(つな)ぎ、親しげに窓へ駆け寄っていく。魔女と呼ばれた老婆は、家の前に集まった騎士たちをじろりと見回した。最後に魔女の視線はリドリーに吸い寄せられた。リドリーが見返すと、何故か目を丸くする。

「メリー、入っておいで。騎士は外だ。そこのいかにも貴族って坊やは中へ」

老婆はリドリーたちを再び見回し、しわがれた指を突きつけてきた。

「私は皇子の傍を離れるわけにはいかぬ」

メリーの率いてきた騎士たちは老婆のやり方に慣れっこなのか素直に応じたが、シュルツは馬を木に繋ぐと断固とした言い方でリドリーの横についた。

「お前は騎士団長か。まぁいいよ、じゃあお前だけ入れてやる」

老婆は不遜な物言いで顎をしゃくる。

「貴様、この方がどなたかご存じないようだな、サーレント帝国の皇子であるぞ」

老婆の態度が気に食わなかった近衛騎士のサムが、息を荒らげて言った。自分のことはともかく、この地域を治める辺境伯の娘に対して呼び捨てなのは気になった。メリーのほうは魔女様と言っているから、どうやらここでは魔女のほうが立場は上らしい。

「その紫色の瞳を見りゃあ分かるさ。まだ目は見えているんでね。ずいぶん肉をそぎ落としたようだが……」

老婆は近衛騎士に臆した様子もなく笑っている。サムがムカッときて詰め寄ろうとしたのを、リドリーは手で制した。

「ここは魔女様のなわばりだ。俺のことはいいから、お前らは外で待っていろ」

リドリーがやんわりとした口調で言うと、サムはしぶしぶとそれに従った。

「私は同行します」

シュルツは頑なな態度でリドリーの横に立ち、率先してドアに手をかける。

「魔女様は気難しい方なんです。でも魔女様の薬草は本当によく効くし、何でも知っているんですよ」

メリーはとりなすように言った。リドリーが気分を害していないか気にしているようだ。

「お気遣いなく」

棺桶に片足を突っ込んでいるような年齢の人間に腹を立てるほど狭量ではない。

シュルツが開けてくれたドアを潜り、リドリーは中へ足を踏み入れた。年季の入った大きなテーブルにはたくさんの植物が無造作に積まれ、すり鉢や粉砕機が置かれている。棚にはいくつもの瓶が並び、中にはおどろおどろしい色の薬品が詰まっていた。暖炉には火が熾され、キッチンでも大きな鍋で何かを煮出している。外に出たくなくなるくらい、家の中は暖かかった。

「お初にお目にかかります。ベルナール・ド・ヌーブと申します。約束もなしに訪れてしまった非礼をお詫びいたします」

リドリーは毛皮のコートを脱ぎ、貴人に対するような礼で、老婆に相対した。老人には礼を尽くせ、というのがリドリーを育ててくれたニックスの教えだ。

「フン、噂じゃこの国の皇子はわがままで醜く、平民を見下しているという話だったがね。そんなまともな口が利けるとは」

老婆は口が悪く、たとえ皇子相手でもやりたい放題の性格のようだ。

「噂は噂でしかありません。あと、シュルツはもう騎士団長ではないですよ。今は私の護衛騎士を務めております」

リドリーは横に並んで立っているシュルツの背中に手を当て、老婆に訂正しておいた。

「魔女様、ベルナール皇子はとても素晴らしい方ですよ。きっと魔女様も気に入ると思いますわ。それから、母がこの薬草を用意してほしいと」

メリーは老婆に用意しておいたメモ書きを手渡す。老婆は棚からいくつかの瓶を取り出し、テーブルの端に並べた。メリーから金を受け取ると、老婆は湯気を吹いているケトルに手を伸ばした。

「茶でも淹れようかね。そっちのテーブルにお座り」

老婆は窓際に置かれたテーブルを指さす。そちらのテーブルは食事をする場所なのか、台の上には何も置かれていなかった。椅子は四脚あったが、シュルツは窓際に立ったまま「私はこのままで」と油断なく目を走らせた。

メリーとリドリーが並んで座ると、老婆は茶器に何種類かの葉をブレンドして入れる。湯を注ぐとハーブの匂いが広がる。

「魔女様、ベルナール皇子が魔女様にお聞きしたいことがあるそうです」

老婆が棚からクッキーを取り出して置くと、メリーが上目遣いで言った。老婆は三人分のハーブティーを淹れ、カップを差し出す。シュルツはリドリーがお茶を飲もうとすると、「毒見します」と言って立ったまま、先にカップの茶を飲んだ。こんな老婆が毒を入れるわけはないが、皇子という立場上仕方ないかもしれない。シュルツの許可が出て、リドリーもカップに口をつけた。

「実は皇家の呪いについて何か知らないかと思いまして」

リドリーは老婆が座ったのを見計らい、口を開いた。皇家のことと言われ、老婆の眉が寄る。

「こんな辺境の地にいる魔女が何を知っているというんだい」

老婆は探るような目つきでリドリーを見やる。

「あなたがかしこい魔女というのは分かりますよ。ブレンドした茶葉はリラックス効果のあるカモミールやラベンダー、レモンバームですね。俺が少なからずストレスを感じている状態だと察したからではありませんか?」

リドリーはにこやかに述べた。メリーはびっくりしたようにハーブティーと老婆に目を向けた。シュルツも驚いたように老婆を見つめ、居住まいを正す。老婆がにやーっと笑った。

「ほうほう、噂は本当に噂でしかないようだ。絶望皇子と言われていたのに、とんでもない話じゃないか」

指摘は老婆をいたく気に入らせたらしい。先ほどまでとは打って変わり、態度が柔らかくなった。

「鉱山に皇子が閉じ込められたという話はアタシのところにも流れてきているのさ。だが、どうやらそんな必要はなかったかね。それくらいでひきこもる御仁には見えないねぇ」

鉱山の話がこんな森のはずれに棲む魔女にまで届くとは。何か独自の情報網を持っているのだろう。

「それで皇家の呪いとは具体的に何だい」

老婆の目がすぅっと細まり、値踏みする目つきでリドリーに問う。メリーははらはらした様子でリドリーと老婆の会話を見守っている。

「現在、男子は私一人です。男子が生まれないのは、皇帝が先代皇帝——兄を弑して、お抱え魔女を殺したせいで呪いをかけられたという者がおります。本当かどうかは分かりません。同じ魔女として、何かご存じのことはありませんか？　皇家に仕えていた魔女はいたのでしょうか？」

リドリーがじっと老婆を見つめて聞くと、気難しそうな表情でお茶に口をつける。

「魔女、ユーレイアだね。もちろん覚えているよ。若い頃は同じ師に習っていたからね」

老婆が懐かしそうな口ぶりで言い、リドリーは内心快哉を叫んだ。どうやら先代皇帝にはお抱え魔女がいたのだ。側室や子どももすべて殺されたというし、魔女も殺されたのだろう。しかしこんな辺境の地にいる魔女が、殺された魔女と知り合いだったとは、ついている。

「ユーレイアは有能な魔女でね。皇家のために尽くしていた。それをあの男が——」

憎々しげに老婆が呟き、ちらりとリドリーに視線を移した。ベルナール皇子にとっては父親だ。不敬だと言い出さないか案じたのだろう。だがリドリーにとっても皇帝は目障りな男だ。むしろどんどん悪口を吐き出してもらって構わない。

「どうか、お気になさらず。父が暴君だというのは、私も分かっております。どんなお言葉が飛び出ようと、一切聞かなかったことにしますので。なぁ、シュルツ？」

リドリーが平然と受け流すと、立っていたシュルツは少しだけ困ったように目を伏せた。

「主君がそうおっしゃるなら、私もそれに倣うまでです」

シュルツはそう言って老婆の発言を黙認した。

「魔女様、私は生まれる前の話なので、その辺はくわしくないのです。教えていただけますか？」

メリーは不安そうに首を傾ける。

「先代皇帝の在位は二年。ある日、毒を盛られて亡くなった。現皇帝が、毒をもったのは皇后だと決めつけ、皇后とその家族を処刑した。皇后は男爵家の出身でね、お家が取り潰しにされても逆らえなかったのさ。魔女ユーレイアは、すべて現皇帝の仕組んだ罠として皇帝を呪った。どんな呪いをかけたかは知らないよ。ただこの国に愛想が尽きたと言ってたね」

老婆に先帝の話を聞かされ、リドリーはある点に気づいた。

「この国に愛想が尽きたと言っていたとは……。魔女ユーレイアが生きているときにお会いしたということですか？」

リドリーが困惑して聞くと、老婆がにやりとした。

「魔女ユーレイアが死んだなんて、アタシは一言も言ってないよ」

リドリーは思わず拳を握り、腰を浮かしかけた。てっきり魔女は殺されたと思っていた。

「では、魔女ユーレイアは生きている……？」

もし魔女ユーレイアが生きているなら、どんな呪いをかけたのか聞くことができる。自分が何故ベルナール皇子と魂が入れ替わってしまったのか、その魔女は知っているかもしれない。もちろん自分がこうなったことと、魔女ユーレイアがかけた呪いは別物という可能性も高いが、聞く価値はある。

「魔女ユーレイアにお会いしたい。どこにいるかご存じですか？　もちろん、害をなすつもりは毛頭ございません」

リドリーは立ち上がって、前のめりで聞いた。

「お前さんはユーレイアが皇家に男子が生まれない呪いをかけたと思っているのかい？　だとしてもお前さんには関係ないだろう。お前さんは魔女が呪いをかけた時にはすでに赤子としてこの世にいた。むしろお前さんは男子が生まれると、困るんじゃないかね」

老婆はリドリーがユーレイアに会いたがる目的をいぶかしんでいる。リドリーは椅子に座り直し、もっともらしい言い訳を考えた。

「どんなものだろうと、かけられた呪いがあるというなら解きたいと願うのが当然ではありませんか？　それに本当に呪いなら、俺自身の子も女子ばかりになる」

もっともらしい言い訳を述べると、魔女は納得したようだ。

「まぁ、どのみちユーレイアに会うのは無理さ。アタシだって二十年前を最後に、一度も会えてないからね」

老婆はそれ以上知らないらしく、話は一度そこで終わりになった。魔女ユーレイアがかけた呪いと自分の現状が関係あるか、真実は闇の中だ。がっかりした反面、少しだけ希望も湧いた。ユーレイアが生きているというなら、会える可能性はゼロではないからだ。

「そうだわ、せっかくですから魔女様。ベルナール皇子を占って下さいませ」

メリーが思いついたように言い、頬を紅潮させる。魔女に占いはつきものだ。リドリーは占いといった不確かなものには興味はないが、拒否するのも大人げないので黙って微笑んでおいた。

「では石を使って視てみようかね」

老婆はそう言うなり、戸棚から紫色の巾着袋を取り出した。テーブルに巾着袋からじゃらじゃらと石を広げる。コインより少し大きめの不揃いな石に、古語でマークが描かれている。老婆は石を両手でかき混ぜていった。

「それじゃ、魔女ユーレイアに会えるかどうか占って下さい」

リドリーが言うと、老婆は何かぶつぶつと呟きながら、石を適当に掴んで場に転がした。老婆が不可解な顔つきになる。

「何だいこりゃ。……お前さんは魔女ユーレイアにすでに会っている、ってさ」

石の配置を見て、老婆は戸惑いつつ答えた。

——すでに、会っている。

リドリーは思わずシュルツと顔を合わせた。魔女ユーレイアに会ったことなどない。これは老婆の占いが間違っているか、あるいは……。

（リドリーとしての人生で、俺は魔女ユーレイアに会っているのか!?）

その可能性は確かに、ある。老婆の話では魔女ユーレイアは『この国に愛想が尽きた』と言っていた。それはつまり、魔女ユーレイアが他国へ逃亡したかもしれないということだ。もし魔女ユーレイアがリドリーのいたアンティブル王国へ逃げ延びていたなら、どこかで会った可能性はある。

（俺の人生で魔女に関わったのは数度。会うだけなら、どれほどになるか分からない。そのどれかに魔女ユーレイアがいたというのか？）

そもそもリドリーの乳母は魔女だった。亡くなった母親が魔女と親しかったと聞くし、村に一人は魔女がいるというのがアンティブル王国だ。魔女は薬師と同義語で、人智を超える魔法を使うのは魔女ではなく魔法士だ。

「心当たりはありませんが、ひょっとしたらどこかでお会いしているのかもしれませんね。魔女ユーレイアの容姿を教えてもらうわけにはいきませんか？」

隣国の宰相という正体を見破られるわけにはいかないので、リドリーは当たり障りのない意見を述べた。

「もう二十年以上前の話だから、今のユーレイアがどんな姿をしているか知らないさ。魔女は髪の色も変えるしね。それにうっかり教えてユーレイアに恨まれるのはごめんだよ。魔女ユーレイアは死んだ、ってほうが彼女にとってはいいかもしれないしね」

老婆はユーレイアの見目に関しては教えてくれなかったが、おそらく老婆と同じくらいの年齢だろう。アンティブル王国にいれば、他国から逃れてきた魔女、という名目で調べられたのだが。無論、ユーレイアを咎める気はない。むしろ目障りな皇帝に呪いをかけてくれてありがとうと礼を言いたいくらいだ。

「さて、お前さんの未来について占ってみようか。……うーむ。あまりよくないねぇ。大きな黒い存在がお前さんの前に立ちはだかっているよ。それにお前さんにはそれとは別に執拗につきまとう影が六つある。一体何をしでかしたか知らないが、この不気味な影は死ぬまで離れないようだ」

老婆は次々と石を動かし、低い声で呟いた。六つの影とは、リドリーの加護『七人の奴隷』で従僕させられている者たちのことだろうか？　先日工作員が亡くなったので、確かに術をかけられているのは六人だ。

（黒い存在が立ちはだかる、か……。やっぱり適当に言ってるのかな？）

内心の思いとは裏腹に、リドリーはわざとらしく「何と、そのような……」と老婆の占い結果に動揺してみせた。

「だが、お前さんは悪運がすごく強いようだ。信念さえしっかり持っていれば、運命に勝てるだろう。それはお前さんの望むものとは違うかもしれないが」

老婆はそう言って、じーっとリドリーを凝視してきた。

「不思議だねぇ、お前さんはその身体に違和感を持っているのかい」

目を細めて聞かれ、リドリーはふっと表情を引き締めた。占いなど、と思い適当に聞き流していたが、老婆の言葉にどきりとするものがあった。

「さて。急激に痩せたので、皆に別人のようだとよく言われます」

受け流すようにリドリーが言うと、老婆が一つの石を取り出した。

「お前さんはお前さんでしかないのさ。帝都に戻ったら、お前さんは会いたい人に会えるだろう。そうしたらアタシの占いがあたっていると分かるはずさ」

老婆は最後にそうつけ加えて石を巾着袋にしまった。

「まぁ……、ベルナール皇子は大変な運命を背負っておられるのですね」

メリーはあまり喜ばしい結果が出なかったので、リドリーを気にしている。しかしリドリーは、もとより占いなどという不確かなものは信じないタイプだ。悪運が強いというのだけ覚えておこうと思った。

「そうだわ、ベルナール皇子は恋の占いはなさいませんの？　ねぇ魔女様。ベルナール皇子はどのような方をお迎えするのでしょう？」

強張った場をほぐすためか、メリーが余計な発言をしてきた。横にいたシュルツがぴりっとなったのが分かり、リドリーは無言で茶を飲みほした。

「私などより、メリー嬢を占ってはどうでしょう？　私は、庭で待っている騎士の中に、メリー嬢への想いを抱く騎士がいるような気がするのですが」

リドリーがさりげなく言うと、メリーがびっくりしたように窓から騎士たちを覗き込んだ。

老婆は笑いながら石を取り出し、メリーのために占い始めた。

「ほうほう、嬢ちゃんに想いを抱く騎士あれど……家族の反対、と出ているねぇ。本気で一緒になりたいなら、それ相応の覚悟が必要なようだ」

老婆が面白そうに言い、メリーはきゃああと興奮する。若い女性のテンションが上がるのは、やはり恋の話かもしれない。家族の反対とは、きっと辺境伯のことだろう。可愛い長女を騎士にやるなら、それなりの力を示さなければならない。辺境伯は家族を愛する性質の持ち主だから、メリーが本気であの騎士を好きになれば、最終的には婚姻を許可するだろう。

「どなた？　どなたですの？　いやぁ、私、どのような顔をして出ていけばいいのでしょう？」

　メリーは騎士たちを窓から見ては、きゃあきゃあ騒いでいる。先ほどまでリドリーに対して恋心を見せていたのが一瞬で消え去った。所詮その程度の想いだ。

「そろそろお暇しましょう。雲行きが怪しくなってきました」

　シュルツが窓から空を見て、リドリーたちを促してきた。これ以上老婆から情報を得られないと分かり、リドリーも席を立った。

「大変有意義な時間をありがとうございました。お身体に気をつけて」

　毛皮のコートに身を包み、リドリーは老婆に礼を言った。メリーは母親から託された食料や布類を老婆に渡している。

「長年人を見ているが、お前さんのように異質な人間はめったにお目にかかれないよ」

　老婆はドアまでリドリーたちを見送る際、耳打ちするように告げてきた。

「あの皇帝の息子とはとても信じられないねぇ。気をつけな、あの男は血に飢えている。相手がたとえ息子だろうが、眉一つ動かさずに消し去るよ。あの男に情を求めてはいけない。それを求めたら、お前さんは壊れてしまうよ」

　何故か老婆はリドリーを労るような口調で助言した。本来、この身体の持ち主だったベルナールなら、きっとその言葉が身に染みただろう。これまでに聞いた話を総合すれば、ベルナールが皇帝から認められ、愛を欲していたのは間違いない。

だが、この身体に今入っているのはリドリーだ。皇帝の情など、犬の餌にでもくれてやる。

「ご心配なく。私はそのようなものは求めておりませんよ」

リドリーは不敵な笑みを浮かべ、老婆の家を後にした。


森のはずれに棲む魔女との面会が終わり、リドリーは帝都に帰る日程について辺境伯と話し合った。鉱山がしばらく閉鎖する以上、ここに留まっている意味はない。それにもうすぐ冬の訪れだ。今でさえ寒くて凍えそうなのに、冬までいたら完全に凍る。

「では、一週間後に帝都へ帰還なさるということで、よろしいですな？　山を越えるまでは、我が騎士団が護衛につきましょう。近頃、盗賊まがいの者も出てくるようなので」

会議室でヘンドリッジ辺境伯に提案され、リドリーはそれを了承した。本当は明日にでも帰ると言いたいところだが、そうもいかないのがパワーバランスだ。辺境伯に対しては礼を尽くさなければならないというのが、現在の力量の差になっている。会議室には辺境伯の部下も集まっていた。辺境伯は豪傑な人物を好む傾向にあるのか、部下も強面ぞろいだ。傍から見たら、自分は狼の群れに囲まれた子兎だろう。

「ところで、皇子。せっかく近衛騎士を引き連れてきたのです。我が騎士団とそちらの近衛騎士とで、模擬試合と参りませんか？」

会話が一段落したとたん、ヘンドリッジ辺境伯が、抑えきれない笑みを浮かべて切り出した。

「模擬試合、ですか……」

リドリーは笑みを顔に貼りつけたまま、ヘンドリッジ辺境伯を見返した。帰還を一週間先にされた理由が読めてきた。その模擬試合とやらをやるために、リドリーをすぐに返してくれないのだろう。

「国境を守る我らは、監視が主な仕事です。たまには試合を行い、日ごろの訓練の結果を肌で感じたいのですよ。もちろん全員というわけにはまいりませんが、帝都で活躍なさっている近衛騎士方の胸をお借りしたいものですな」

ヘンドリッジ辺境伯が部下に促すような目つきをする。

「おお、そうですぞ。ぜひ近衛騎士の方々の胸をお借りしたい」

「きっと素晴らしい腕前でしょうな、何しろ皇室をお守りする騎士ですから」

「我らの騎士団では歯が立たないかもしれませんなぁ」

ヘンドリッジ辺境伯の部下たちが、口々に言い、どこか小馬鹿にした笑いを浮かべる。

（うっわ、性格悪っ。絶対自分たちが勝つと思ってるな）

わざとへりくだった言い方で煽るヘンドリッジ辺境伯の部下に苛立ちを感じたが、ここで断れば、近衛騎士が弱虫とそしられるのは間違いない。それにリドリーが申し出を断ったら、近衛騎士たちからも不満が続出するだろう。ちらりと横に立っているシュルッを見ると、いかにも不機嫌そうなオーラを醸し出している。

「辺境伯の騎士団の槍の強さは帝国一とも称されております。こちらこそ、圧倒的な強さを間近で拝めるなら幸いです」

リドリーは口元に笑みを湛えて、申し出を受け入れた。ヘンドリッジ辺境伯が満足そうに頷き、「では早速日程を組もうではないか」と豪快に笑った。

詳細が詰められ、槍試合や剣術試合、弓術の力比べなどが挙げられた。試合を行うのは全部で六名。槍が二名、剣が三名、弓が一名という内訳だ。槍の試合が多いと勝てる算段がつけられないので、そこはリドリーが主張させてもらった。リドリーが連れてきた近衛騎士は全部で十五名。その中からそれぞれ得意分野の人間を選び出す。

会議室を出て、リドリーはシュルッと共に間借りしているホールに近衛騎士を集めた。ヘンドリッジ辺境伯から模擬試合の申し出があって、六日後に行うことになったと言うと、どよめきが一斉に起こった。

「このクソ寒い中で試合ですか？　正気じゃない」

「うわぁ、あの筋肉馬鹿たちと試合？　腕の太さがどれだけ違うか、皇子ご存じじゃないですか！」

「俺を選ばないで下さいよ、俺は無理です」

近衛騎士たちは口々に嘆きだす。以前は軋轢があった近衛騎士たちだが、ドーワン港に行ったり、一カ月かけてこのオマール地方に遠征したりする中で、すっかり打ち解けた。近衛騎士は皇室を愛する者が就きたがる職業だ。昔はダメっぷりが知れ渡っていたベルナール皇子が改心したとあって、近衛騎士たちも心を開いてくれた。むしろ最近は本音を吐きまくりで、困っている。

「お前らの気持ちも分かるが、あいつら近衛騎士のこと馬鹿にしてるんだぞ。悔しくないのか？　近衛騎士は逃げ出すような弱虫と歌にされたくなかったら、がんばって戦ってこい」

リドリーが冷たく言い放つと、近衛騎士たちがガックリとうなだれた。

彼らが消沈するのも無理はない。この寒さは辺境伯の騎士団には慣れているだろうが、帝都で暮らす近衛騎士にはつらいものがある。寒さは身体の機能を低下させる。毎日訓練している彼らでも、地の利がないのは理解しているだろう。

「正直、腹が立ちますね。辺境伯の騎士団はどれだけ大きな獣を狩ったかという自慢ばかりしてきます。多少はやるところを俺たちも見せないと」

茶髪の陽気そうな顔をしたシャドールが、右の拳を左のてのひらで受け止め、にやりとする。

「そうだな……、せめて一矢報いないと」

朴訥そうなジンも頷き、場の空気が盛り上がってきた。

「試合には六名が選出される。まぁシュルツは当然出るとして……、誰が出るか決めてほしい。

立候補でもいいぞ」

リドリーがシュルツの背中を叩いて言うと、残りの近衛騎士たちがわいわいと騒ぎ出す。シュルツは自分が当然出ると言われて、ひそかに誇らしげだ。立候補と推薦の意見が入り乱れて、誰を出すかを決めるのに一時間近くかかった。

「では、私は剣で出ることにします」

シュルツは槍も剣も弓も得意だそうだが、中でも一番得意な剣を選んで出ることになった。残りは槍の試合にジン、一番上背のあるグレオン、剣の試合にシュルツとシャドール、そしてアルタイル公爵の次男のエドワード、弓の試合にイムダが出ることになった。シュルツも納得の人選だそうだ。

「よろしく頼んだぞ。別に負けても死ぬわけじゃないからいい」

リドリーの覇気のない応援に、近衛騎士たちが「ひどい」「せめて皇子だけでも勝利を信じてくれないと」と文句が上がった。黙って睨みつけてきた頃が懐かしい。ちょっと慣れすぎた感は否めない。

広間を出て、リドリーは自分の部屋へ戻った。シュルツも当然ついてきて、部屋で休もうとするリドリーを甲斐甲斐しく世話をする。

「シュルツ、模擬試合、勝てると思うか？」

長椅子に寝転んで聞くと、寝台を整えていたシュルツが難しい表情になる。

「……辺境伯の騎士団の力は、強大です。腕力だけなら、敵わないでしょうね」

シュルツにもその辺の自覚はあるようだ。実際、辺境伯の騎士たちの筋肉はすごい。毎日獣の肉を食っているせいだろうか？　腕も足も太くて、リドリーなど軽々と処せるくらいだ。だが、それも仕方ない面がある。騎士団と近衛騎士では仕事が違う。騎士団の仕事は魔物や敵と戦うことがメインだが、近衛騎士は皇室を守ることが求められる。不意の攻撃や、くせ者の判別に関して、近衛騎士は彼らより有能だが、力自慢をされたら厳しい。

「はー。ヘンドリッジ辺境伯は本当に昔堅気の厄介なじじぃだな。近衛騎士に勝って、吹聴して回りたいんだろう。脳筋の考えそうなことだ」

リドリーはやれやれと手を振った。

「そういえばエドワードって強いのか？　アルタイル公爵の息子なんだろう？」

上半身を起こして、リドリーはシュルツに尋ねた。アルタイル公爵の厳めしい顔立ちとは違い、エドワードは美丈夫といっていい。奥方に似たそうだが、寡黙な人柄で女性にも人気がある。公爵を継ぐのは長男らしく、次男のエドワードは侯爵家の令嬢と婚約しているらしい。

「エドワードは剣の素質があります。公爵から直に教わったのもあって、近衛騎士の中では私の次に強いでしょう」

シュルツが言うなら、実力を兼ね備えているのだろう。訓練の様子などは見ているが、実際の実力がどうなのかは人の口から聞く話しか知らない。そういえば辺境伯の領地に来ても、騎士団と近衛騎士が合同で訓練している様子はない。今までのところ、騎士たちが仲良くしているそぶりもない。

「ヘンドリッジ辺境伯の騎士たちと、近衛騎士の交流はあるのか？」

気になってリドリーが尋ねると、シュルツが言いよどむ。

「……お互いプライドのある者たちですので」

言いづらそうにシュルツが言い、彼らがまったく打ち解けあっていないのが分かった。それもあって模擬試合などとヘンドリッジ辺境伯は言い出したのかもしれない。

夕食の席に呼ばれ、リドリーは辺境伯の家族と夕食を共にしながら、それとなく近衛騎士の評判を尋ねてみた。

「近衛騎士の方々は皆洗練された佇まいで、領地の女性たちから人気のようですよ」

辺境伯の妻が楽しげに言い、食事を運んできた侍女も何とはなしに目配せしあう。

「そうです！　近衛騎士の方々は本当に女性にも親切で。特にエドワード様は大人気ですのよ。絵本に出てくる王子様のようですもの。あ、シュルツ様も人気がありますよ。ベルナール皇子に寄り添っている姿は目を惹きますわ」

抑えきれない思いを吐き出すように、次女のサラが頰を紅潮させる。メリーも同調し、女性陣が近衛騎士のどの方の見目が良いかと話し出した。それに対し、男性陣は仏頂面だ。やはり顔のいいエドワードは大人気で、シュルツも女性たちの注目らしい。

「まぁ確かに近衛騎士が洗練されているのは心得ている。だが、あんなひ弱そうな腕では、女性一人守れるかどうか」

跡継ぎのアシックはヘンドリッジに似た大男で、洗練さとはほど遠い。内心の腹立ちを隠して、大見得を切っている。

「模擬試合では領地の女性も来るようだから、我ら騎士団の強さを見せつけてやりますよ」

アシックが太い二の腕を見せびらかし、意気揚々と告げる。ヘンドリッジ辺境伯の騎士団の面子は筋骨隆々な者ばかりなので、領地の女性にとって帝都で活躍する近衛騎士の洗練ぶりは珍しいのだろう。いわゆる都会のおしゃれな男性に見えているに違いない。若い女性が都会に憧れるのはよくある話だ。しょせん田舎者の騎士団は気に食わないだろう。次男のルイはぽっちゃり系で腕力というより、頭脳のほうが秀でているそうで、アシックの話に加わる様子はなく、もくもくと肉を頬張っている。

「近衛騎士も人気ですが、やはり一番人気はベルナール皇子ですのよ。凛(りん)とした佇まいに、美しいラベンダー色の瞳……。領地の女性たちは皇子の美麗ぶりに参っているのです」

サラがアシックを無視してリドリーに訴える。そういえば城の周囲を歩いていると、村娘が遠くからこちらを見ていることが多かった。皇子が珍しいのだろうと思っていたが……。

「ヘンドリッジ辺境伯、どうでしょう。模擬試合も行われることですし、近衛騎士と合同訓練をしてもらえませんか？　辺境伯の騎士団の強さは帝国中に知れ渡っております。どのような訓練をしているか、興味があります」

食後のワインを嗜みながら、リドリーはヘンドリッジ辺境伯に言ってみた。それまで黙って子どもたちの会話を聞いていたヘンドリッジ辺境伯の目がきらりと光る。

「ほう、後悔なさいませんか？　我ら騎士団の訓練は過酷ですよ」

言葉とは裏腹に、ヘンドリッジ辺境伯がうずうずしているのが分かる。ヘンドリッジ辺境伯にとって力は正義だ。弱者の言葉は彼の耳には届かない。ヘンドリッジ辺境伯を味方につけたいなら、彼の懐に入る必要がある。

「胸を借りるつもりで、お願いしたいです」

リドリーが真摯に頼むと、機嫌のよくなったヘンドリッジ辺境伯が即座に騎士たちの合同訓練の手はずを整える。食堂の壁際に立っていたシュルツが、かすかに困った表情を見せるのが視界の端に映った。

近衛騎士たちには悪いが、合同訓練を見れば、騎士団の内情もよく分かる。模擬試合だけでもうんざりしている彼らにとって、明日は大変な一日になりそうだった。


翌日、日が明けた頃から、辺境伯の騎士団と近衛騎士の合同訓練が始まった。この地に住む者の朝は早い。何故こんな早朝から訓練するのか分からないが、きっとこの寒さを耐えた者だけが騎士団の精鋭になっていくのだろう。

「シュルツ、お前も訓練に参加しろ。騎士団の猛者(もさ)どもを観察してこい」

シュルツは最初リドリーの護衛として不参加の意思を示していたが、リドリーが命じて訓練に参加させた。リドリーはヘンドリッジ辺境伯と共に、馬に乗って彼らの訓練の様子を見ることにした。

騎士団たちは、近衛騎士が一緒に訓練するとなって、不敵な笑みを浮かべている。近衛騎士たちは昨夜合同訓練をすると言った時から、不穏な空気だ。

訓練が始まり、朝焼けが眩しい時間から、全員で長距離を走りだす。オマール地方は起伏の激しい土地が多く、領地内も畑や牧草地が広がっている。その中を騎士団の連中と近衛騎士が走っている姿は、領地民の目を引いた。リドリーとヘンドリッジ辺境伯は馬に乗って彼らの後からついていったが、広大なオマール地方は驚くべきことに貧富の差がそれほど激しくなかった。ここに来るまでの領地では貧民街などもたくさんあったのに、ここオマール地方ではガリガリの子どもも物乞いをする大人もいない。

「辺境伯の領地は豊かですね。このように統治するのは大変でしたでしょう」

リドリーは収穫前の麦が広がる土地を見渡し、感嘆して言った。あのいけすかない皇帝と仲がいいのが解せないくらい、ヘンドリッジ辺境伯は尊敬に値する人物だ。

「恐れ入ります。ここは私の領地なれば、好き勝手にやらせておりますよ」

ヘンドリッジ辺境伯は鷹揚な態度で唇の端を吊り上げた。

領民もヘンドリッジ辺境伯を見かけると、作業の手を止めて挨拶に来る。収穫した野菜や果物を差し出す者も多いし、護衛でついている文官の馬にはたくさんの贈り物が積まれている。

「近年は豊作が続いたので、税金を上げるべきという者もおりますが……ヘンドリッジ辺境伯の領地は税金が上がっても問題なさそうですね」

前回の国政会議で貴族の一部が平民の税金を上げるべきと言っていたらしいことを思い出し、リドリーは皮肉げに言った。するとヘンドリッジ辺境伯の顔が不快そうに歪む。

「皇子はその政策に賛成なので？」

突然鋭い目で問われ、リドリーはあやうく手綱を引くところだった。この話はヘンドリッジ辺境伯の不興を買ったらしい。

「賛成も反対も、私は国政会議に参加できる身ではないので」

ヘンドリッジ辺境伯と馬を並べて歩きながら、リドリーは軽く首を振った。ヘンドリッジ辺境伯がまさかと目を見開く。

「そうだったのですか？　何故？　ベルナール皇子の噂は私の耳にも届いておりましたが、実際成長されたあなたを見て噂は偽りであったと考えを改めたところなのに」

ヘンドリッジ辺境伯はリドリーが国政会議に参加していないのに驚きを隠せない様子だ。

「過去の私が不出来であったのは、間違いのない事実ですからね」

リドリーは軽く肩をすくめて言った。ヘンドリッジ辺境伯は、考え込むように顎に手を当てる。

「ふぅむ……。私はそれほど皇室に深く関係しているわけではないが……。皇子が立太子なされてないことで、法律を変えて側室の皇女を女帝とする派閥があるのは存じております。皇子はどうお考えなのです？」

ヘンドリッジ辺境伯にひどく重要な質問をされ、リドリーは無言になった。畦道（あぜみち）で傍にいるのはヘンドリッジ辺境伯の護衛と文官だけ。とはいえ、このような重大な内容をおいそれと口にはできない。そもそも自分の身体に早く戻れたら、どうでもいい話だ。

「ヘンドリッジ辺境伯、私の行く末は神の意志に任せているのですよ」

リドリーはもっともらしい顔つきで、厳かに告げた。要するに神様に丸投げの返答だが、ヘンドリッジ辺境伯は、何故かそう受け取らなかった。

「ほう……、皇子には神がついている、と？」

じっと見据えられ、リドリーは微笑むだけにしておいた。神がついているどころか、神に見放された状況だが……。

長距離を走らされた騎士たちは辺境伯の城に戻ると、わずかな休憩の後、訓練場で槍の稽古を始めた。何百回と槍を突き続け、対戦形式で槍を交える。昼食を挟み、今度は剣の稽古、そしてまた長距離を走らされる。

「ふはは……っ、都会もんは足が続かないようですなっ。この程度で音を上げるとは」

最後のほうはシュルツ以外の近衛騎士は、よろよろになっていて、辺境伯の騎士たちにからかわれる図式になった。

「いえいえ、田舎の騎士の泥臭い訓練方法が馴染めないだけですよ……っ」

息切れしつつ、煽り文句に黙っていられないシャドールが言い返す。シャドールは口が達者で、陽気で情報通だが、実はけっこうな負けず嫌いの性格をしている。近衛騎士のムードメーカー的存在のシャドールがその調子なので、全体的に辺境伯の騎士団と対立しているようだ。

「ははは、都会で暮らす近衛騎士様は口から生まれてきたようだ」

騎士団と近衛騎士の間に火花が散り、互いに息を切らして睨み合っている。体力おばけのシュルツは騎士団の訓練も平然とこなしていたが、明らかに近衛騎士のほうが体力的に劣っている。騎士団の連中もそれを分かって悦に入っているのだが、それとは別に、訓練場を遠目で眺めている村の娘たちの存在にカチンと来ているようだ。

「クソ、今まで俺らの訓練なんて見向きもしなかったくせに」

騎士団の連中が忌々しそうに若い娘が群がっているほうを見やる。休憩の合図が出ると、村娘たちがわっと近衛騎士に群がって水や果物や菓子を差し出すのが面白くないのだろう。

合同訓練を終えて、リドリーはホールに近衛騎士を集めた。騎士団たちの目がなくなると、彼らは一様にぐったりして床に倒れ込んだ。

「お前ら、皇子の前だぞ。整列しないか！」

だらしない格好の近衛騎士たちをシュルツが叱責する。慌てて近衛騎士が立ち上がろうとするが、リドリーはそれを手で制した。

「いやいい。さすがにあれだけ酷使されたら、休みたいだろう。そのままで」

リドリーの許可に近衛騎士たちはホッとしたように、身体を休める。あれだけ動いて平然とリドリーの横に立っているシュルツがおかしいのだ。さすがは元騎士団長だ。

「あいつら絶対ふだんの訓練より過酷にしてますよ」

シャドールは悔しそうに歯嚙（はが）みする。

「いちいち煽ってくるから疲れました」

リュカはもともと体力に自信がないので、死にそうな顔つきだ。リュカは小柄で大人しそうな顔立ちなので、騎士団の脳筋男たちによくからかわれている。

「辺境伯から模擬戦に出るメンバーについて聞いた」

リドリーは彼らを見下ろし、騎士の名前と身体的特徴を告げた。やっぱりあいつか、とかあの男が出るのか、というざわめきが広がる。

「辺境伯は出ないようだし、ナンバーワンと称される騎士も出ないようだから安心しろ」

リドリーとしては安心要素について語ったのだが、それはそれで舐（な）められているようで嫌なのか、近衛騎士たちは不満そうだ。ナンバーワンの騎士を出さないのは、おそらくリドリーへの忖度だろう。皇子相手に二番手から選出しましたが、それでも勝ってしまいましたとあざ笑いたいに違いない。

「あの……俺たちがぼろ負けした場合、皇子はどうなるのでしょう」

それまで黙っていたエドワードが真剣な表情で聞いてくる。とたんにしんと場が静まり返った。彼らも騎士団の強さは肌で感じたようだ。合同訓練では剣を交える稽古もした。リドリーも見ていたが、彼らの槍の重さは半端じゃなかった。何度も押し負けている姿を目にすれば、実力は判別できる。近衛騎士の視線を一身に集め、リドリーは苦笑した。

「どうもなりはしない。何かを賭けているわけでもないし、それほど勝ちにこだわっているわけでもない。まぁ、せめて引き分けくらいに持ち込んでくれたら、辺境伯との付き合いも楽になるが」

リドリーがあっさりと言い放つと、近衛騎士たちが顔を見合わせる。

「そこは嘘でも絶対勝てとかはっぱをかけてくれないと」

シャドールが陽気な口調で言い、近衛騎士たちの空気が軽くなった。シャドールは場の雰囲気を和らげる特技がある。

「まぁ勝てた者には帝都に戻った時に特別褒賞を授けよう」

リドリーが胸を叩いて断言すると、近衛騎士たちの目に活力がみなぎった。中には「だったら俺が出たかった」と言い出す者までいた。ゆっくり休むよう言いおいて、リドリーはシュルツを伴って自分の部屋に戻った。

「シュルツ……本気で勝ちたいと思うか？」

自室の長椅子に腰を下ろし、リドリーはグラスに水を注ぐシュルツを見上げて言った。

「私はいつでも全力を出すつもりです」

シュルツの答えはゆるぎない。

「本気で勝ちたいなら、模擬試合の前日に前哨戦と称して宴を開き、あいつらの酒に腹を下す薬でも仕込むけど」

何気なくリドリーが言ったとたん、シュルツの持っていたグラスが大きく揺れてリドリーの顔にかかる。

「冷たっ」

「す、すみません……っ、し、しかし、何を言っておられるので……っ‼　そのような真似は断じてなさってはなりません！」

血相を変えてシュルツが半分くらい水をこぼしてしまったグラスを台に置く。動揺したあまり、持っていた水がリドリーにかかってしまったようだ。

「駄目か？　本気で勝つならいくらでも姑息な手はあるぞ？」

シュルツが取り出した布で顔を拭きつつ、リドリーは笑った。品行方正なシュルツには、馴染めない作戦だったようだ。騎士として何物にも恥じる行いをしていないシュルツは、リドリーの案に大反対だ。

「絶対にいけません！　我らが負けようと、それは実力が劣っていたというだけです。あなたもおっしゃっていたように、何かを賭けているならともかく……」

油断なく見据えられ、リドリーは「分かった、やらないよ」と手を振った。

(とはいえ、辺境伯に一目置かれるためには、ぼろ負けじゃ困るんだよな)

今後、帝国内で発言力を高めるため、ヘンドリッジ辺境伯の好意は得ておきたい。ヘンドリッジ辺境伯としばらくの間過ごして、彼の人となりも大体読めてきた。実力も地位もない輩に対しては、虫けらのごとき扱いをする人だ。冷静に判断すれば辺境伯の騎士団に近衛騎士が勝つのは厳しいが、同じ負けるにしても負け方というものがある。ヘンドリッジ辺境伯も一目置くくらいの粘りは見せてほしい。

シュルツの実力は知っているから、シュルツに関しては大丈夫だろう。だが他の面子は難しい。何しろ、この寒さに近衛騎士は慣れていない。帝都で戦うのとは違い、動きが鈍くなるはずだ。

「対策をするか……」

リドリーは考え込んだ末に、翌日、シュルツを伴って街に出ることにした。

——翌日は相変わらずの曇り空に肌寒い気候で、リドリーは馬車に乗って外出した。辺境伯の城から眺められる場所に、城下町が広がっている。酒場や武具店、宝石店や服屋、大衆食堂や屋台までいろいろある。

「ここがオマール地方では一番栄えているところです」

馬車には辺境伯の次男のルイが同乗していた。リドリーが街へ行き買い物がしたいと言うと、ルイが案内すると買って出たのだ。ルイはまだ幼さの残るあどけない顔をした十歳の少年で、ぽっちゃりした身体の持ち主だ。馬車の外には騎士団の騎士が五名とシュルツが馬に乗ってついてきている。

「ぜひ、歩いて回りたいのですが」

リドリーが言うと、ルイは広場の傍に馬車を止めて、外へ出た。店がずらりと並び、人も多く活気がある。リドリーとルイが歩き出すと、物珍しそうな顔で平民たちがこちらを見ている。辺境伯の馬車を借りたので、辺境伯の子息というのは彼らも分かっているので、店先を歩くだけで頭を下げていく。

「帝都で待っている者のために、土産を買おうと思うのですが、ここの特産品は何でしょうか?」

横を歩くルイに声をかけると目を輝かせて「やはり宝石でしょうね」と胸を逸らせる。鉱山があるので、当然ながら宝石店はたくさんあった。鉱石を使った防具や武具、魔道具もあるそうだ。

ルイお勧めの宝石店に入ると、店長が嬉々として近づいてきた。

「これはルイ様。足を運んでいただき恐悦至極に存じます。こちらの方は……」

店長が期待に満ちた顔つきでリドリーを見つめる。

「ベルナール皇子だ。粗相のないように」

ルイが紹介すると、店長は羽でも生えたようにリドリーにゴマすりを始めた。皇子が来店したとあれば、店の箔がつくと考えているのだろう。

「土産を選んでいる。見せてもらえるか？」

リドリーがショーケースに近づいて言うと、店長が「少々お待ちを。奥から品を出して参ります」とバックヤードへ引っ込んだ。一分も経たずに店長はベルベットの上質な布に包まれた高級な宝石を次々と運んでくる。

（俺が買いたいのはこれじゃないんだが……。まぁいい、適当に選ぶか）

ネックレスやブレスレット、指輪にブローチと、様々な宝石をあしらった品が並べられる。従業員が他の客が入れないようにドアを閉めるし、買わなければ出ていけない空気だ。

「これとこれ、それからこれ……」

皇后に似合いそうなネックレスやブローチを選び、ついでに帝都に残ったスーのためにも髪留めを選ぶ。妹たちに買う気はさらさらなかった。代わりに辺境伯の妻やメリー、サラのために似合いそうなネックレスを選りすぐった。

「それから……あそこにあるクズ石ももらえるか？」

リドリーは店内の隅に置かれていた十個いくらのつかみ取り商品を指さす。宝石になれなかった鉱石や失敗して値打ちがなくなったものだ。

「構いませんが……？　でしたらあれはサービスさせてもらいます」

店長は首をかしげつつ、にこやかに対応する。あんなクズ石を何に使うのだろうと不思議がっているようだ。

（俺の目当てはクズ石なんだけどね）

リドリーはシュルツを手招き、費用を払うよう命じる。シュルツは用意していた金子を店長に手渡している。

「これはお前の分だ」

リドリーは購入した深紅のルビーをあしらったブローチをシュルツの胸元につけた。シュルツがびっくりしたように膝をつく。

「私のような者にまで過分な……。ありがたく頂戴いたします」

シュルツが嬉しそうにブローチに触れて言う。顔はいいのに飾り気のないシュルツが気になっていたので、リドリーとしても満足だった。

宝石店を出ると、武具店に行き、掘り出し物がないか探した。シュルツは騎士団長時代に皇家から賜った剣があったのだが、牢獄に入れられた時点でそれは取り上げられたらしい。罪滅ぼしのために、特殊な素材を使ったという剣を購入した。

「これは……軽いが切れ味は抜群ですね」

シュルツは剣を素振りし、目を光らせる。オリハルコンという合金らしい。めったに取れぬ材質だが、あまりに高すぎて売れずに残っていたとか。リドリーが購入したので、店の主人が腰を抜かしかけたほどだ。

（どうせ俺の金じゃないしね）

辺境伯のところに行くに当たって、それなりに金は持ってきた。もともと自分の金ではなくベルナール皇子のものだ。いくら払ってもちっとも惜しくない。

「よろしいのでしょうか……。身の引き締まる思いです」

シュルツはブローチに加え、剣までもらい、恐縮している。

「案ずるな、これはお前への投資だから」

リドリーは自分用に細身の剣も買い、腰に差した。ベルナールは剣に興味がなかったので、持っていた剣も宝石がちりばめられた飾りのものばかりだった。自分が使いやすい実用的な剣を腰に差し、何とはなしにホッとした。他にドレスルームも見たが、こちらは帝都に比べて少し流行遅れという感じだったので、ハンカチやスカーフだけにした。実際、ルイも「皇子が土産代わりに持参した布のほうが上質ですね」と苦笑する。

買い物を終えて広場へ歩いていると、串焼きのいい匂いがした。屋台が並んでいて、気軽に食べられるものを売っている。

「ルイ殿、一緒にどうですか？」

リドリーは屋台に近づいて、声をかけた。驚いたようにルイが頭を掻く。串焼き肉を二本買うと、リドリーはルイに一本を手渡した。何故か護衛の騎士たちが、ルイを心配そうに見ている。本来なら毒見が必要な身だが、屋台は目の前で調理されているので気にせずかぶりついた。

「……皇子は、想像とまったく違うのですね」

肉を咀嚼するリドリーを見つめ、ルイが困惑した様子で呟いた。肉は塩が利いていて旨かった。海の遠いこの地方では塩は貴重だから、屋台とはいえ、きちんとした店だろう。

「どのように想像なさっていたので？」

リドリーが笑って聞くと、ルイはおそるおそるというように肉をかじり、目を輝かせる。聞けば屋台のものを食すのは初めてらしい。

「失礼ながら、僕は皇子に勝手に親近感を抱いていたのです。僕のようにぽっちゃりした体形で、あまり評判もよくなかったので……。でもまったく思い違いでしたね。自分が恥ずかしいです。僕なんかと比べて皇子は自信に満ちて、皇家の尊い血を感じます」

ルイは苦笑しつつ、肉を頬張っている。筋肉ばかりの辺境伯の家で、ぽっちゃりしたルイは疎外感を覚えているのかもしれない。

「ルイ殿、剣ばかりがすべてではありませんよ。辺境伯からはルイ殿の頭がよいという話を聞いております。むしろルイ殿にとっては帝都のほうが合っているかもしれませんね。皇立アカデミーもありますし」

ルイはまだ十歳で、可能性は無限にある。皇立アカデミーは十三歳から入学できる貴族が通う学校だ。剣の道が合わないと思ったのなら、学識を広げたほうがいい。

「皇子……」

適当に慰めただけだが、ルイはやけにきらきらした目でリドリーを見上げている。

「そうですよね！　僕は剣術が本当に苦手で……。でも剣以外を選んでもいいのですよね！　今までそのようなことを言ってくれた者はおりませんでした！」

ルイは一転して明るい口調になり、嬉しそうに肉を食べている。

和やかな空気で馬車に乗り込むと、ルイはこれまで抱えていた家族と馴染めない悩みを延々と聞かせてきた。何か情報が得られるかもと、リドリーは親身になってルイの話につき合った。哲学や古典を好むルイは、剣ばかり重要視する辺境伯の家で孤独を感じていた。絶対に皇立アカデミーに入学しますと決意を固めるまでに至った。

皇立アカデミーは帝都にあり、ベルナールも通っていたらしい。だが侍従の話によると、学校でもあまり目立った功績はなく、学力も中の下辺りをうろついていたとか。一応魔力はあったのだが、使えるのはしょぼい風魔法だけだ。それでも魔力のない者がほとんどの世界だ。ベルナールにとっては、魔法を使えるというのが最後の自負だったかもしれない。

辺境伯の城へ戻ると、辺境伯の妻やメリー、サラに贈り物をした。女性陣はいたく喜び、リドリーのセンスに感激している。

(辺境伯、センスはなさそうだもんな……)

城についた時から、女性陣の身に着ける宝石のいまいち感が気になっていたのだ。オマール地方にはろくな宝石しかないのかと思ったが、今日見たところそういうわけでもない。おそらく宝石を贈ってくれる辺境伯にそういったセンスがないのだろう。

夕食を辺境伯の家族と共にして、リドリーは自室に戻ると、贈り物とは別に仕入れたクズ石を取り出した。

「そのクズ石をどうなさるので?」

シュルツは台の上に広げた石を吟味しているリドリーを覗き込む。

「とりあえず対等に戦うためにな……」

不敵に微笑み、リドリーはクズ石を指で摘まみ上げた。

## ◆6　模擬試合

模擬試合の日がやってきて、城内は朝から慌ただしい雰囲気になっていた。どうやら模擬試合の後は城で宴会が行われるらしい。聞いてなかったのだが、この地域の貴族がリドリーに会うために辺境伯の城に来るそうだ。視察と宴会は切り離せないものらしい。

よりによって模擬試合の日は凍える（ここ）ほどに寒い日だった。わざとこの日を選んだのではないかとリドリーは疑ったくらいだ。吐く息は白く、吹きすさぶ風は身に染みる。石造りの城内も寒くて、リドリーはふだんより一枚多く着込んだ。試合の前に近衛（このえ）騎士に会って渡すものがあったのでホールに向かうと、ホールの前の廊下で、近衛騎士の数名が複数の侍女と楽しそうに会話している。

「騎士様、頑張って下さいね。応援しております」

若い侍女たちは、意中の近衛騎士に刺繍（ししゅう）を施したハンカチを贈っているようだ。近衛騎士のほうもまんざらではないらしく、鼻の下を伸ばしている。

「全員、ホールに集まるように」

リドリーが声をかける前に、シュルツが侍女を追い払い、近衛騎士に告げた。

リドリーはホールに足を踏み入れ、整列した近衛騎士を見回した。彼らはすでに甲冑を着込み、剣や槍、弓の準備をしている。

「試合に出る者に渡すものがある」

リドリーは持ってきた布を広げ、小さな巾着袋を五つ取り出した。

「何ですか？　これ」

シャドールがいぶかしげに巾着を取り、目を見開く。

「うわっ、温かい！」

手に持った巾着を両手で持ち、シャドールが叫ぶ。それにびっくりして、エドワードやジン、グレオン、イムダが巾着をそれぞれ手にする。皆一様に温かい巾着に顔を輝かせる。

巾着の中には火魔法で熱を込めたクズ石が数十個ずつ入っている。四、五時間は温かいだろう。シュルツにはすでに渡している。

「即席の懐炉だ。腹の辺りにでも仕込んでおけ。寒さで震えて負けたら目も当てられないからな」

リドリーが言うと、巾着をもらった面子が「ありがたき幸せ」と膝をついた。クズ石は直接触ると火傷するので、巾着に入れた。

「このようなものをどうやって……？　火魔法を使える者がいたのですか？」

エドワードが懐に巾着を入れながら、探るような目つきで聞いてきた。エドワードの瞳は綺麗な翡翠色だ。じっと見つめられると、若い女性なら頬を赤くするだろう。美丈夫だが、めったに笑わない男で、思慮深い性格をしている。エドワードはベルナール皇子が風魔法しか使えないのを知っている。

「まぁ、そんなところだ」

リドリーが鷹揚に答えると、エドワードの眉根がわずかに寄った。顔立ちは似ていないが、黙って見つめてくるとアルタイル公爵と同じ血を感じる。朝からクズ石に魔法を込めていたのは秘密にしよう。

「お前らに言っておく」

リドリーは準備のできた近衛騎士を見回し、厳かに告げた。シュルツもリドリーの横ではなく、彼らと横並びになってすっと立つ。胸元には昨日あげたブローチが光っていて、面映ゆくなった。模擬試合に出ない近衛騎士も、神妙な態度でリドリーの発言に耳を傾けている。

「今回の試合でぼろ負けしたら、近衛騎士全員に裸で城の周りを走ってもらおうと思う」

にこやかに告げたとたん、近衛騎士の顔面が蒼白になった。

「ななな、何でそんなっ！　昨日負けても問題ないって言ってたじゃないですか！」

「そうですよ！　そんな罰ゲーム聞いてない！」

「褒賞くれるって言ったのに！」

いっせいに泡を食って叫びだした近衛騎士に、リドリーはにやりと笑った。

「褒賞はもちろん出すつもりだ。だが、やはりリスクもなく戦いに挑むのは近衛騎士の名折れだと思ってな。お前らを見に、若い女の子が集まっているんだ。無様な試合を見せるわけにはいかないよなぁ？　負けたらこの極寒の中、裸でかけっこだぞ。きっと彼女たちも黄色い声を上げるに違いない。近衛騎士として、恥ずかしくない試合をするように」

リドリーが悪魔の顔で告げると、近衛騎士たちが絶望的な表情に変わる。若い女の子にきゃーきゃー言われて調子に乗っている近衛騎士も、少しは目が覚めただろう。

「勝つか引き分ければいいんだ。皆の働きに期待しているぞ。あと、試合中、何が起きても平常心でいること。分かったな？」

リドリーがうなだれる近衛騎士たちに言うと、「はい……」と覇気のない返事が戻ってくる。

「返事は！」

リドリーが厳しい声で再度促すと「はい！」と近衛騎士がホールに響く声で返答する。シュルツと目が合うと、何故(なぜ)かおかしそうに口元を隠している。果たしてこれがどんな作用を及ぼすか分からないが、近衛騎士の力に期待するのみだった。

訓練場を使って、模擬試合が開かれた。

訓練場の横には一段高くなっているスペースがあり、そこに領主の家族とリドリー、招かれた貴族の椅子が置かれている。リドリーが試合に出ないビルという近衛騎士を伴って行くと、すでに領主の妻や娘が座っていた。リドリーの席は一番真ん中のヘンドリッジ辺境伯の隣だ。広い訓練場の一部には、今回だけ特別に一般市民にも開放されたスペースがあり、領地民が大勢集まっている。先ほど近衛騎士にハンカチの贈り物をしていた若い子もいるようだ。市民は皇子を見るのが初めてなので、リドリーを物珍しげに眺めている。

騎士団の連中と近衛騎士は訓練場の左右に分かれ、陣を組んで試合前の調節をしている。訓練場の右端、一般市民のいる側には、弓の的らしきものがいくつか長い棒の先に掲げられている。大きな的から小さな的まで、得点を競い合うのだろう。面白いことに的はリンゴであったりプラムであったりしたことだ。

「ベルナール皇子、ご紹介しましょう。マックス伯爵です。こちらは伯爵の令嬢で……」

ヘンドリッジ辺境伯は招かれた貴族たちをリドリーに次々に紹介していく。ほとんど見知らぬ顔ばかりだが、彼らの目当ては自分の娘を売り込むことだった。令嬢たちは着飾ったドレスの裾を持ち上げ、媚びた笑みを浮かべる。

「ちょっとした余興のつもりでしたが、ずいぶんと大掛かりなものになりましたね」

リドリーは貼りつけた笑顔の裏で、ちくりとヘンドリッジ辺境伯を刺した。言外にこんなに客を呼ぶなど聞いてないぞと皮肉を込めた。

「何しろこのような田舎ですから、娯楽が少なくて。帝都に関するものには皆興味があるのですよ」

ヘンドリッジ辺境伯は意に介した様子もなく豪快に笑う。貴族たちとの顔合わせが終わると、ヘンドリッジ辺境伯が前に出て整列した騎士団と近衛騎士を見渡した。

「では模擬試合を始めよう！　どちらが勝ったとしても、勝利はベルナール皇子へ捧げる！」

ヘンドリッジ辺境伯が高らかに開催を告げ、リドリーは優雅に手を振った。一応皇子の身分であるリドリーに気を遣ったようだ。おそらく先日、妻と子に贈り物をしたのが効いているのだろう。この場に集まった人々の歓声が起こり、模擬試合が始まった。

最初は馬上槍試合から始まった。それぞれの陣地には甲冑をまとい馬に乗った騎士がいる。槍試合は号令の合図と共に槍を構えた馬上の騎士が駆け出し、相手の肩に乗せた的を突くというものだ。模擬試合なので怪我をしないよう、試合は的を壊した者の勝利とする。とはいえ互いに猛スピードで馬を走らせるので、当たり所が悪ければ死も覚悟しなければならない。そのために訓練場のすぐ近くには救護所が設置されている。治癒魔法のできる魔法士も呼ばれていた。

「第一試合、グレオン・ゲートランド卿、マックイーン・ドルモア卿、位置について！」

高らかな声で審判に呼ばれ、近衛騎士のグレオンと相手の騎士が馬に乗った状態で指定の場所につく。グレオンの馬は少し興奮していて、やる気満々だ。

赤い旗が振られ、同時に二頭の馬が走り出した。すごい勢いで駆け出し、ほぼ同時に長い槍を突き出す。勝負は一瞬にして決まった。グレオンの槍はわずかに逸れ、相手のマックイーンの槍が先にグレオンの肩の的をぶち壊す。的は板でできていて、その破片がグレオンの兜に飛び散った。兜がなければ、顔に怪我をしていたかもしれない。

わっと歓声が上がり、「ドルモア卿の勝利！」と宣言される。騎士団の野太い喝采が起こり、反対に近衛騎士は悔しそうに戻ってきたグレオンを囲んだ。

「第二試合、ジン・シュザエリ卿、ラミレス・ピーコック卿、位置について！」

二試合目に出るジンは葦毛の馬に跨がっている。相手のラミレスは見るからに身体が大きい。旗が振られ、砂煙を上げて馬が駆けだす。最初の衝突では互いに的を突くことはできず、馬を反転させて再び槍を突き出す。騎士団と近衛騎士から応援の声が上がり、しばらくの間、ジンとラミレスの間で槍を交える音が響いた。思ったよりも戦いが長引いたと思った矢先、馬の向きを変えようとしたジンの肩に、ラミレスの槍がヒットした。

「ピーコック卿の勝利！」

宣言と共に大きな歓声が起こり、騎士団の連中の喜びようが伝わってくる。二連敗したが、槍試合に関してはもともと期待していなかったので、特に思うところはなかった。槍を扱うには何といっても体格がものをいう。長く重い槍を自由自在に扱うには、騎士団の連中のような大柄なものが適しているだろう。

「皇子、残念でしたね。我が騎士団は二連勝ですよ！」

はしゃいだ様子でアシックが言い、リドリーの背後に立っていたビルが悔しそうに歯ぎしりしているのが聞こえてきた。アシックの横に座っていたルイが「兄さん」とたしなめる。アシックに腹芸はできないのだろう。

「槍においては、辺境伯の騎士団は帝国一かもしれませんね」

リドリーはさらりと受け流し、試合会場に目を向けた。

次は剣の試合で、場にはシュルツが出てくる。剣の試合は兜をつけないので、観客にとっては誰が戦っているか一目瞭然だ。近衛騎士の制服のシュルツと、辺境伯の騎士団の制服の騎士が向かい合う。

「第三試合、シュルツ・ホールトン卿、イザーク・ケンブリッジ卿！」

名前を呼ばれて、近衛騎士と騎士団の連中からの応援が高まる。シュルツはいつも通り落ち着いていて、ちらりとリドリーのほうを見る余裕さえあった。相手のイザークは強面（こわもて）の男だ。

「始め！」

旗が振られ、剣を構えていたシュルツとイザークが剣を振りかぶった。数度剣が交わる音が響いたが、一瞬の隙をついて、シュルツがイザークの懐に入った。と、思う間もなくイザークの剣が後方に飛んでいて、いつの間にか地面に座り込んでいたイザークの首筋にシュルツの剣先が突きつけられる。

「ホ、ホールトン卿の勝利！」

審判の声が上がり、近衛騎士から大きな歓声が上がった。シュルツは剣を収めると、こちらに向き、一礼する。リドリーはにやりとしたまま、シュルツに手を振った。

「す、すごいですね。さすがホールトン卿です」

辺境伯の妻とメリーが感嘆したように言う。客席も大いに盛り上がっている。騎士団のぶっちぎり勝利かと思われていたので、見に来た人たちも興奮している。シュルツの勝利は確信していたが、無事に強さを見せつけられてホッとした。

「イザークが手も足も出ないなんて……」

アシックはシュルツの強さに驚きを隠せずにいる。

「ホールトン卿の強さはさすがですな。あの男が一時は処刑を待つ身だったとは信じがたい」

ヘンドリッジ辺境伯がリドリーに囁き、皮肉げに笑う。

「根も葉もない噂でしょうが、ベルナール皇子がホールトン卿を奴隷にしたなどと言う者もおるようです。だが、ホールトン卿と皇子を見ている限り、そのような関係には思えません。一体どうしてそのような噂が流れたのでしょうな」

探るような目つきでヘンドリッジ辺境伯に聞かれ、リドリーは嘆かわしげに吐息をこぼした。噂じゃなく真実だと口から出そうだ。やはりヘンドリッジ辺境伯は、皇室関係者に情報を得ている。おそらくリドリーが皇帝にシュルツを護衛騎士にとねだった時にいた人物だろう。

「シュルツは父上にあまり好かれておりませんので、シュルツには申し訳ないと思いつつ、そのような言葉を使わざるを得なかったのです」

リドリーが小声で答えると、ヘンドリッジ辺境伯は合点がいったように大きく頷いた。

「なるほど……」

訓練場では次の試合に出るエドワードが場の中央に進み出る。とたんにエドワードを見にきた若い女性たちが黄色い声を上げる。貴族の令嬢たちもエドワードを見やり、扇で口元を隠しつつ何事か囁いている。リドリーとしてはシュルツのほうがいい男だと思うが、若い女性は華やかな雰囲気のエドワードがお気に召すようだ。それに跡継ぎではないとはいえエドワードは公爵家の令息だ。羨望の眼差しが注がれる。

「第四試合、エドワード・アルタイル卿、マイケル・ジュベリアン卿！」

審判が告げ、二人の騎士が剣を抜く。マイケルはエドワードと対戦するのが可哀想なくらい外見に秀でた容姿ではなかった。だが、それだけに騎士団の連中の応援ぶりはすごかった。女性陣の黄色い声をかき消す勢いで「絶対勝て！」「男の価値は強さだ！」と叫んでいる。

「始め！」

合図の声と共に、エドワードがマイケルに斬りかかった。それをマイケルが受け止め、跳ね返す。剣を叩きつけ合う音が響き渡り、声援もいっそう激しくなった。マイケルは力が強く、振りかぶる剣も重みがある。一方エドワードは俊敏な動きを見せ、マイケルの剣筋を完全に読み切っているようだ。

（これはいけるかな？）

リドリーは思ったよりもエドワードの剣筋がいいことに目を瞠った。

五分、十分と戦いが長引き、見物客の興奮も高まってきた。マイケルが両手で剣を振りかぶると、エドワードがその剣を受け流し、マイケルの足を払った。足を取られてマイケルがその場に転倒し、エドワードはその一瞬を見逃さず、相手の腹を足で押さえ込み、剣を突きつける。

「クソッ」

マイケルは負けを認めず、エドワードの足を両手で掴み、体勢を崩したエドワードの下から転がり起きた。すぐさま体勢を立て直して両者は剣を構えたが、数度の打ち合いで決着がついた。エドワードは剣を持つマイケルに強烈な一撃を加えた。

「……っ」

マイケルの手から剣がこぼれ落ち、エドワードは今度こそ逃がさないと言わんばかりに、落ちた剣を足で遠くへ払い、マイケルの首に剣先を押し当てる。

「――アルタイル卿の勝利！」

身動きがとれなくなったマイケルを確認して、審判が勝敗を決める。すると女性たちの喜びの声が湧き起こり、エドワードの名前が歓呼された。エドワードは汗を拭い、剣を収めて転がっているマイケルに手を差し出す。

「畜生！」

マイケルは忌々しげにエドワードの手を払い、苛立った様子で騎士団のほうに歩いて行った。負けたマイケルに、騎士団の猛者たちは手荒い叱咤激励をする。

「これで二勝二敗ですね。面白くなってきましたわ」

サラがおませな口調で騒いでいる。ぼろ負けかと思っていたので、リドリーとしても満足だった。エドワードはやはりアルタイル公爵の息子なだけあって、シュルツの次に近衛騎士の中では実力がある。本来なら、近衛騎士ではなく、騎士団に入りたかったのではなかろうか。有能なエドワードが無能皇子の近衛騎士をしていたのが信じられない。

「第五試合！　シャドール・アンブランセ卿、アシック・ヘンドリッジ卿！」

審判の声が上がり、少し前までこちらの席にいたアシックが剣をぶんぶん振り回して中央の場に躍り出る。シャドールは仲間に背中を叩かれながら、アシックの前に進み出た。アシックは将来辺境伯の跡を継ぐ身だ。ヘンドリッジ辺境伯に鍛えられたなら、強敵だろう。

「始め！」

開始の合図で、シャドールとアシックが同時に剣を構える。最初の一撃でシャドールが顔を顰めたのが遠くからも分かった。手が痺れたのか、アシックから身を離し、軽く手を振る。片手で剣を持っていたシャドールは両手で剣を構え、追撃するアシックからの攻撃を受け流した。

見ごたえのある戦いが続いた。アシックの放つ剣は強烈で、おまけにいちいち声を張り上げながら剣を振っている。シャドールは持ち前の器用さでアシックの攻撃を避け、剣を振っている。

「あいつの悪いところが出ているな……」

隣にいたヘンドリッジ辺境伯の呟きが聞こえてきて、リドリーは内心ほくそ笑んだ。アシックはともかく勝ちたくて、力任せに剣を振り回している。ふつうの相手ならばそれで勝てるだろうが、シャドールの観察眼は秀でている。すんでのところで剣をかわし、まるでからかうようにアシックを翻弄する。

（口だけではないようだな）

シャドールが勝てば、先に三勝したことで負けはなくなる。わずかに期待したが、アシックの勝利への渇望は人並み外れていた。

（三十分近く戦ってるぞ。こいつら大丈夫か？）

何と恐ろしいことに、決着がつかないまま、三十分経った。長時間に亘る戦いに、見ている人たちも疲れを感じ始めている。

「うおおおおお！」

時間が経てば経つほど疲れるはずなのに、アシックの剣はどんどん重みを増している。対してシャドールはやはり寒さがネックだった。外気の寒さに身体の動きが鈍くなり、とうとうアシックの攻撃で剣を落としてしまった。

「どうだ！」

剣を突きつけられ、シャドールが降参というように両手を上げる。

「ヘンドリッジ卿の勝利！」

審判が認め、長時間かかった戦いに見物客から拍手が湧き起こる。皆二人の闘志を讃えている。シャドールはへとへとになって、近衛騎士の仲間に支えられている。

「やったぞ！　俺の勝利だ！」

アシックは拳を突き上げ、息を荒らげつつ飛び跳ねて喜んでいる。

「非常にまっすぐな性格のご子息ですね。未来の辺境伯は信頼できそうだ」

リドリーがにこやかにヘンドリッジ辺境伯に言うと、その裏の意味を理解したヘンドリッジ辺境伯が苦虫を嚙み潰したような顔になった。辺境伯ともなれば、力だけでなく政治力も必要だ。アシックには剣の力はあっても、それ以外は期待できない。御しやすそうな人間なので楽だとリドリーが言ったのが分かったのだろう。

「息子はこれからいろいろ学ばねばなりません。ご心配なく」

ヘンドリッジ辺境伯が乾いた笑いを浮かべ、リドリーはちらりと後方を見やった。少し離れた場所に、近衛騎士のリュカが立っている。神妙な顔つきのリュカは、リドリーと目が合うと遠目に敬礼してきた。

「第六試合！　イムダ・モーリアス卿、アラン・ビクトリー卿！」

審判に名前を呼ばれ、最後の選手が出てきた。イムダもアランも弓を抱えて進み出る。最後の試合は弓術合戦だ。これにイムダが負けたら、近衛騎士の完全な敗北になる。勝てても引き分けでしかない。応援も熱がこもり、野次も聞こえてきた。どうやら市民たちは賭けでもしているようだ。

イムダとアランは同じ場所に立ち、弓を構えた。

「一矢ずつ射て、的を多く得た者の勝利とする！　最初はリンゴから！」

審判が告げ、遠くにあるリンゴの的を指さす。二本の棒の先に、二つのリンゴが突き刺さっている。イムダは大きく深呼吸して、リンゴに弓を向けた。リンゴまでの距離は四十メートルくらい先だろうか。

イムダの放った矢がまっすぐに飛び、見事にリンゴを射貫いた。喜びの歓声が上がり、イムダも安堵したように弓を下ろす。

続けてアランが弓を構えた。アランは騎士団の中ではわりと細身な男だ。アランは呼吸を整え、時間をかけて一矢を放った。リンゴにはアランの射た矢が突き刺さった。二人がリンゴをクリアしたことで、よりいっそう見物客が盛り上がる。

「力は互角というところでしょうか」

息を呑んで見守っていたメリーが、ひやひやしつつ言う。

「続けてプラム！」

リンゴに刺さっていた棒が抜かれ、その奥に並んでいた二本の棒に突き刺さったプラムに全員の視線が注がれる。リンゴの半分くらいの大きさのプラムは、さらに距離が長くなったことで、当てづらくなった。

イムダはかなり集中していた。見ているこちらが目を瞠るほど、研ぎ澄まされた様子で弓を構える。

風を切る音が響き、イムダの矢はプラムに吸い込まれた。いっせいに歓声が湧き、イムダの名前が連呼される。

見物客の歓声が収まった頃に、アランは弓を引いた。アランの時になって、強い風が起きた。外してくれたら助かると思ったが、アランは風の動きも読み、矢を射た。

見事プラムをアランの矢が貫く。同等の力比べに興奮度合いも高まった。

「最後はクルミ！」

さらに距離を置いた場所に、クルミが掲げられた。的も小さくなり、硬いクルミを射貫くのは至難の業だ。距離もあるので、これを射貫けるかどうかで勝敗が決するだろう。

「緊張します……」

メリーは両手を握りしめ、はらはらして二人を見守っている。

イムダは弓をきりきりと構え、的を見据えた。指を離すかと思った刹那、イムダは何故か弓を下ろし、額の傷を軽く手で擦り、深く呼吸をする。緊張で指が震えたのだろう。即席の懐炉を渡したとはいえ、この寒さでは指も縮こまる。イムダは懐に手を差し込み、懐炉で指を温めているようだ。すっと懐から手を抜くと、リラックスした様子で弓を引き絞る。

イムダの手から放たれた矢が、目的のものへと吸い込まれた。矢はそのまま立てた棒の後ろへ消える。どうなったのかとざわつきが起こった。審判が走っていって、イムダの放った矢を拾い上げる。

「刺さっています！」

審判がクルミに刺さった矢を掲げ、この日一番の大きな歓声が起きた。騎士団の連中も飛び上がって喜んでいる。イムダは緊張から解かれて、その場にしゃがみ込んだ。リドリーは後ろのほうへ視線を向けた。

遠い場所で待機しているリュカに、軽く首を横に振る。リュカは安心した様子で肩を下ろし、そそくさと近衛騎士のいる陣地に去っていく。

続けてアランの番になり、アランは緊張の中、矢を放った。

残念なことにアランの矢はほんのわずかに逸れ、クルミには当たらなかった。風が変則的な動きで矢の道筋を変えたのだ。

「モーリアス卿の勝利です！」

審判の声と共に、近衛騎士の連中がイムダの元へ駆け寄って勝利を褒め称える。見物客からは惜しみない拍手が広がった。

三勝三敗、引き分けという状態に持ち込めて大満足の結果だ。

リドリーはヘンドリッジ辺境伯と共に、彼らの元へ足を運んだ。

「残念ながら勝敗はつきませんでしたな。皇子への勝利はまたの機会になりましょう」

ヘンドリッジ辺境伯は試合に出た騎士や応援していた騎士を見回し、少しだけ不満そうに騎士団の猛者を睨んだ。槍の試合に三人出ていたら、確実にこちらが負けていただろう。

「あっ」

シャドールが突然声を上げ、つられるようにその場にいた皆が振り向いた。アランが射貫けなかったクルミを、飛んできた鳥が脚で摑んで持ち去ろうとしたのだ。微笑ましい光景に、騎士や見物客から笑いが漏れる。

「そうですね、辺境伯」

リドリーは目を光らせて、傍にいたイムダに弓を渡すよう手を差し出した。困惑したそぶりでイムダがリドリーに弓を渡す。

「皇子……？」

シュルツが目を見開く。リドリーは弓を引き絞り、空へと矢を放った。想定外の行動に、その場にいた騎士だけでなく、見物客もいっせいにこちらを見る。

リドリーの放った矢は、頭上に移動していた鳥の運んでいたクルミにまっすぐ突き刺さった。

鋭く尖らせた矢じりはクルミごと鳥の腹を射貫き、甲高い声を上げて鳥が落下してくる。

「な、何だあれは……っ」

「い、今の皇子が⁉」

「ええっ、飛んでる鳥ごと！」

鳥を射貫いたリドリーに客席のどよめきが起きた。客席だけでなく、騎士たちもびっくりして口を大きく開けている。

「――勝利は自分で手に入れるものですからね」

リドリーはイムダに弓を返し、ヘンドリッジ辺境伯に微笑みかけた。

ヘンドリッジ辺境伯の目の色が変わり、その顔に何とも言えない愉悦のようなものが広がった。明らかにそれまでとヘンドリッジ辺境伯のリドリーを見る目つきが変わった。軽視の感情が消え、どこか尊厳を感じさせる眼差しをリドリーに注ぐ。

「ベルナール皇子に、最上級の敬礼を」

ヘンドリッジ辺境伯がマントを翻して告げ、騎士団の猛者たちが全員片方の膝をつく。ヘンドリッジ辺境伯と騎士団の敬礼を受け、リドリーは優雅に一礼した。

試合を終えてホールに戻ると、リドリーの周りには近衛騎士たちがどっと集まり、耳がうるさくなるくらいの質問攻撃になった。

「皇子！　いつの間にあんな腕を！　っていうか皇子が出てたなら勝てたじゃないですか！」

中でも一番うるさかったのは、シャドールで、悔しそうに肩を怒らせている。

「すごかったです、皇子！　皇子があんなに弓術を心得ていたなんて知りませんでした！」

イムダは珍しく興奮した様子でリドリーを讃える。豚皇子が最後においしいところをかっさらっていったので、近衛騎士の興奮はすごかった。全部ベルナール皇子の手柄になるのは気に入らないが、ヘンドリッジ辺境伯を落とすあと一手が欲しかったので仕方ない。

リドリーは弓が得意だ。アンティブル王国でも隣に立つものはなしと囁かれるくらい、腕が立つ。止まっている的ではなく飛んでいる的を射たことですごいと思われたようだが、実際はイムダやアランより飛距離は短かったし、そもそもリドリーは鳥を狙っていただけで、クルミごと貫けたのは、奇跡的な幸運といえよう。

「驚きました……。皇子があれほどの弓の使い手とは」

ふだんは冷静なシュルツもかなりびっくりしたようで、複雑な面持ちだ。シュルツは皇子の中身が別人と知っているので、胸中にはさまざまな思いがあるだろう。

「とりあえず引き分けに持ち込めたのはお前らの勝利と言えよう。よかったな、裸で城の周りを走らなくてすんで」

リドリーが近衛騎士に向かって言うと、彼らは胸を撫で下ろす。

「勝った者には俺のできる範囲でなら、何でも望みを叶えよう。今でもいいし、城に戻ってからでもいいぞ」

エドワードとシュルツ、イムダに向けて言うと、胸に手を当て「ありがたき幸せ」と礼を返される。

「今日はもう自由行動にしていい。明日には帝都へ戻るからな。では解散」

リドリーが告げると、近衛騎士がわっと喜びの声を上げ、早速ホールを出ていく。応援してくれた若い娘との逢瀬でも楽しむのだろう。

「シュルツも好きにしていいぞ」

リドリーは部屋に戻ろうとして、当たり前のようについてきたシュルツに声をかけた。

「いえ、私は皇子の傍に控えております」

生真面目な口調でシュルツが答える。分かったと答え、リドリーはシュルツを伴い部屋へ戻った。途中ですれ違った侍女にお茶を運ぶよう頼み、部屋に入って一息つく。シュルツは懐から取り出した巾着袋を大切そうにリドリーに向けた。

「このおかげで暖をとれました。クズ石にこのような効果があったとは知りませんでした」

時間が経って、クズ石にはほとんど熱が残ってないだろうが、シュルツは大事そうに持っている。

「再利用が可能だから、またいつでも温めてやるぞ」

リドリーは機嫌よく言って、椅子に腰を下ろした。ちょうど侍女がお茶の支度をして入ってきて、シュルツがワゴンごと受け取る。

「今日は俺が淹れてやろう。まぁ、座れ」

ワゴンに載ったお茶を淹れようとするシュルツに言うと、ぎこちない動作で椅子に腰を下ろす。命令口調になってしまったので、シュルツは抗いたくても椅子に座ってしまったようだ。

「うーん、いい香り。辺境伯のところではいい茶葉を使っているな」

茶葉の匂いを嗅ぎ、リドリーはうっとりした。いつもシュルツがお茶を淹れてくれるのだが、自分でやるほうが十倍美味しいお茶を淹れられる。お茶のためだけにスーを連れてくればよかったと後悔したくらいだ。

「それにしても、これはアンティブル王国ではよくある手法なのですか？　魔道具的な？」

巾着袋に入っているクズ石を広げ、シュルツが興味深げに聞く。

「こういう鉱石のかけらに火魔法を使うと、少しの間熱を持つのが分かっている。火魔法の使い手があまりいないので、知られてないかもしれない」

「辺境伯にこのことを教えれば、寒いこの地方では画期的な懐炉として喜ばれるのでは？」

シュルツが身を乗り出して言う。

「確かにな。だが、俺が火魔法の使い手と知られるのは困るんだ。近衛騎士の中にも火魔法の使い手はいないし」

リドリーはポットの中に茶葉を入れ、熱い湯を注ぐ。

「何しろベルナール皇子は風魔法の使い手だろう？」

茶葉を蒸らしつつ、リドリーはため息をこぼした。それもあって、即席の懐炉に関しては試合が終わった後、回収させてもらった。シュルツの分だけは特別にそのままにしたが。

「まぁ……確かにどうやって熱を込めたのか聞かれたら困りますね。そもそもベルナール皇子の風魔法はそよ風程度のものでしたし」

何かを思い出したのか、シュルツがくすりと笑う。ちょうどよい頃合いにリドリーはそれぞれのカップにお茶を注いだ。ローズの香りが広がる。

「……私のお茶の淹れ方はまずかったですか？」

勧められたお茶を一口飲んで、シュルツが申し訳なさそうに呟く。

「お前はカップに注ぐのが早すぎるんだよな」

味の違いが分かったシュルツに思わず笑ってしまった。ふと目が合って、何とも言えない甘い空気が漂った。シュルツの自分を見る目が、恋する男のそれになる。

「……一つ、お聞きしてもいいですか？」

まったりとした空気の中、ふとシュルツの身体が硬くなった。探るような目つきで茶器を置き、重い口を開く。

「試合の少し前からリュカの様子がおかしかったのですが……、何かなさいましたか？」

言いづらそうに聞かれ、リドリーはにこりと笑った。シュルツにはばれないように事を運んでいたつもりだが、勘のいいこの男には気づかれていたようだ。

「保険だよ、保険。負けそうになったら妨害工作をしようと思ってな。イムダが勝ってくれたんでやらずにすんだが」

笑顔で白状すると、シュルツの肩ががくりと落ちる。憤懣やるかたなしという様子で身を乗り出され、リドリーはつい身を引いた。

「何故、そのような！　卑怯な真似を！　我らは騎士です！　たとえ負けようと、それは実力が劣っているからで……っ」

真面目一辺倒のシュルツにばれたら怒られると思っていた。案の定、シュルツは歯ぎしりをして拳を握っている。

「騎士の誇りか？　そんなもので飯は食えない」

工作と根回しで生きてきたリドリーにとって、保険もかけずに試合に挑むなどありえない。もしイムダが最後の的に命中しなかった場合、相手の騎士が弓を引く瞬間、大きな音で妨害するつもりだった。そのためにリュカを会場の外へ配置していたのだ。

「……っ、私はそのようなやり方は好みません」

シュルツに威圧感を持って睨まれて、リドリーは暑苦しく感じてそっぽを向いた。術にかかっていなければ、シュルツと自分は真逆の性格をしているし、恋愛関係にはまず陥らなかっただろう。自分はシュルツのような男がもっとも嫌うタイプだ。

（やっぱりこいつが俺を好きなのって術のせいだよな。うっかりはまらないようにしなきゃな）

全身で怒りを表現するシュルツをちらりと見やり、リドリーはひとりごちた。

「あーところでお前の望みは何だ？　褒賞ならいくらでも出すぞ」

お茶を口に含んで、リドリーは話題を変えた。シュルツはまだ憤りを隠せない様子だったが、ややあって呼吸を整えた。

「……私の望みは……」

シュルツが言いよどむ。

「……あなたともっと近しい関係になりたいです」

情熱を湛えた瞳で告白され、リドリーは内心そうきたかと焦った。皇家に身を捧げるというシュルツなら、主である皇子への想いに蓋をするのではないかと思ったのだ。だが、やはり中身が隣国の宰相というのもあって、想いがあふれたようだ。

「お聞きしたいのですが、あなたは私のような者を七人抱えていると言いました。術をかけられると副作用で好きになるとも。私以外の他の者は……あなたにこうして迫ってきたのでしょうか？」

切実な想いを乗せて、シュルツがテーブルの上に置いていたリドリーの手を握りだす。シュルツの手は熱く、リドリーの答えを恐れているようだ。

「あー。はいはい。……鉱山を襲撃した男が処刑されたので、現在六人になったわけだが、お前以外は全部悪人だから、俺がそれに応えることはない。心配は無用だ。会えば分かるんだが……、お前以外の者は気色悪いというか」

握られた手をどうすべきか悩みつつ、リドリーは正直に答えた。悪人というのもあるが、全員好みとは外れた男ばかりだったので、これまでこういった悩みを抱えてこなかった。そもそも、シュルツ以外の男の迫り方は大変気持ちが悪かった。リドリーの答えにシュルツの顔がぱっと輝く。分かりやすい男だ。

「では、私をどのようにお考えですか……？　男である私も気持ち悪いでしょうか……」

ぎゅっと手を握られて、リドリーはわずかに頬を赤くした。

「うーん……」

真剣な面持ちで聞いてくるシュルツの視線を受け止めきれず、リドリーは唸り声を上げた。

「正直に言うとな……、お前の顔とか身体つき、好みなんだよなぁ」

リドリーが素直に答えると、シュルツが全身で喜びを表してくる。もし尻尾がついていたら、激しく振っているところだろう。リドリーは同性愛者というわけではないが、恋愛に関しての決まりはない。男でも好みであればつき合うのもやぶさかではない。シュルツは信頼できるし、

見目もいい、実力もある。何としても傍に置きたくなる傑出した人物だ。

「だが……俺はいずれ本来の自分に戻りたいと考えている。俺の立場とお前の立場では、特別な仲になるのは難しくないか？　お前——俺が元の身体に戻ったら、サーレント帝国を捨ててアンティブル王国へ来られるか？」

避けては通れない問題なので、リドリーはずばりと尋ねた。とたんにシュルツの顔色が変わり、握っていた手が離れる。

シュルツは強張った顔つきで、頭を抱え込んでしまった。

（まぁ皇家に身を捧げる男に敵国へ亡命しろとか、無茶ぶりだよな）

シュルツの苦悩が理解できたので、リドリーとしては同情するばかりだ。

「俺がアンティブル王国を捨てられないように、お前も帝国を捨てられないだろう？」

敵国同士の恋愛など、ふつうは無理だ。戦場で会った時には、お互いに剣を交える身なのだ。

リドリーの投げかけた言葉は、シュルツに重く響いたようだ。

その後はすっかり無口になり、深く考え込む姿が見受けられた。先のことは考えず、今の状態で恋愛を楽しむというのもアリだが、シュルツはそんな軽い人間には思えない。むしろ愛する人のために命まで投げ出すような男だ。

やはりまともな人間にあの術を使うのはよくなかった。

今さらだが後悔に苛まれ、リドリーは申し訳なさでいっぱいになった。

次の日は前日に比べ、穏やかな陽気となった。寒さも今日ばかりは落ち着き、出発の支度も進んだ。長らく世話になったが、リドリーたちは今日帝都へ戻る。

出発前には、ヘンドリッジ辺境伯が家族そろって見送りに出てくれた。辺境伯の騎士団一個隊は、領地の境界線までリドリーたちを護衛してくれる。

「道中お気をつけて。ベルナール皇子に素晴らしい栄光がもたらされますように」

辺境伯の妻は心を込めて祈り、リドリーの額にキスをした。メリーは別れがつらいのか涙ぐみ、アシックは今度弓の勝負をしようと意気込み、サラとルイは「アカデミーに入学したらまたお会いしたいです」とリドリーに言ってきた。リドリーがヘンドリッジ辺境伯に、サラとルイのアカデミーへの入学を勧めたので、二人とも感謝の念に堪えないようだ。メリーはもう年齢的に無理だが、幼い二人はアカデミーに入って知識を蓄えることができる。その頃、自分がどうなっているか分からないが、また会えるのを楽しみにしていますと答えておいた。

「ベルナール皇子。これを皇帝へ」

ヘンドリッジ辺境伯は封蠟がされた親書をリドリーに手渡してきた。リドリーは内心の興奮を抑え込み、謹んで承った。何が書かれているか中身が知りたいが、勝手に開けたら皇子といえど罰則が科せられる。しかも皇帝への親書だ。身分が低ければ処刑される。

「過分な土産をいただき、ありがとうございます。帝都へいらした時は、歓迎しますので」

リドリーは親書をシュルツに託し、辺境伯からもらった宝石類を分散して近衛騎士の馬にくくりつけた。今回は馬車で来なかったので、あまり重いものは遠慮させてもらった。

「途中まで我が騎士団が見送ります。ベルナール皇子、今回はとても有意義な時間を過ごさせてもらいましたぞ」

ヘンドリッジ辺境伯が手を差し出し、リドリーはそれをしっかりと握りしめた。

こちらこそ、ヘンドリッジ辺境伯がまともな人間と知れて、大きな財産となった。あの最悪な皇帝と仲良しというので、ろくでもない人間かと思っていたのだ。力を持たぬ者に対しては皇帝と同じくらい嫌な奴だが、力を認めればまともな対応をしてくれると分かった。

「またお会いする時まで壮健であられますように」

リドリーは優雅に礼をして、馬に乗り込んだ。近衛騎士たちがそれぞれの馬に乗り込み、辺境伯の騎士団が前後につく。残った騎士団と辺境伯の家族に見守られ、リドリーは帝都へ向かって出発した。

一カ月の時を経て、リドリーは帝都へ戻った。

途中で山賊に出会うこともなく、比較的スムーズに移動が行われた。寒かったオマール地方を離れるほどに気候が穏やかになったので、リドリーとしても行きより帰りのほうが楽だった。とはいえ、帝都も冬を迎えていた。帝都にはほとんど雪は降らないというが、人々の格好も厚着になっている。

「ベルナール皇子の帰還です！」

城の門を近衛騎士を率いて潜ると、衛兵が高らかに告げた。途中の城下町を通り抜けた際、市民が痩せた麗しい姿になったリドリーを見て騒いでいた。行きは早朝に出たので、市民の目はほとんどなかったのだ。市民からの好感を上げようと、リドリーは沿道を見守る人々に微笑んで手を振った。

「えっ？　皇子ってあんな美しかったっけ？」

「豚皇子って言われてたのは嘘だったのか……」

「立派な方じゃないか。きっと妬まれて嘘を広げられたんだねぇ」

市民に笑顔を振りまくリドリーに善良な市民は好意を抱いたようだ。やはり人は見た目が重要だ。太った姿で手を振っても、きっとこれほど好感触じゃなかった。

城に入り、馬から降りると、リドリーは土産に託された品を近衛騎士に運ばせた。

「ベルナール皇子。お戻りをお待ちしておりました。無事に帰還なされたようで」

最初に出迎えに出てくれたのは宰相のビクトール・ノベルだった。辺境伯からの土産を抱える近衛騎士を見やり、少し驚いたように身を引く。

「どうぞ、こちらへ。皇帝もお待ちであられます」

ビクトールに促され、リドリーはシュルツを脇に置いて城の廊下を進んだ。近衛騎士十五名は列を乱さずにリドリーについてくる。

謁見の間では、皇帝をはじめ皇后と重鎮たちがリドリーを待ち構えていた。皇后は涙ぐんでリドリーを見つめている。皇子が戻って喜んでいるのは皇后だけのようだ。

「おお、戻ったか。鉱山へ行くと言い出した時は頭がおかしくなったかと思ったが、無事ヘンドリッジ辺境伯に殺されることもなく戻ってきたようだな」

皇帝の前に跪(ひざまず)いたリドリーと近衛騎士を眺め、皇帝が下種(げす)な笑みを浮かべる。ヘンドリッジ辺境伯の性格から、リドリーが失態を犯して戻ると想像していたらしい。

リドリーはシュルツに手を差し出した。シュルツは懐から親書を手渡す。

「ヘンドリッジ辺境伯から親書を預かって参りました」

リドリーは手にした親書をうやうやしく皇帝に捧げる。皇帝はにやついたまま親書を受け取り、封を開ける。

「……っ」

親書に目を通した皇帝の顔色が変化する。リドリーは跪いた状態で、それを観察していた。

皇帝は忌々しげにリドリーを見下ろし、顎を撫でた。

「ふーむ。一体どのような魔法を使ったのか……」

皇帝は考え込むように呟く。

「こちらは辺境伯からの貢ぎ物でございます。道の都合上、馬車を使えなかったので少なくて申し訳ないとのヘンドリッジ辺境伯からのお言葉でございます」

リドリーが後ろを見やって顎をしゃくると、近衛騎士がそれぞれ預かった荷を広げていく。次々と出てくる稀少な宝石に重鎮たちから驚きの声が上がった。

「何とこのような素晴らしい贈り物をしてくるとは……。ベルナール皇子はよほどヘンドリッジ辺境伯に気に入られたようですな」

ビクトールは感心して、宝石に見入っている。

「……ヘンドリッジ辺境伯から、皇子を国政会議へ参席させるよう願い出る申し出があった」

親書を横にいた侍従に渡し、皇帝が重々しく告げる。リドリーは心の中で、拳を突き上げた。

(よし！　辺境伯、ありがと！)

内心の喜びはおくびにも出さず、リドリーは神妙な態度で皇帝と重鎮へ顔を向けた。

「辺境伯からのありがたい申し出でございます。私も皇子という身なれば、ぜひとも国のまつりごとに参加できればと思います」

殊勝な面持ちで告げると、重鎮たちが目を見交わし合う。皇子も参加するべきではという空気になったのを見計らい、皇帝へ視線を向けた。

「よかろう、次の会議からベルナール皇子の参席を認める」

しぶしぶといった様子で皇帝が発言し、背後にいた近衛騎士とシュルツがぱっと顔を輝かせる。皇子を嫌っている皇帝といえど、辺境伯の勧めは無視できなかったようだ。

「皇子、よかったですね。私も嬉(うれ)しゅうございます」

皇后は目元の涙をハンカチでそっと拭い、薔薇(ばら)のような笑みを浮かべる。人目がなかったら、きっとあの豊満な胸に抱きしめられていただろう。

「ありがたき幸せ。帝国のために、我が身を捧げる所存です」

胸に手を当て、リドリーは思ってもいない発言を平然と述べた。

とにもかくにも、これで国政の会議へ参加できることになった。辺境伯の領地に赴いたのは、鉱山での一件もあるが、辺境伯という後ろ盾を持てれば地位を確立できるというのがあった。何しろこのベルナール皇子は立太子もしてなければ、国政への会議にも参加できない身だ。その状態でアンティブル王国へ行くのは不可能と言えよう。時間はかかるが、地位を固めることで隣国へ行く機会をとりつけるのが目標だった。

はやる気持ちを抑え、リドリーは着実に一歩を進めていた。

久しぶりに戻ってきたリドリーを、メイドのスーはハーブティーとリンゴパイで出迎えてくれた。二カ月半ぶりに帰って来たので、ベルナール皇子の部屋もなつかしく思える。近衛騎士には全員数日の休暇を与えておいた。シュルツも例に漏れず休暇の身なのだが、「休みは不要です」とリドリーの傍を離れなかった。真面目もここまでくると病気と言えよう。スーはリドリーのいない間、休暇をもらい、皇室を離れていたらしい。

「ああ。やっぱりスーの淹れた茶は美味いな」

私室のテーブルに完璧にセットされた茶器とスイーツを並べられ、リドリーは旅の疲れを癒した。入浴もすませ、身も心も落ち着いた。スーは旅の荷物を整理している。スーに土産の宝石を渡すと、腰を抜かさんばかりに驚いていた。宝石などもらうのは初めてだったようだ。不憫なメイドだ。

一カ月に亘り馬で移動していたので、疲れを感じた。シュルツを休ませるためにも、リドリーは早々に就寝した。今夜の護衛は城に残っていた近衛騎士に任せ、シュルツは休むよう命じた。

ヘンドリッジ辺境伯のところから戻って数日すると、目に見えて待遇がよくなった。

護衛騎士を三名増やすよう指示され、従者も五名増やすという。侍女も三名つけられ、メイドも複数の者がつくようになった。人を増やされたのは認められた証拠だからいいのだが、実際問題、身動きがとりづらくなるのは困る。面倒くさかったので、従者は必要ないと断った。メイドに関してはスーの仕事が減るだろうと思い、スーをベルナール皇子付きのメイド長にして差配させるようにした。

「エドワードとイムダを呼んでくれ」

旅の疲れも取れた頃と思い、リドリーは二人を呼ぶようシュルツに命じた。休暇を終えたばかりの二人は、綺麗に洗濯された制服を着てリドリーの元へやってきた。

「帝国の新しい太陽に栄光あれ」

エドワードはリドリーの前に来ると優雅な礼をする。新しい太陽とはずいぶん買ってもらったものだ。公爵家の優雅な礼に、家格の低いイムダは慌てたように同じセリフを口にする。

「堅苦しい挨拶はいらない。それで、お前たち。褒賞に関して決まったか？　俺のできる範囲の願い事なら聞き入れよう。言ってみろ」

他の貴族ならともかく、二カ月半に亘って一緒に行動を共にした二人だ。ざっくばらんな言い方のリドリーに、イムダが表情を弛（ゆる）める。

「イムダは決まっているようだな。何だ？　金子（きんす）か？」

リドリーがイムダに顔を傾けると、殊勝な態度で「はい」と頷く。イムダは貴族とはいえ貧乏男爵家で、父は病弱で母は他界し、妹と弟のために近衛騎士の収入を当てていると聞く。

「分かった。シュルツ、イムダへ褒賞を」

リドリーはあらかじめ用意しておいた金子を促した。シュルツが奥から金貨の入った袋を運んでくる。褒賞はベルナール皇子に割り当てられた予算から捻出した。ベルナール皇子は怠惰な生活を送っていたが、あまり金は使い込んでいなかった。外出しないので、たんまり貯めていたのだ。ありがたくリドリーが使わせてもらっている。

「こ、こんなに！　ありがとうございます、皇子へ忠誠を誓います」

金貨の重みに感激したイムダが、膝をついて声を震わせた。イムダにとって、予想外に多い金額だったのだろう。ふだんは落ち着いた男だが、かすかに紅潮した頬になっている。

「エドワードはどうする？」

リドリーはエドワードに視線を移した。公爵家の子息である彼には、金子以外のものがいいかもしれない。実際、エドワードは金には興味がないように思える。他の近衛騎士のように分かりやすければ問題ないが、エドワードは何を考えているか読めない性格をしている。

「私は……ベルナール皇子の専任護衛騎士になりたいです」

顔を上げたエドワードがきっぱりと言った。護衛騎士、と言われて、ついシュルツを振り返った。エドワードの願いが専任護衛騎士とは意外だった。むしろ近衛騎士の任を解いてくれと言われるほうが納得できる。

「ちょうど皇帝から護衛騎士を増やすよう言われたので、俺はいいが……。だがエドワード。お前は騎士団に入りたいのではないか？　アルタイル公爵が騎士団長に返り咲いた今、騎士団に入ったほうが腕を振るえるのでは？」

　リドリーが興味深げに聞くと、エドワードはふっと口元を弛めた。

「今の私は、皇子が何をするか興味津々なのでございます」

　エドワードにじっと見つめられ、リドリーは顎に手を当てた。

「なるほど……。いいだろう、ではシュルツと共に私の専任護衛騎士としよう。金子も一応受け取っておけ。金はいくらあってもいいからな」

　リドリーは顎をしゃくり、シュルツにエドワードのために用意した金子を渡すよう命じた。エドワードは金子を受け取り、「ありがたき幸せ」と深く頭を下げる。

「ではもう行っていいぞ。エドワードは明日から俺の護衛についてくれ。仕事の割り振りはシュルツに一任してある。シュルツの指示に従ってくれ」

　いったん二人を下がらせると、リドリーはため息をこぼして髪をがりがりと掻いた。

「シュルツ、どう思う？　エドワードのことだが」

　ドアを閉めて近づいてきたシュルツに、リドリーは悩ましげに問う。

「皇子の護衛は私だけで十分ですが、アルタイル卿の腕はかなりのものですし……」

　見当違いの発言をするシュルツに、リドリーは手を大きく振る。

「あいつ、俺を監視するつもりじゃないか？」

　声を潜めてリドリーが言うと、シュルツがびっくりして固まる。

「以前から何だか探るような感じで見てくるのが気になってたんだよな。急に人柄が変わって、怪しいと思ってるんじゃないか。何しろ親父があのアルタイル公爵だろ？　探ってくるよう言われても不思議じゃない」

アルタイル公爵とは城内で時々顔を合わせるが、そのたびに油断ならない目つきで見てくるのが居心地悪かった。

「そう……ですか。でも、いくらアルタイル公爵であろうと、あなたの身に起こった出来事を信じられるはずがありません。私ですら、術をかけられなければ信じなかったでしょう」

シュルツがいっそう声を潜めて言う。確かに魂が入れ替わったなんて、ふつうじゃありえない。その点に関しては安心していいだろう。問題は中身が敵国の宰相とばれた場合だ。シュルツは術をかけられていてリドリーに恋慕を抱いているからいいが、もし他の人間だったら、危険人物として監禁されるだろう。皇子という身分で深い情報まで探れるのだ。もしリドリーが逆の立場だったら、地下深くに監禁して、絶対に他の人間と会話させない。

悶々と悩んでいた頃、ノックの音と共に、衛兵が知らせを運んできた。シュルツが連絡を聞いて、リドリーのところへ戻ってくる。

「皇子、皇子に会いたいとおっしゃる方がいるようです。レイヤーズ商会のアンディという商人です」

シュルツに耳打ちされ、リドリーはすぐに通すよう指示した。アンディにはアンティブル王国との橋渡しを頼んでいる。ヘンドリッジ辺境伯の城で会って以来だが、何か新しい情報を持ってきてくれたのかもしれない。

「ベルナール皇子、お目通りさせていただき恐悦至極に存じます。今日は従者と共に珍しい品を運んでまいりました」

いくつもの大きな箱を抱えてアンディとフードを深く被(かぶ)った男がドアから入ってくる。誰を連れてきたのだろうとフードを深く被った男を覗(のぞ)き込み、リドリーは啞然(あぜん)とした。

「……ニックス！」

ドアが閉まり、部屋の中にシュルツとアンディ、そしてフードの男以外いないのを見計らって、リドリーは声を上げて椅子から立ち上がった。

フードを被っていた男が、フードを上げて顔を覗かせる。銀色に輝く髪に、切れ長の灰褐色の瞳、人を食ったような顔つきの三十代半ばくらいの男だ。

ファビエル家の執事長としてリドリーに仕えていたニックスが、何故か目の前にいる。

「おやおや、ずいぶん見た目が変貌なさって。これは大変だ」

ニヤニヤしながらニックスに言われ、リドリーは拍子抜けして椅子にどさりと腰を下ろした。手紙であらかじめ伝えてはいたものの、ニックスが本当に外見の変わった自分を分かるか不安だったのだ。ニックスはいつも通り人を食ったような笑みを浮かべ、リドリーの前に進み出てくる。

「貴様、名前も名乗らずに無礼ではないか?」

近づいてきたニックスの前に、シュルツが剣に手をかけて遮った。シュルツは初対面の男を警戒し、鋭く見据える。ニックスは軽く両手を上げて、身を引いた。

「待て、シュルツ。彼はいいんだ」

リドリーは急いでシュルツに下がるよう命じた。シュルツは不満そうに剣から手を離したが、ニックスから目を離さない。

「アンディ、彼を連れてきてもらって助かった。申し訳ないが、ニックスと二人きりで話したい。控えの間に移動してくれないか?」

リドリーは後ろで興味深そうに眺めるアンディに言った。アンディは気になる様子ながら、皇子の命令には逆らえず隣の部屋へ戻る。

「シュルツ、お前も少しの間この部屋から出ていろ」

リドリーは、気に食わないと言いたげにニックスを監視するシュルツにも命じた。シュルツは「私は皇子の護衛ですから嫌です」と言いながらも、ぎこちない動きで部屋から出ていく。本人は嫌だろうが、術がかかっている身なので命令に従ってしまったようだ。シュルツとアンディが部屋から出ていき、リドリーはやっと力の入っていた肩を下ろした。ニックスはシュルツの出て言ったドアを見つめている。

「さて……、ひょっとしてあの騎士に加護を使われたので?」

ニックスが振り向きざま、何とも言えない失笑を漏らす。嫌がっていたシュルツが部屋を出ていったので、敏(さと)いニックスにはばれていたようだ。ニックスはリドリーの加護についてよく知っている。

「ああ。仕方なく……、だ。俺が入れ替わったこの持ち主、とんでもない豚皇子でな」

リドリーはニックスに椅子を勧めつつ、これまでの状況を明かした。

ニックスと初めて顔を合わせたのは、リドリーが十三歳の時だ。十歳の時に神殿で加護を得たリドリーは、三年後に王と謁見する機会を得た。その頃すでにリドリーはいくつかの発明や功績を上げていて、王家にとって気になる存在となっていた。加護というのはめったにもたらされるものではない。実際今の王家には加護持ちはおらず、公爵家の令嬢が聖女という加護を得たくらいだ。加護を持つ者は神に愛されし者といわれる。当時の国王は、リドリーを城に呼び出し、もたらされた加護を王家のため、アンティブル王国のために使ってほしいと言った。

その代わりの望みを聞かれ、リドリーは「師が欲しいです」と述べた。

頼りない両親の元に育ち、独学で勉強や剣、魔法を学んではいるが、一人では分からないことも多々ある。だから師となる人が欲しいと望んでいた。

「王、どうでしょう。俺はとてもこの子どもが気に入りました。俺が師となるのは？」

王とリドリーの間にすーっと近づいてきたのは、ニックスだった。のらくらした感じの人物で、初めて会った時からうさんくさいとリドリーは思っていた。そもそも王に不遜な態度なのに、周囲にいる誰も文句を言わないのが不気味だった。

それにもまして謎なのは、ニックスは会った当初から風貌があまり変わらないことだ。年齢不詳どころではない。あれから七年が経っているのに、見た目はまったく老けていない。

「お前が望むなら許可しよう。リドリー・ファビエル。彼はニックス・ウイングレード。王家の指南役として異国からやってきた者だ。君の望みを叶えてくれるだろう」

王はリドリーをニックスに託した。こうして彼はファビエル家に来ることになり、リドリーに剣や魔法、勉学といったものを教えるようになった。

ニックスは天才だった。あらゆる知識を持っていたし、剣の腕は誰よりも強く、魔法に関しても長けていた。そのニックスにしごかれて成長しないわけがない。リドリーはめきめきと力をつけ、宰相補佐の地位についた。その途中でファビエル家の執事が高齢で引退すると、執事としてファビエル家をまとめるようになった。

「ニックスはどこの国の者なんだ？」

リドリーは何度かそう尋ねたが、ニックスは自分の出自について明かさなかった。謎多き人物ではあったが、リドリーにとってなくてはならない存在だ。

「……というわけで、今は辺境伯のところから帰ってきて、国政会議に参加する資格を得たところだ。この前会った占いばばぁが帝都に戻ったら会いたい人に会えると言っていたが、まんざらハズレでもなかったな」

これまで起きた出来事を淡々と語り終えると、リドリーはニックスの意見を待った。ニックスはずっとニヤニヤしていた。リドリーの身に起きた不運が相当面白いのだろう。まるでおとぎ話を聞く子どものように相槌（あいづち）を打って話を聞いていた。

「素晴らしいじゃないですか！」

ニックスはおかしそうに両手を叩き、目じりに浮かんだ涙を拭った。こっちは大変だったというのに、涙が出るほど笑われた。

「白豚皇子とか笑ってるから、そんな目に遭うんですよ？　言葉には力がこもると教えたじゃないですか」

ニックスに窘（たしな）められ、リドリーは少し落ち込んでうなだれた。

「分かっている、これから容姿についてからかうのはやめる。それより、どうやってここまで？　それに俺の本体のほうはどうなってる？」

手紙で読んだものの、ニックスの口から聞きたくて、リドリーは話を促した。

「商人のふりをして帝国へ忍び込みました。とりあえずあなたの本体のほうは、地下に閉じ込めています。ジャンに任せたので、大丈夫でしょう。家門のことは執事のロナウドに全権を任せてきました。国王には事情を話してありますよ。しばらくの間、宰相は宰相補佐のケヴィンが行うそうです」

ニックスの情報にリドリーは深い安堵のため息をこぼした。ケヴィンはリドリーが目をかけている青年だ。天才ではないが分析力があり、無茶な戦法はとらない実直な性格をしている。

自分より有能な者が宰相の仕事についていたら、帰った時に居場所がなくて困るが、その点、ケヴィンなら問題はない。

「有能な人材を育ててきてよかった……」

ジャンもロナウドも信頼できる人物だ。ニックスに会うまでは貧乏で使用人もほとんどいなかったファビエル家だが、リドリーが宰相になる頃には多くの使用人と執事、有能な部下がそろっていた。

「それで……俺がシュルツに加護を使ったことで、誰か一人、俺の術から抜けたやつがいるはずだ。そいつに関しては分かるか?」

気になっていた案件について聞くと、ニックスは薄笑いを浮かべた。

「おそらく、暗殺ギルドにいたギーレンでしょうね。術が解かれた後に、ファビエル家に襲撃にやってきましたから。ギーレンですが、リドリーに剣を向けながら、こいつは主じゃないとわめき始めたので、さくっと殺しときました」

にこやかに告げるニックスに恐れを抱き、リドリーは「そ、そうか」と呟いた。ギーレンは暗殺ギルドに所属していた男で、王族を殺そうとした際にリドリーが術をかけて奴隷にした。かなりの手練れなので、さくっと殺せるはずないのだが……。

「だがよかった。もし、俺の身体がなくなったらどうなっていたか……」

リドリーはゾッとして自分の身体を抱いた。戻る身体を失った場合、自分はどうなってしまうのだろう？　自分の身体は傷つけてほしくないが、野放しにしてほしくもない。

「それで――これからどうします？」

ニックスは小首をかしげて尋ねてきた。

「無論、俺の身体に戻る方法を探す。とはいえ、ここは帝国だ。できれば俺は俺の身体の傍にいたい。戻る方法を探すにしても、自分の身体がやばかったら戻れないからな。そのためにも、国政会議でアンティブル王国との国交回復を提案するつもりだ。さすがに皇子の身では、アンティブル王国へ行けない」

リドリーがひそかに考えていた話をすると、ニックスも頷いた。

「まぁ、それが当面の仕事でしょうね。現状、敵国ですから、行き来が大変ですし」

ニックスがそっと顔を近づけてくる。

「いっそ、帝国を乗っ取りませんか？　今なら皇帝を継げば、やりたい放題できるじゃないですか。皇帝を弑逆する算段ならいくらでもつけますよ？」

潜めた声で笑われ、リドリーは顔を引き攣らせた。

「それは俺も考えたが、とてつもない重労働だ。皇帝の加護も分からないし……」

皇太子の身分でもないし、皇帝を上手く殺せたとしても跡を継げるか分からない。そもそも、皇帝という身分に魅力を感じない。帝国民に愛情もないし、大きなことを成し遂げる気力がない。

「皇帝の加護……。確かにあれは厄介ですねぇ……。あなたの加護で、皇帝を奴隷にできたら楽なのに」

残念そうにニックスが肩をすくめる。

そうなのだ。加護持ちは加護持ちに対して術を発動できない。皇帝が加護を持っていなかったら、リドリーの加護で奴隷にできた。そうすれば楽に皇帝の座を奪えただろう。

「まぁ、でも皇帝に好かれるだけでゾッとするけどな。気色悪い」

毎回嫌味を言ってくる皇帝に執着された自分を想像し、リドリーは身を震わせた。シュルツのようにいい男だったらいいが、皇帝では吐き気を催す。

「ははぁ……。あの騎士さんは、特別だと」

ニックスがからかうように唇の端を吊り上げてくる。

「そんなことは一言も言ってないだろ」

忌々しげにリドリーが睨みつけると、ニックスが失笑する。

「何年あなたといると思ってるんです？　あなたの好みくらい把握してますよ。あなたは一芸に秀でた者がお好みだから。あのシュルツは騎士団長にまで上り詰めた剣術の天才だ。傍に置きたくなる人物でしょう？　それにあなた、がっしりした体格の男、好みですよねぇ」

ニックスに指摘され、リドリーはもう少しでお茶を噴き出すところだった。筋肉質が好きなんて、誰にも話したことはないのに。

一芸に秀でた人間は、確かに惹かれるものがある。宰相という立場に立ったのも、有能な人物を自分の手で采配できることに喜びを感じたからだ。ニックスにはシュルツを気に入っていることがばれている。

「俺が誰を好もうと、今は関係ないだろう。それより、国交を回復するとして、王家の意見はどうだろうか？」

リドリーが話を振ると、ニックスが少しだけ考え込む。

「王家へは俺が話をつけましょう。皇帝を弑するにしても、アンティブル王国と話をつけなきゃなりませんからね。本当に、あなたが皇子という身分でなければ、アンティブル王国へそっと戻れたのに」

ニックスに苦笑され、リドリーも渋い顔つきになった。皇子であることが一目でばれてしまうこの身体では、アンティブル王国へ戻れない。自分の身がアンティブル王国とサーレント帝国の戦争の引き金になったら目も当てられないからだ。

「大体の事情は分かったので、俺は一度アンティブル王国へ戻ります。今度来る時は、帝国民として身分を作ってから参りますよ」

ニックスはフードを再び深く被り、さらりと恐ろしい発言をした。帝国民の身分をどうやって作るのか知らないが、ニックスならきっと簡単にやってのけるのだろう。

「ところでアンディには話さないのですか?」

椅子から立ち上がったニックスに聞かれ、リドリーは悩ましげに首を振った。

「疑ってはいるが、あの現実主義者が信じるか? ベルナール皇子とリドリーに関係があるとは思っているようだがな」

「確かに」

部屋から出ていこうとしたニックスに、リドリーは金の入った袋を渡した。

「持ってきた荷物は全部置いて行ってくれ。異国の品物を買ったことにするから」

リドリーが軽く手を振ると、心得たようにニックスが頷いて部屋を出ていった。少しあって、隣室にいたシュルツがぶすっとした表情で部屋に入ってくる。

「危ないことはありませんでしたか?」

シュルツはリドリーの身体を確認して、問いかける。

「次は必ず私を傍に置いて下さい」

シュルツに手を握られ、真剣な面持ちで訴えられた。シュルツの口元には不満が露(あら)わになっていて、追い出されたのを不服に感じているのが分かった。

「……あの男とは親しい間柄なのでしょうか?」

気になったように聞かれ、リドリーは苦笑した。シュルツの瞳に嫉妬心を感じた。術でリドリーを好きになっているので、シュルツはニックスが気になるのだろう。

「あの男は俺の家の執事長で、俺がもっとも信頼する者だ」

リドリーが答えると、シュルツの瞳にますます不快な色が広がる。

「あー……。色っぽい関係ではない」

誤解されると厄介なので、先に言っておいた。あからさまにシュルツがホッとして、リドリーは笑いだしそうになった。こんな大男を可愛いと思うとは。

「それよりあいつらが持ってきた荷物を部屋に運んでくれ」

シュルツに命じると、隣室で控えていたスーも一緒になって荷物を部屋に運び出す。アンデイが持ってきた品は珍しい壺や布、皿や茶器、鷹の剝製などさまざまなものだった。売ればけっこうな値段になりそうなものだが、買って即座に売り渡すのは明らかにおかしい。

「シャドールとジンとグレオンを呼んでくれ」

リドリーは部屋の外を守っていた近衛騎士に使いを頼んだ。一刻の後に三人がやってくる。

「これは負けたとはいえ、奮闘したお前たちへの下賜品だ。好きなのを持っていくといい」

いらないものを押し付けようと、リドリーはさもよいものだという態度で三人に品物を見せた。

「えっ、マジでいいんですか？　うわぁ、この布！　すごく高そうですよ！　令嬢に贈ったら喜ばれそう！　あっ、こっちの壺！　ラムダの特産品じゃないですか！」

シャドールは目利きだったらしく、品物を確認して歓喜の声を上げている。ジンとグレオンは興味津々で物を見て回る。アンディは商人として腕は確かなので、偽物を持ってくるはずはない。

「そうだな、ジンの父親は珍しい骨董品を集めていただろう。この壺や皿なんかが喜ばれるんじゃないか？　グレオンの奥方は社交界によく顔を出すらしいし、異国の珍しい布でドレスを作れば喜ばれるだろう」

シャドールはともかく、朴訥なジンは何を選んでいいか分からない様子だし、グレオンは逆に目移りして困っている様子だったので、リドリーは助言をした。

「え、私の妻についてご存じで……？」

グレオンは驚きに目を瞠っている。グレオンは大男で近衛騎士一番の力持ちだが、迎えた妻はわりと派手好きな女性だ。

「俺の父親も……？」

ジンもぽかんとしている。近衛騎士の人となりについて頭に叩き込んだ際に、家族についての調査書にも目を通している。

「当たり前だろう。シュルツとスーも欲しいものがあったら、持っていけ」

三人が欲しいものを選び出した後も品物が残りそうだったので、ここぞとばかりに大盤振る舞いした。

「ほ、本当にもらってよいのでしょうか……？」

スーは最近高価な品をもらってばかりで、逆におどおどしている。

「これなんか売ればけっこうな値がつくぞ？　どんどん持っていけ」

恐縮するスーに強引に物を押しつけ、リドリーは今後の行く末について考えていた。

# ◆7　国交回復への道

国交を回復するという目標を掲げたものの、どういうやり方でそれを実現するかについてリドリーは頭を悩ませていた。

皇帝は国交を回復する気はさらさらない。むしろ戦争しようと言い出したほうが実現可能な状態だ。現状、これ以上土地を広げても支配できないという理由で征服に至っていない。帝国は資源にも土地にも恵まれている。皇帝とは何度か会話を交わし、その人となりもつかめてきた。皇帝は富める帝国の頂点に位置し、欲しいものは何でも得られ、やりたいことは何でもできる状況だ。

要するに、人生に飽きている。

かろうじて皇帝として国を回しているが、つまらない地味な政策より、愚かな庶民を大量虐殺するような遊びのほうに惹かれている。そのもっとも顕著な例が、帝国には奴隷がいることだ。他国では奴隷が禁止されているのが一般的だが、帝国ではまだそれを禁じていない。奴隷法の禁止は市民議会からも何度も出されているが、未だに皇帝は首を縦に振らない。

そんな人間に他国と仲良くしましょう、国交を回復しましょうと持ち掛けても鼻で笑われるだけだ。

ではどうするか――。

まずは帝国内に、アンティブル王国との国交を回復するのを望む者がいるかどうか調べた。

「アンティブル王国との国交回復……ですか」

リドリーが最初に声をかけたのは宰相のビクトールだった。宰相だから一番現況について知っているはずだ。皇帝の執務室から出てきたビクトールに声をかけ、中庭でお茶を一杯飲む時間だけつき合ってもらうことにした。

「その前にお聞きしたいのですが、何故アンティブル王国との国交回復をお望みで？　これまでベルナール皇子がかの国に興味を持たれたことはなかったように存じますが」

鋭い双眸で詰問され、リドリーは新しい侍女の淹れてくれたお茶に視線を落とした。イエローガーデンと呼ばれる中庭には東屋があって、青銅でできたテーブルセットが置かれている。イエローガーデンというだけあって、黄色い花がたくさん植えられているのだが、中には変色したのか白やオレンジの花も混じっていた。新しい侍女はそつのないものばかりで、スーはここ数日元気がない。お茶を淹れ終えたら侍女は下がらせたので、リドリーとビクトールのテーブルの傍には、リドリーの護衛騎士であるシュルツとエドワード、ビクトールの従者のみになった。

「私はあの国で輸出されている宝石に興味があってね。何としても手に入れたいのだよ」

ビクトールなら当然理由を聞くだろうと思っていたので、リドリーはよどみなく答えた。アンティブル王国ではピンクダイヤモンドという稀少な宝石がとれる鉱山がある。帝国にはない幻の宝石と呼ばれるものだ。

「ピンクダイヤモンドの宝石を贈れば落ちない女性などいないだろう?」

もっともらしい答えを返すと、ビクトールも納得したようだ。シャロン嬢に熱を上げていたのを知っているのだろう。この答えは護衛をしているエドワードにも聞かせるためにした。エドワードにはベルナール皇子に疑いを持ってほしくない。

「なるほど……。私といたしましても、隣国と戦争になるのは好みません。皇帝は好戦的であられるが……。戦争などして税金を上げたら、市民の憤りが溜まることでしょう。皇帝も他の者も市民の力を侮っておられる……。できれば国交を回復したいと私も思っております」

ビクトールは憂えた表情で呟く。どうやら皇帝や他の貴族に思うところがあるようだ。アンティブル王国にいた頃は堅実な宰相という評価だったが、こちらの国に来てそれは確かなものになった。ビクトールはサーレント帝国の最後の良心だと思っている。皇帝は性格悪いし、他の貴族は己の利益しか考えていない。その中にあって、ビクトールだけはまともで良心的な政策を進めている。皇帝が何故正論を通すビクトールを宰相に起用し続けているのか知らないが、もしかしたらヘンドリッジ辺境伯のように、一緒に戦争を生き抜いた者は特別扱いしているのかもしれない。

「他に国交回復を望んでいる者はいないのか？」

リドリーが重ねて聞くと、ビクトールがいくつかの貴族の名前を挙げた。両国が険悪になる前に、鉱物や海産物などの輸出や輸入をしていたリッチモンド伯爵や、ザッカリー子爵といった面子だ。

「あとは市民議会でも何度か要望が出ております」

ビクトールがつけたすように言った。帝国には市民議会がある。平民を見下す皇帝の治世で珍しいことだが、先帝が作ったシステムらしい。市民議会には市民から選ばれた議員がいて、彼らの要望を定期的に貴族院に送る。貴族院は文字通り、貴族のみで成り立つ団体で、一定以上の大きさの領土を持つ領主で成り立つ。貴族院では市民議会からの要望を吟味し、さらに国政会議に提出する。国政会議に参加できるのは、皇族と大きな力を持つ領主だけだ。

「市民議会の要望など通るのか？」

あの皇帝の性格からして、市民の訴えなど聞くとは思えない。むしろ市民議会など不要と排除しそうだ。

「……」

ビクトールが黙り込んだので、おおよその見当はついた。要するに生かさず殺さずといったところだろう。要望を吟味した上で、却下されているに違いない。

「あなたも大変だな」

苦労していそうなビクトールの深いしわを見ていたら同情してつい呟いてしまった。ビクトールが困惑したそぶりでリドリーを見つめる。

「ベルナール皇子は……本当に変わられましたな」

茶器を持ち、ビクトールが吐息をこぼす。

「今のあなたと話していると、まるで何度も修羅場を潜り抜けた猛者と話しているようですぞ。雷に打たれてからというもの……あなたは人が変わったように、有能さを見せている。一体どのような心持ちでそうなったのでありましょうか？」

ビクトールにじっと見据えられ、リドリーは微笑みを浮かべた。

「さて、もしかしたら雷鳴に打たれて悪魔にでも取りつかれたかな？」

冗談めかしていうと、ますますビクトールの目が鋭くなる。笑ってごまかそうと思ったが、あまり乗ってはくれなさそうだ。

「宰相殿、私は皇帝陛下のやり方ではいずれこの帝国に破綻が来ると思っている」

リドリーは身を乗り出して、ビクトールにそっと囁いた。サッとビクトールの顔色が変わり、誰かに聞かれなかったかと周囲に目配りした。危険な一言だ。皇帝に対して物申しているのだから、下手すれば処刑ものだ。ビクトールという人間を見極めたからこそ、リドリーは危険な発言をした。ビクトールを味方につけるために。

「私がその地位につく頃にこの帝国がめちゃくちゃになっていては困る。そのためにも、今は皇帝のやり方で、自分の望みを叶えるしかない」

　リドリーはそう言ってシュルツをちらりと見やった。ビクトールはその視線の意味を理解して、身体を震わせた。皇帝の前でシュルツを犬扱いした時のことを思い出したのだろう。リドリーは『あれは皇帝に許しを得るためにわざとした』と匂わせた。ビクトールの目にも、シュルツがいやいやリドリーの護衛をしているようには見えなかっただろう。あんな仕打ちを受けて、何故シュルツが皇子を親身に守っているか――ビクトールはその真意に気づいてくれた。

「皇子……」

　ビクトールが感激したように胸に手を当てた。

「私はずっとあなたが変わってくれるのを待ち望んでおりました。私も皇子と同じ思いでおります。この老いぼれにも、まだ使い道はあるようだ」

　お茶一杯の約束だったが、ビクトールは一時間ほどリドリーとの会話を続けた。この後の予定があったので、中庭でビクトールとは別れた。

「エドワード」

　中庭を出て城の廊下を歩いている途中、リドリーは後ろについているエドワードを振り返った。エドワードはリドリーの専任護衛騎士となり、ずっとつき添っている。リドリーの一挙手一投足を見守っているので、少々疲れる。

「何でしょう」

エドワードが進み出て、顔を傾ける。エドワードの特技なのか分からないが、これだけ存在感があるにも拘わらず、動く際に足音や剣が擦れ合う音があまりしない。時々気配を消していることもあるし、油断ならない男だ。

「皇室の薬草を育てている庭があっただろう？　そこへ行って、腰痛に効く薬草をもらって宰相にお届けしろ。宰相殿は腰痛があるようだ」

リドリーはそう言って、ポケットから身分を示すバッジを取り出した。エドワードの手にそれを渡す。お茶を飲んでいる最中、ビクトールは時々つらそうに腰を動かしていた。エドワードは気づかなかったようで、少し戸惑っている。

「これを見せればもらえるはずだから」

皇室の薬草庭は珍しい薬草も多いので、皇族のみが使用できる。

「分かりました」

小さく頷いて、エドワードが廊下の反対方向へと向かう。シュルツと二人きりになり、リドリーは足早になった。

「おい、今のうちに城を出るぞ」

シュルツに耳打ちすると、びっくりしたように目を見開く。

「まさかエドワードから離れるためにあのようなことを？」

「宰相が腰痛なのは本当だ。俺の親父と似たような動きをしていた。やっぱりあいつ、監視してると思うんだけど」

こそこそ話しつつ、廊下を進む。城を出て、行きたい場所があった。エドワードに気づかれる前に城を出ようと急いでいると、前方から大きなシルエットが見える。

「ベルナール皇子」

やってきたのはアルタイル公爵だった。息子をまいたのに、親父が出てきた。

「アルタイル公爵、ごきげんよう。息子には世話になっている」

会いたくなかった男に出会い、リドリーは満面の笑みを貼りつけた。相変わらず恐ろしい威圧感と人を見抜くような双眸でアルタイル公爵が迫ってくる。

「聞きましたぞ。ヘンドリッジ辺境伯に気に入られたとか……。どのような魔法を使ったのでしょうな？」

空気が凍るような問いかけだ。アルタイル公爵は嘘を許さないと言わんばかりに、前を遮っている。

「アルタイル卿、それは皇子に対して失礼ではないのでしょうか。魔法などと……」

どう答えようか迷っていると、聞き捨てならないとばかりにシュルツが割り込んできた。前騎士団長と、現騎士団長が火花を散らしている。二人とも見上げるほどに大男なので、雲の上で戦っているようだ。

「シュルツ、ずいぶんと皇子になついたようだな。お前の変わりようも納得しかねる」

　アルタイル公爵は、かつての部下に対して目を細める。昔はベルナール皇子に立てついてばかりだったので、こうして皇子を守るシュルツに違和感があるのだろう。

「皇子は変わられたのです。私はずっと皇家のために生きる所存でしたから、こうして己の使命をまっとうする皇子に尽くして、何がおかしいのでしょう」

　シュルツに強い口調で言われ、アルタイル公爵が不気味に黙り込んだ。

（なるほど、アルタイル公爵は俺が変な魔法を使っていろんな人を誑(たら)し込んでいると思っているのだな）

　アルタイル公爵の疑念が分かり、リドリーは内心納得した。中身が入れ替わったと考えるより、変な魔法や薬を手に入れて、人を誑し込んでいると考えるほうが現実味はある。

「アルタイル公爵、あなたがこれまでの私に対して思うところがあったのは知っている」

　いきり立つシュルツの背中を撫(な)で、リドリーは柔らかい口調で口を挟んだ。

「雷に打たれて一部の記憶はなくしてしまったが……、私は私なりに皇子の身として、生まれ変わらなければならないと思ったのだ」

　真摯な思いを届けようと、リドリーは目をキラキラさせて言った。アルタイル公爵にはあまり効かなかったのか、無表情で見返される。

「私は誰にも変な魔法などかけてないよ。それはそのうちあなたにも理解してもらえると思う」

リドリーは微笑みを浮かべ、シュルツの背中を押した。早いところ退散したい。

「では、私は用があるので」

小さく小首を傾けて、リドリーは廊下を歩きだした。

「お待ち下さい。陛下がお呼びです」

この場を去ろうとしたリドリーを、アルタイル公爵が呼び止める。だったら最初から言ってくれればいいのに、とリドリーは軽く舌打ちした。

「陛下のお呼びなら、先に言うべきだろう」

皇帝の呼び出しを無視できず、リドリーはイライラしながらアルタイル公爵の後をついていく羽目になった。シュルツも横に立ち、周囲に目を配っている。

アルタイル公爵はリドリーを二階にある応接室へ連れて行った。扉の前には皇帝の従者が二人、衛兵が数名立っている。扉が開き、リドリーは驚いた。

部屋には皇帝と、青いローブを羽織った魔法士らしき男がいたのだ。帝国には魔法士を集めて日々魔法を研究している魔塔と呼ばれる組織がある。魔法を扱える人間は少ないが、その中でもとりわけ有名なのが、銀色の髪にルビーのような瞳を持つレオナルドという男だ。部屋にいたのはまさにその容姿に当てはまる人物だった。

「来たか」

皇帝が椅子にふんぞり返ってこちらを見る。

「何か、ご用でしたか」

リドリーは青いローブの男を気にしつつ、陛下の前に跪(ひざまず)いて礼をした。アルタイル公爵は、皇帝の後ろに控える。

「昔会ったことがあるが、覚えているか？　魔塔のレオナルドだ」

皇帝はリドリーを軽く手で立たせ、レオナルドを示した。レオナルドはリドリーにはまったく興味がないらしく、ぼーっと宙を見据えている。二十代後半くらいの年齢だろうか。にこりともせず、冷徹そうな面持ちで、ひょろりとした身体つきに血色の悪い肌色をしている。ニックスも銀色の髪をしているが、レオナルドの髪色は白金に近かった。優れた魔法を使えるのは銀色の髪の者に多いという逸話を思い出した。

「申し訳ありません。雷に打たれてから人の記憶もまばらで」

リドリーは額に手を当て、軽く首を振った。

「そうそう、雷に打たれたな！」

わざとらしい大声を上げて、皇帝が手を叩(たた)く。リドリーが黙って見返すと、皇帝がにやりと笑った。

「実はその件でお前が別人ではないかと疑う者が多くてな。何しろ、この変わりようだろう？　これまでのお前とはまるで違っていると、公爵を始め皆が首をかしげている。それで、一度確かめるべきという意見が出たのだよ」

　うすら笑いを浮かべて皇帝に言われ、リドリーは内心の動揺を押し殺した。アルタイル公爵だけではなく、皇帝も自分を疑っているようだ。

「私は気が進まないのだが、皇子であるお前が偽物であるなら、国を揺るがす一大事だ。公爵の勧めでレオナルドに、解毒剤を持ってこさせた。万が一、お前が皇子の振りをしているなら、これを飲めば真の姿を現すそうだ」

　皇帝はそう言ってグラスになみなみと注がれた得体のしれない液体を差し示してきた。アルタイル公爵は、皇子の振りをしたりヘンドリッジ辺境伯をそそのかしたりする魔法を使っていると思っているのか。そんなすごい魔法があるなら、ぜひ教えてほしいものだ。

「何と、そのようなお考えでしたか……。公爵の疑惑を招くとは、皇子として申し訳ない限りです。無論、構いません。解毒剤とやらを飲みましょう」

　リドリーは進んで受け入れた。むしろ、解毒剤で自分の身体に戻れるなら願ったり叶ったりというところだった。皇帝は積極的に解毒剤を飲もうとするリドリーに、少し不満な空気を漏らした。性格の悪い皇帝は、リドリーが偽物であるほうを望んでいたらしい。

「ではこれを」

　面倒そうにレオナルドが口を開き、グラスを手渡してきた。リドリーはそれを手にして、一気に飲み干した。後ろにいたシュルツが不安そうに見守っている。

(クソ不味いっ)

液体はどろどろして酸っぱくて苦い最悪の飲み物だった。それでも飲み干さなければならない。リドリーがグラスを空にしてレオナルドに返すと、わずかに動揺した空気が流れる。

「もう少し味について改良が必要ですね」

吐きそうな気分を押し殺し、リドリーはレオナルドに嫌味を告げた。初めてレオナルドと目が合い、何故か向こうがハッとしたように固まる。一瞬、本当に元の姿に戻ったかと思ったが、公爵も陛下も黙っているし、シュルツも慌てている様子はない。そもそもそんな飲み物くらいで元に戻れるなら、こんな苦労はしていない。

「……」

レオナルドはまじまじとリドリーを見つめてきた。まるで今まで存在すらしなかったものが、ぽんと浮かんできたように。

「……何か?」

先ほどまでの億劫そうなレオナルドとは思えないそぶりで、リドリーの頭からつま先までじろじろ見てくる。凝視されてリドリーが首をかしげると、レオナルドは息を呑んで頭を掻いた。

「ベルナール皇子は本物です」

思い出したようにレオナルドが断言し、皇帝の笑みが消えた。皇帝はひどくつまらなそうに眉根を寄せ、アルタイル公爵は黙り込んだ。

た。

「レオナルド殿、何か気になるご様子だが」

しばらく沈黙が落ちた後、アルタイル公爵が食い下がるように言った。

「いや、それが……ふーむ、ベルナール皇子……」

レオナルドはリドリーの周りをぐるりと回り、最初とは別人のように熱い眼差しを注いできた。

「あなたは実に面白い。今度、魔塔に来ませんか？　ぜひ、ゆっくり鑑定……いや、お話でもしていただければ」

リドリーの手を握り、レオナルドが意気込んで言う。部屋に入って来た時は見向きもしなかったくせに、変な男だ。魔法士ばかりのところへ行って、中身が違うとばれたら厄介だし、嫌な予感しかしない。リドリーはそっとレオナルドの手を外した。

「私の身の潔白は済んだでしょうか？　皇家の身を騙るほど、私は悪人ではありませんよ」

リドリーは皇帝とアルタイル公爵を順に眺め、一礼した。

「では、御前を失礼してよろしいですか？　所用がありまして」

慇懃無礼にリドリーが言うと、皇帝が面倒そうに手を振って「つまらん。もう行け」とそっぽを向いた。リドリーは踵を返して部屋を出た。

廊下をシュルツと共に歩き、リドリーは「おえぇ」と咽を掻きむしった。

「クッソ不味いもん飲ませやがって……っ、げー、胸がむかむかする」

まだ飲まされたものが胸の辺りに残っていて、気持ち悪いことこの上ない。シュルツが同情気味にリドリーの背中をさする。

「ですが、疑いが晴れてよかったですね」

シュルツは一安心といった面持ちだ。

「魔塔の主と言われるレオナルドを見たのは初めてです。めったに塔から出てこないと言われていますが……」

シュルツはレオナルドに会ったのが初めてらしく、後ろを振り返っている。レオナルドは人嫌いで交流のある人間はほとんどいないと聞く。皇帝の命令でわざわざ皇宮へ来たのだろう。変に好かれたようで気味悪い。

「魔女は嫌いだが、魔法士は使っているのだな。自分も魔法が使えるからか？」

リドリーは廊下に誰もいないのを確認しつつ、シュルツに囁いた。

「それより急ぐぞ。エドワードに見つかる前に」

余計な手間がかかり、城を出るのが遅くなった。速足で城を出て、近衛騎士に馬車を用意させた。シュルツと共に乗り込むと、予定のなかった外出に門番はあわてふためいたが、皇子の身分をかさに「今すぐ門を開けろ」と命じて、強引に城を出た。皇子という身分で外出するなら護衛の五、六人は連れていかねばならないのにシュルツ一人だったので、門番も面食らっただろう。皇家の紋が入った馬車を走らせると、道行く人が恐れをなすように跪いている。

「はーっ、アルタイル公爵はこえーし、皇帝に至っては俺を殺す気満々じゃないか」

馬車にシュルツと二人きりになると、緊張から解かれてリドリーは冷や汗を拭った。

「アルタイル公爵は皇子が魔法を使っていると思っていたのですね。あの場で姿が変わったら、おそらく首を刎ねられていたでしょう……」

シュルツはゾッとしたように吐き出す。

「ところで、どこへ行くのですか？」

エドワードを振り切って外出したので、シュルツは気になっているようだ。

「市民議会だ」

リドリーは腕を組んで告げる。ぽかんとした顔になってシュルツが見つめ返す。

ビクトールから話を聞き、まずは市民議会の議員に会おうと思ったのだ。国交回復に尽力している人間と繋がりを持つために。


帝都の中心部に市議会所はあった。石造りの三階建ての建物で、今日は会議の日ではなかったが、議長であるモリス・バードンは執務室で仕事をしていた。皇家の紋が入った馬車が建物の前で突然停まり、皇子の来訪を告げたので、市議会所はパニックになっていた。シュルツを伴って勝手に建物に入ると、あわてふためいたモリスが飛んでくる。

「ベルナール皇子！　こ、このようなところまで足をお運びになり……」

リドリーの前に駆け込んで床に膝をつくモリスに、リドリーは軽く手を振った。

「そういうのはけっこうだ。突然やってきてすまない。少し話したいので、部屋に案内してくれるか？」

自分が皇子だと分からないのではと思ったが、モリスは有力な商人で、ベルナール皇子の容姿についても知っていた。先触れもなく現れたリドリーのほうが悪いのに、モリスは何度も頭を下げて応接室へ案内してくれた。市議会所で働く人たちは、皇子の来訪に緊張で固まっている。無礼のないようにと思ってか、全員直立不動で廊下に並んでいるのが気味悪かった。

二階にある応接室は狭いながらも掃除の行き届いた部屋だった。向かい合ったソファが二つとそっけない木製のテーブルがある。モリスはぎくしゃくした様子でリドリーを入れ、おそるおそるというようにこちらを見てきた。

「あの、皇子。一体どのようなご用件で……？　もしや前回の要望書の件に関するお咎めでは……あれは本当に若者たちの未熟さによるものでありまして……」

冷や汗だらだらでしゃべりだすモリスに、リドリーはソファに座り、首をかしげた。前回の要望書の話についてはまったく知らなかったので、何を言っているか分からない。

「何の話だ？　ともかく座れ」

ずっと立ちっぱなしで両手を揉んでいるモリスに、リドリーは促すように言った。シュルツはドアの前に立って、窓と室内を監視している。リドリーに言われてモリスがおずおずと向かいのソファに腰を下ろした。四十代前半くらいの、がっちりした肉体の男だ。少し後頭部が禿げ上がっているが、議長を務めるだけあって身なりはいい。

「しし失礼します……」

話に入ろうとする前に、老けた女性がお茶を運んできた。緊張で身を固くし、持っているトレイがぶるぶる震えている。皇族にお茶を出すなど初めてなのだろう。お茶をこぼしそうで不安だったが、中年女性はどうにか三人分のお茶をテーブルに置いた。

「いい香りだね、ありがとう。私は身分柄、口にできなくてすまない」

お茶を出してくれた中年女性に優しく微笑みかけると、「はひ……っ」と声を裏返らせ、中年女性が真っ赤になって部屋を出ていく。シュルツが毒見をしようとしたが、飲む気はなかったので、止めておいた。

「モリス、実は俺は、アンティブル王国との国交回復を望んでいるのだ」

モリスの社交辞令が始まりそうだったので、リドリーは先んじて言った。モリスの目が大きく開かれ、商人らしい目の輝きを取り戻した。

「何と！　ベルナール皇子が国交を望まれているとは知りませんでした！」

「つい最近のことだがね。アンティブル王国には帝国にはないものも多いだろう？　輸入もままならない現況ではじれったくてね。それで、市民からも要望があると聞き、くわしい話を聞きたいと思ったのだ」

リドリーが頷きつつ言うと、モリスの目がますます輝く。

「おっしゃる通りです。私も商人としてアンティブル王国との国交を回復したい一人であります。商人なら誰しも、国交が断絶していることを嘆いております。それに市民の間でも戦争にならないためにも国交を回復したいと願う人が多いのですよ」

手に力を込めてモリスは語る。確かに今の小競り合いが続く状態では、いつまた戦争になってもおかしくない。好戦的な皇帝はともかく、日々の暮らしが大事な市民は平和が一番だろう。

「これまで何度も要望書を貴族院に出しているのですが、なかなか通らず……。この件に関してだけではありません。我ら平民の声は、ほとんど上に届かない状態です」

モリスは悔しさを滲(にじ)ませて言う。

「ふむ。では、どうだろう。次に国交回復の要望書を出す際に、俺が一筆添えてやろう」

リドリーは思いついたように顎を撫でた。モリスが腰を浮かしかけて「本当ですか⁉」と感極まった声を上げる。

「ああ。そうすれば貴族院も無視できず、上に出すだろうからな。国政会議には俺も参加するから、そこで上手(うま)く道筋を立ててみよう」

リドリーはモリスの補佐をしているという若い男性に紙を運ぶよう命じた。すぐに透かし彫りのある高級紙とペンが渡され、リドリーはモリスの発案する国交回復に皇子である自分も賛成するという内容をしたためた。

「これを添えて次の要望書を出してくれ」

リドリーが紙を渡すと、感激した様子でモリスと補佐が頬を紅潮させる。

「な、何故このような……おそれおおいことであります。過分な気を配ってもらい、どうお礼をしたらよいのか……」

「気にするな。利害が一致しただけだ。そうだな、俺が身分に関係なくよいものはよいと認める男だと触れ回ってくれたら助かるな。市民あっての皇家だ」

リドリーは感激に身を震わせるモリスにそっと囁いた。モリスは「もちろんでございます！」と息高く胸を叩いた。その後しばらく雑談をして、平民の暮らしぶりや帝都でのニュースをモリスに語らせた。

皇帝の下、帝都は一見して平和を保っているが、身分に関するどうしようもなく深い河は流れているようだ。皇帝の暴君ぶりは民に知れ渡っていて、恐れつつ従っている状態だろう。

「大変ためになる話をありがとう。また聞かせてくれ」

リドリーは好青年らしく振る舞い、モリスと握手を交わして市議会所を出た。見送りには市議会所にいた職員や議員が勢ぞろいし、馬車の周りも平民が物珍しげに眺めている。馬車に乗り込もうとして、リドリーはふっと斜め後方に目を向けた。ほぼ同時か、それより早くシュルツがリドリーの肩に手を置き、目を光らせる。

「どうぞ、早くお乗り下さい」

シュルツはリドリーが目を向けたほうを油断なく見据え、リドリーを馬車に入れる。後方から物騒な視線を感じた。すぐに視線は引っ込んだが、明らかにリドリーを観察していた。

「刺客かも知れません。なるべく窓のほうに近づかないで下さい」

御者に馬車を出すよう指示して、シュルツは神経を尖らせている。人ごみの中からこちらを見ていた視線は、手練れのものらしい殺気を放っていた。

（暗殺ギルドかもしれんなぁ。すでに二人失敗しているし、俺なら相当腕の立つ奴を送り込むだろう）

うっかり暗殺されないように、リドリーは馬車の中で身を丸めた。シュルツも他に騎士がいれば怪しい人物を追いかけただろうが、自分しか護衛がいないので、馬車に同乗してこのまま城へ戻ることにしたようだ。

「……何故、市議会所へ行かれたのですか？　国交回復をお望みなら、国政会議で自分が発案するので事足りると思いますが。わざわざ一筆書いて渡すなど……悪用されたら危険では？」

馬車が走り出すと、ふと思い出したようにシュルツが聞いた。

「シュルツ、それでは人脈も話も広がらないだろう」

リドリーはにやりとした。

「帝国は貴族社会だが、現状数の多さで言えば圧倒的に平民が多い。そこへ民を虫けら扱いする皇帝とは違い、平民を気にかける皇子というのが現れたらどう思う？」

「それは……。……確かに人気は出る、でしょうね」

シュルツが呑まれたように呟く。

「皇帝は平民を侮っているが、俺はそうは思わない。俺が今日したことは、種まきだよ。いずれ綺麗な花が咲くかもしれないし、気味の悪い草が生えるかもしれない。それに、悪用のことなら大丈夫だ。皇家の印など押してないから、公的にあの文章は使えない。ただ皇子が市議会所を訪れたという話を聞けば、貴族院の奴らも無視はできないだろう。そのためにわざわざ目立つ皇家の馬車を市議会所の前に停めたんだ」

案の定、通行人は皇家の馬車を目にして何事かと集まっていた。あれだけ人がいれば、十分口の端に上るだろう。

「エドワードをわざと置いていったのは何故ですか？」

シュルツは気になったように聞く。

「エドワードは俺の味方かどうか分からないからな。アルタイル公爵に監視を命じられていたら、俺のこういう行動が筒抜けになるだろう。最悪邪魔をされる可能性もある。アルタイル公爵はまだ俺を疑っているようだし。それにアルタイル公爵はバリバリの貴族派だ。その息子のエドワードも平民と交流を持つことに嫌悪感を示すかもしれない」

解毒剤を飲んだ後も、アルタイル公爵はまだ疑っているようだった。エドワードが父親と同じ感性の持ち主かどうか知らないが、市民を見下す貴族を連れて回る趣味はない。

「……皇子」

シュルツの目が光を携えたと思ったのも束の間、何故か苦しそうな面持ちになった。どうしたのだろうとリドリーが見返すと、シュルツは苦い笑いを漏らした。

「あなたが本当にこの国の皇子だったら……私はこの国の未来に希望を持ったでしょう。だが、あなたがしていることは国に戻るための算段……それが切ないのです」

じっと見つめながら狂おしい想いを伝えられ、リドリーは妙にそわそわした。シュルツが自分に執着めいた想いを持つのは術のせいなのだが、本人は自分の心から発したものだと思い込んでいる。純粋で真面目な男をたぶらかした悪女のような気持ちだ。正直に言えば、腕の立つ見目のいい男が自分に惚れ込んでいて気持ちいい。

(でもこの男が国を捨てることなど、ないだろう)

空気を張り詰めさせるほどのシュルツの想いを感じつつも、リドリーはあえて何も言わずに馬車に揺られた。

三日後には、第一皇女の誕生日があり、皇宮では名のある貴族が招かれ、大きな夜会パーティーが行われた。

第一皇女はアドリアーヌという名前の黒髪に薄紫色の瞳の気の強そうな女性だ。今年成人である十八歳になり、パーティーには彼女の婚約者候補が集った。アドリアーヌは幼い頃にラムダ国の第三王子と婚約していた。けれど四年ほど前に第三王子は子爵の娘とデキてしまい、婚約破棄となった。それ以来婚約者を作ることを拒んでいたアドリアーヌだが、さすがに成人した以上、逃げられなくなったらしい。

「アドリアーヌ様、ダンスのお相手を」

アドリアーヌの前に名だたる貴族の子息たちが集まったが、アドリアーヌはそれを一瞥(いちべつ)し、近くにいたリドリーに向きを変えた。誕生パーティーの一曲目のダンスは、婚約者か近親者と決まっている。

「お義兄(にい)様、最初のダンスはお義兄さまと踊りたいわ」

貼りつけたような笑みで白くほっそりした手を差し出され、リドリーは内心の（面倒くせえ）という気持ちを押し殺して、アドリアーヌの手を取った。

「それは光栄だね。ぜひ」

アドリアーヌの手を取り、ダンスホールへ誘う。ベルナール皇子の妹はどれもこれもろくでもないのが多いが、その中にあってアドリアーヌはダメな質が違う。

アドリアーヌは無能な豚皇子に成り代わって、女帝になりたいという大それた野望を抱いている。メイドから聞いた話によると、アドリアーヌは皇帝そっくりの性格をしている。身分が下の者への態度は傲慢だし、わがままで散財癖もある。女帝になりたいのも、この国の人間を全員傅かせたいという気持ちからだ。

唯一のとりえと言えば、アドリアーヌは第一側室のフランソワに似て美人だ。

「お義兄さま、いつの間にこんなにダンスがお上手になられたの？」

ダンスホールでアドリアーヌをリードしながら踊っていると、貼りつけたような笑顔で囁かれた。アドリアーヌのもっかの邪魔者は、リドリーだ。腑抜けた白豚無能皇子のはずが、急に名を上げてきたので忌々しく思っている。今もさりげなく足を踏もうとしているくらいだ。かつてニックスにダンスの下手な令嬢に足を踏まれない裏技というのを習っていなかったら、今頃ヒールの高い靴で負傷していただろう。

「アドリアーヌは下手になったんじゃないか？　足元がふらついているよ？」

笑顔で嫌味を返すと、アドリアーヌの顔がムッとした。

「お前が誰を選ぶのか、興味深く見守っている」

リドリーは煽るようにアドリアーヌに告げた。とたんにアドリアーヌが憎々しげにリドリーを睨みつけてきた。

「お義兄さま、私エドワードと踊りたいわ。彼を貸してくれない？」

アドリアーヌは挑むように言ってきた。ダンスをねだる男の中にエドワードがいないことを悔しく思っているようだ。

アドリアーヌが女帝になるためには、唯一の直系男子であるベルナールを後継者候補から脱落させて、後継者となる必要がある。婚約はともかく、結婚は後でなければならない。皇族は結婚した時点で皇位継承権を剝奪されるので、アドリアーヌはどうにかしてそれを遅らせようとしている。

現時点でアドリアーヌが婚約者に選ぶのは公爵家の子息がふさわしい。公爵家という後ろ盾があれば、後継者となる可能性はぐんと上がる。だが、三つある公爵家でアドリアーヌと婚約できる年齢の近い子息は一人だけ。その一人は社交界でも悪い噂が多い、レンブラントというクズ男だ。何でも暴力は振るうし、多くの令嬢と浮名を流しているとかで、ぼろくそに言われている。他は全員婚約者がいるので、あとは侯爵家の子息を狙うか、力のある伯爵家の子息を選ぶしかない。

「エドワードは俺の護衛で忙しいからなぁ」

エドワードは公爵家の子息だが、婚約者がいる。どうやらわがまま皇女のアドリアーヌは、エドワードの美しい見た目がお気に入りのようだ。噂では、エドワードの婚約者に社交界でつらく当たっているとか。

「彼はお義兄様の命令なら聞くでしょう？」

イライラしたように言われ、リドリーは唇の端を吊り上げた。

「可愛い妹よ。何故俺が、お前の頼みを聞かねばならない？」

からかうように言うと、アドリアーヌが歯ぎしりをして睨みつけてきた。その瞳には、今まで情けない態度ですり寄って来たくせにと書いてある。

「身の丈にあった男を選ぶのをお勧めするね」

ダンスを終えて一礼して言うと、怒った足取りでアドリアーヌがダンスホールを出ていく。リドリーの前には貴族の令嬢たちが寄ってきたが、にこやかな笑みでそれを躱し、ホールの奥へと向かう。

「皇子、大丈夫ですか？」

アドリアーヌの恐ろしげな様子を見たのか、傍に寄ってきたシュルツが心配そうだ。エドワードも近衛騎士の制服を着て、リドリーの傍に立つ。その顔がどこか不安げだったので、リドリーは軽くエドワードの肩を叩いた。

「安心しろ。お前を女狐に差し出すような真似はしないから」

リドリーが安心させるように言うと、エドワードがホッとしたように表情を弛める。この様子だとこれまでアドリアーヌにはいろいろ嫌な思いをさせられているらしい。

近づいてくる貴族たちにあいさつを交わして歩いていると、探していた伯爵を見つけた。国交回復の要望を通すに当たって、貴族の中でその案を推進しているリッチモンド伯爵だ。すらりとしたダンディな男で、着ているものも上品で質がいい。

「リッチモンド伯爵、ごきげんよう」

帝国の貴族は、目下の家格の者から目上の家格の者へ話しかけてはいけないという礼儀がある。リドリーが声をかけると、リッチモンド伯爵が丁寧にお辞儀をした。

「ベルナール皇子、今宵(こよい)も素晴らしいいでたちですな。最近はベルナール皇子のお話をどこに行っても耳にしますよ。ご活躍ぶりが素晴らしいと。市民の間では、ベルナール皇子の絵姿が人気とか」

リッチモンド伯爵が壁際のほうへ誘って言う。リッチモンドはアンティブル王国に近い場所に領土を持っていて、それもあって国交回復を望んでいるのだろう。

「これはエドワード様。ホールトン卿のことは知っておりましたが、エドワード様もベルナール皇子の護衛に？」

リッチモンド伯爵はリドリーの後ろに控えていたエドワードに気づき、目を瞠(みは)る。

「ああ、優秀な騎士なので、俺の護衛にしたんだ」

リドリーは近くを通った給仕に手を上げた。給仕の持つトレイの上にはシャンパンが注がれたグラスがいくつかあって、その一つを手に取った。

「そうでしたか。さすが皇子、公爵家の剣と呼ばれるエドワード様を従えるとは。そういえば、皇子。実は私、最近養子を迎えましてて」

リドリーの次にシャンパングラスを手に取ったリッチモンドが、含みのある目つきで言う。

「ご紹介させてもらって、よろしいですかな？」

リッチモンド伯爵が人込みのほうへ顔を向ける。すると、人込みをかき分けて、一人の男性が近づいてきた。その男と目が合って、飲んでいたシャンパンを噴き出しそうになる。後ろにいたシュルツも啞然としている。

「これは、ベルナール皇子。初めてお目にかかります。ニックスと申します」

少し前に訪ねてきたニックスが、今は華美な服装で目の前に立っている。改めてリッチモンド伯爵に目を向けると、苦笑してシャンパンに口をつけた。

「この者は遠縁の甥なのですが、私のところには後継者がおりませんもので、後継者にするべく、養子に迎えました。こう見えて切れ者ですよ。ベルナール皇子と親しくしてもらえたら幸いです」

リッチモンド伯爵にニックスを紹介され、リドリーは取り繕った顔をするのが苦しくなった。

「そ、そうか。それはそれは……。ぜひ、仲良くしたいね」

ニックスと目が合うと、にやーっと気味の悪い笑みを返される。この短期間でどうやってリッチモンド伯爵を丸め込んだのか知らないが、切れ者のニックスはあっという間に帝国内に地位を確立したようだ。

「リッチモンド伯爵はアンティブル王国との国交回復を望んでいると聞く。俺もあそこの国のピンクダイヤモンドが欲しくてね。よかったら、話を聞かせてくれないだろうか？　次の国政会議で議案を提出できるようにしたい」

ニックスが気になりつつ、リドリーはリッチモンド伯爵に話を振った。話上手のリッチモンド伯爵は現状について理路整然と話してくれた。どうやら国交が途絶えたままなのは、皇帝が首を縦に振らないせいのようだ。

「どうだろう、国交回復した場合の国庫への収入試算を出せるか？　具体的な数字を見せれば、説得しやすいのだが」

リドリーが提案すると、リッチモンド伯爵の目が輝いた。

「なるほど。それはいいですね。すぐに出してみましょう」

「ああ、少し盛りすぎなくらいでいいぞ」

リッチモンド伯爵とはあれこれと話がはずみ、横で聞いていたニックスも合間に的確な指摘をしてくる。話に熱が入ったところでリドリーはニックスに話を向けた。

「彼とはもう少し話をしたいな。リッチモンド伯爵、いいかな？」

軽く顎をしゃくると、リッチモンド伯爵はもちろんですと一礼して去っていった。リドリーはニックスを連れて、近くのテラスへ出た。シュルツとエドワードは見張りとして置く。

「……びっくりしたな！　どうやって養子に？」

テラスに二人きりになると、リドリーは小声でニックスに寄り添った。

「ふふふ」

ニックスはニヤニヤして具体的な答えは明かさない。以前から謎の交友関係を持っているとは思ったが、帝国の貴族にまで及んでいるとは知らなかった。

「ところで暗殺ギルドですが、『鷹』を差し向けたらしいです」

ニックスが爆弾発言を投げかけてくる。暗殺ギルドの『鷹』といえば、アンティブル王国においてもっとも腕の立つ暗殺者と言われている。その正体を見た者はすべて殺され、確実に依頼をこなすという伝説の暗殺者だ。

「やばいじゃないか！」

リドリーは青ざめてニックスの腕を掴んだ。三日前の視線は『鷹』のものだったかもしれない。

「依頼は止めたんですがねぇ。止める前に『鷹』は飛んでいったらしく。がんばってかわして下さいね。あと一カ月もすれば、依頼が取り消されたっていう知らせが『鷹』に届くでしょうから」

のんきな口調で言われ、絶望しか感じなかった。この調子では、今宵は毒味なしには何も食べられない。

「とりあえず皇宮に自由に出入りできるよう話を通しておく。リッチモンド伯爵はニックスの事情を知っているのか？」

潜めた声で尋ねると、ニックスがにやりとする。

「彼に関しての心配は無用です。古い知人でね」

帝国の貴族に知人がいたなんて初めて聞いた。リッチモンド伯爵は国交が途絶える前はアンティブル王国と取引をしていたと言っていたので、その頃の知り合いだろうか。ニックスはやはり得体が知れない。何年つき合おうと底の知れない男なのだ。

あまり長話をしていると周囲の人間に不審感をもたれるかもしれないので、リドリーは話を切り上げて室内に入った。ニックスはさりげない態度でリドリーについてくる。待機していたシュルツとエドワードがすっと横につき、おいそれと人が近づかないようにする。

「お義兄さま」

ホールに戻ると、第二側室の長女であるスザンヌが声をかけてきた。亜麻色の豊かな髪に薄紫色の瞳、美人というほどではないが、理知的な顔の十七歳の女性だ。大勢いる皇女の中で一番まともなのがスザンヌだ。頭の出来も一番で、アカデミーを首席で卒業したらしい。他の皇女が太っていた頃のリドリーを馬鹿にする中、微笑みを浮かべ黙り込んでいた。とはいえ、決して優しい女性などではない。口にしないだけで豚皇子を馬鹿にしていた。低俗な他の皇女と同レベルになりたくなかっただけだろう。スザンヌは国政会議に出席している唯一の皇女だ。アドリアーヌに続き、スザンヌも女帝になる野望を秘めている。

「やぁスザンヌ。今日も綺麗だね」

リドリーは感情のこもってない声で挨拶を交わした。皇女たちにはそれぞれ侍女が五、六人ついているが、スザンヌの侍女は全員かしこそうな者ばかりだ。おべっか遣いばかりそろっているアドリアーヌの侍女とは一味違う。

「そういうのはけっこうですわ。それよりお義兄様、次の国政会議に参加されると伺いました。まずはおめでとうございます」

スザンヌは扇で口元を隠しながら、リドリーに近づいて告げた。祝っているとはとても思えない冷ややかな態度だ。

「ヘンドリッジ辺境伯に気に入られたそうですわね？　どんな手をお使いになりましたの？あの気難しい方を丸め込むなど……」

スザンヌは探るような視線を送ってくる。帝国では政治は男性がやるべきものという凝り固まった風潮がある。その中において、皇女とはいえ女性ながら国政会議に参加しているスザンヌはかなりのやり手だろう。ベルナール皇子があまりに不甲斐なかったのも味方していたに違いない。だからスザンヌにとっては、今さらベルナール皇子がまともになってもらっては困るのだ。

「さて。何か魔法でも使ったかな？」

リドリーはあしらうような笑みを浮かべて首をかしげた。

皇女の中で魔法を使えるのは第一側室の子どもと第三側室の子どもだけだ。第二側室と第四側室の令嬢に魔法は使えない。リドリーの発言は、魔法を使えないスザンヌにとっては痛烈な嫌味に聞こえただろう。この挑発に乗ってスザンヌが感情を乱すかと思ったが、こめかみを引き攣らせつつもスザンヌは感情を押し殺した。

「お義兄さまがそのようなことをおっしゃるなんて……。魔法を使えない私への当て擦りでしょうか？」

スザンヌは代わりに大げさなほど悲しんで、目元を手で覆った。

「ベルナール皇子、ひどいですわ！　スザンヌ様がお可哀想！」

「スザンヌ様、泣かないで下さい……っ、ベルナール皇子、あんまりです！」

ここぞとばかりに侍女たちがスザンヌを囲って、こちらを睨みつけてくる。侍女とはいえ、全員伯爵家以上の令嬢ばかりだ。固まって騒ぎ立てると人目を引く。

（いやいや、ぜんぜん泣いてねーだろ）

目の前の茶番に失笑が漏れたが、周囲にいた貴族たちはこの状況に聞き耳を立てている。

「スザンヌ。魔法を使えない者などこの国にはごまんといるんだ。嘆く必要はまったくないよ。皇女であるお前が魔法を使えなくても、何も困りはしないだろう？　嫁入り道具に魔法は必要ないからね」

リドリーがさらりと答えると、それに乗じて周囲の貴族たちも「そうですよ、皇女様」と笑いながら頷き合う。男系社会の帝国で貴族たちは、スザンヌの利発さを受け入れても、女帝になるなど夢にも思い描いていない。だからリドリーの『嫁入り道具に魔法は必要ない』という失礼な発言にも平気で笑っている。

周囲の同情を買おうとしていたスザンヌは、扇の陰で忌々しそうにリドリーを睨みつけた。

「次の会議ではよろしく頼むよ。何しろ俺は久しぶりの参加だからね」

リドリーは優しい兄の態度で、スザンヌに話しかけ、その場を立ち去った。皇子である自分と話したい人はたくさんいて、声をかければ人の輪ができる。

「ベルナール皇子」

貴族と歓談していると、いつの間にかアルタイル公爵が現れた。さすがにアルタイル公爵は無視できなくて、リドリーは挨拶を交わした。

「息子のエドワードはしっかりと皇子の護衛を務めておりますかな？　まだまだ未熟者ゆえ、ご期待に添えるか心配です」

アルタイル公爵はリドリーの横についているエドワードに目配せして言う。エドワードは無表情で小さく頭を下げた。

「見慣れぬ者がいるようですな」

アルタイル公爵の眼力は、リドリーの近くにいたニックスに注がれた。ニックスは帝国式の優雅な礼をして、アルタイル公爵に挨拶をする。

「ニックス・リッチモンドです。お見知りおきを」

「ほう、リッチモンド伯爵の……」

ニックスを値踏みするようにアルタイル公爵が威圧してくる。

「リッチモンド伯爵の養子になった方だ。気が合ってね」

リドリーがフォローするように言うと、アルタイル公爵は無言でニックスを見下ろしてきた。上背があり、がっしりした肉体を持つアルタイル公爵に見下ろされると、気弱な者は失神するという噂がある。ニックスはそのようなものに動じる性格ではないが、逆にそれがアルタイル公爵の興味を引かないか心配になった。

「ベルナール皇子！」

緊張感を破ったのは、皇后付きの侍女の甲高い声だった。侍女はリドリーを、何故か信じられないといった顔つきで見ている。

「どうした？」

侍女の様子がただならなかったので、リドリーは嫌な予感がした。

「何故ここに……。先ほど皇后の元に皇子の使いの者が来て、贈りたいものがあるから温室で待っていると……」

困惑している侍女の発言で、一気に緊張感が高まった。

「シュルツ！」

リドリーは鋭い声を発し、シュルツを振り返った。

「はっ、すぐに」

シュルツはリドリーの意を汲んで、風のような速さでホールを出ていく。足の速いシュルツなら、誰よりも早く温室へ辿り着けるだろう。リドリーもエドワードを伴い、ドレス姿の人込みをかき分けて飛び出した。

ベルナール皇子の名を騙って皇后を呼び出した者がいる。暗殺ギルドの手の者だろうか？自分を狙ってくるのは承知していたが、まさか皇后に狙いを定めるとは思わなかった。

「ベルナール皇子！　私も参ります！」

その場にいて状況を把握したアルタイル公爵が、リドリーと一緒に走り出す。リドリーは異変に気付いた近衛兵に「温室に不審者！」と指示を下した。近衛兵は「すぐに兵を向かわせます！」と頷き、行動する。ホールを飛び出すと、リドリーは庭を突っ切って温室を目指した。

「皇后に騎士は⁉」

すごい勢いで駆けながら、アルタイル公爵がエドワードに怒鳴りつける。

「皇后には騎士が二名ついているはずです！」

エドワードが怒鳴り返す。皇后には常に侍女と騎士がついている。ここは皇宮だし、常識的に考えれば危険はない。だが、ニックスも言っていた。暗殺ギルドの『鷹』は、目的を達成するためには手段を選ばない。第一皇女の誕生パーティーに紛れて、リドリーを殺そうとしてくるのは予想していた。

（まさか人質を取る真似はしないだろうと勝手に思い込んでいた。俺にとって、本物の家族じゃないから、人質の価値はないだろうと……‼　俺は馬鹿か、敵から見れば、ベルナール皇子を慈しんでいたのは皇后だけだろうが！）

こんなことなら皇后に用心するよう言うべきだった。尽きぬ後悔がリドリーを襲った。皇宮の庭は広く、温室へ向かう道のところどころに明かりが灯っている。庭の中央にある噴水広場を駆け抜け、西の庭にある温室へ急いだ。アルタイル公爵とリドリー、エドワードが切羽詰まった様子で走っているので何か起きたと分かったのだろう。見張りの兵や騎士が何事かと集まってくる。

息を切らしつつ走ったリドリーは、ようやく視線の先に温室を見つけた。温室の周囲には外灯が灯っていて、暗闇の中ぼんやりと浮かび上がっている。温室の手前でシュルツが固まっているのを見つけ、リドリーは「シュルツ！」と叫んだ。

「皇子！」

振り返ったシュルツは、リドリーを止めるような動きをした。

温室の異変に気付き、リドリーは思わず足を止めた。皇宮の西の庭にある温室は、ガラスで覆われた大きな箱だ。温室では南国の珍しい植物を育てているのだが、今は、見たことのない太い茎に棘を持った植物が、ガラスの壁に沿ってびっしりととぐろを巻いていた。それは温室の天井や壁を覆いつくすほどの広がり方で、中が見えなくなっていた。

「これは何としたことだ！　皇后陛下は中におられるのか⁉」

アルタイル公爵がこの異様な状況に大声を上げる。そのまま温室の入り口に向かって剣を抜いて近づこうとしたので、シュルツが止めた。

「アルタイル卿！　近づくのは危険です！　この植物は毒を発します！」

シュルツは植物を斬ろうとしたアルタイル公爵に、警告を発する。すでにシュルツがやろうとしたのだろう。入り口を覆っていた植物の茎が切れていて、そこから紫色の煙が漏れている。

「何だと……っ⁉　皇后陛下は⁉」

アルタイル公爵が怒鳴った時だ。ふいに太い茎がうねうねと動き出し、温室の入り口に空間を作った。中がようやく見えて、リドリーを始め、その場にいた者が慄然とした。

温室の中央付近に、太い茎に身体をがんじがらめにされた皇后と侍女、騎士二名がいた。全員青ざめた顔色で気を失っているようだ。ひょっとして毒に侵されているのかもしれない。

「ベルナール皇子、ようやく来たかぁ。ヒヒヒ」

どこからともなく気色悪い声がして、リドリーは身構えた。くぐもった声は温室の中から聞こえてくる。太い茎のせいで敵がどこにいるか分からないが、どうやら温室の中にいるようだ。

「中にいる者を殺されたくなければ、ベルナール皇子だけ中に入れ」

声は嘲笑めいた響きを持って聞こえてくる。

「行ってはなりません！」

即座にシュルツが叫ぶ。シュルツは温室からリドリーを遠ざけるように手を広げる。

「そうです。皇后が人質に取られているとはいえ、あなたはこの国の第一皇子です。危険な場所へ行かせるわけにはまいりません」

アルタイル公爵も厳格な声音で言う。リドリーはハンカチで鼻と口を押さえ、毒を発している茎を覗き込んだ。

「毒は茎から漏れる水分から発しているんだな？」

リドリーが確認すると、シュルツが頷く。だとすれば、リドリーの炎魔法で、温室にとぐろを巻いている植物を、毒を放つ前に焼き払うことはできる。だが問題がある。高熱を加えられた温室のガラスは粉々になるだろう。そのガラスの破片が中にいる人を傷つけないとも限らない。それに何より、アルタイル公爵の前で炎魔法を使ったら、リドリーが火魔法の使い手だとばれる。

「治癒師と魔法士を呼んでくれ。なるべく多く」

リドリーは駆けつけた近衛騎士に指示した。シュルツとアルタイル公爵、エドワードが何をする気だとリドリーに注目した。

「俺に考えがある。ここは任せてくれないか」

リドリーはそう言って、ちらりと少し離れた場所にいたニックスに視線を向けた。ニックスはさりげない様子でこちらに近づき、一礼する。

「失礼ながら皇子、俺は保護魔法を使えます。よろしければ、魔法を使っても？」

ニックスが真摯な態度で申し出る。それを期待していたので、リドリーも「頼む」と許可を出した。

「三十分くらいなら、毒を無効化できるでしょう」

保護魔法をリドリーに施し、ニックスが囁く。

「まさか、中に入るおつもりですか？　なりません、ここは応援を待つべきです」

アルタイル公爵がリドリーの腕を摑まえようとする。だが、保護魔法をかけられたリドリーに触れる前に弾かれた。ニックスの保護魔法は強力で、あらゆるものを跳ねのける。

「大丈夫だ、危険を感じたら逃げるようにする」

リドリーはそう言って、温室の入り口へ近づいた。当然ながら周囲の者が止めようとした。するとそれまで動かなかった植物の茎がうねうねと動き出し、集まった近衛騎士を妨害し始める。

「うっ、毒が広がるから切るな！」

茎に襲われた近衛騎士が剣を振りかざすと、エドワードが鋭い口調でそれを止めた。現場が騒然としてきて、リドリーはその隙に温室に足を踏み入れた。リドリーが入ると同時に茎が温室の扉を覆い隠そうとする。

「皇子！」

扉が茎で埋め尽くされる寸前、シュルツがひらりと中へ飛び込んできた。リドリーはびっくりして、あやうく茎に足を取られるところだったシュルツを引き寄せた。

「危ないだろう！　お前は保護魔法をかけてないんだぞ！」

リドリーが声を荒らげると、シュルツが剣を構えてリドリーの前に立つ。

「あなた一人を行かせるわけにはまいりません」

確固たる信念を持って言われ、リドリーは半ば呆れつつもついてきたシュルツの心意気が嬉しくて表情を弛めた。

「これで、鼻と口を覆え。首元に巻いていたスカーフを抜き取り、シュルツに手渡す。

リドリーからスカーフを渡され、シュルツはそれで顔を覆う。毒を吸わないようにしろ」

「どうなされるおつもりですか」

シュルツは剣を構えた状態で聞く。温室の中は思ったよりも茎に侵食されていなかった。中央にある食中植物の茎が異様に太く長く伸びて、皇后や騎士、侍女を絡めとっているが、それ以外はふだん通りだ。素早く敵の姿を探したが、視界に入る場所には見当たらない。

「よく入って来たな、ベルナール皇子。その勇気に免じて、おまけがついてきたことは許してやろう。俺様は優しいからなぁ」

声が再び聞こえてきて、リドリーは上部へ顔を向けた。温室の上のほうに、植物の茎で作った椅子に腰かけている黒ずくめの男がいた。どうやら男は土魔法の有能な使い手らしい。魔法で植物の茎を巨大化させ、好きな形に変えられるようだった。顔も身体も髪も黒い布で覆っているので目しか分からないが、おそらく暗殺ギルド『鷹』だろう。

「皇后や他の者を離してくれないか？　用があるのは俺だけだろう？」

リドリーはこちらを見下ろす黒ずくめの男に声をかけた。

「ヒヒ、そうはいかない。まずはお前を殺して、この場にいる全員、毒で殺す。これは決められた俺様のルールだからなぁ」

そう言うなり男はリドリーに指を差した。同時に茎が四方から伸びてきて、リドリーに襲い掛かる。

「火魔法、我が火よ、火炎弾となって焼き尽くせ」

リドリーは火魔法を伸びてきた茎に向けて放った。リドリーの火魔法を逃れた茎は、シュルツが瞬時に斬り捨てた。リドリーは毒を発する前に、それらを焼き払った。

「火魔法……？」

黒ずくめの男の困惑した声がする。リドリーは間髪容れずに、黒ずくめの男を守っている植物へ火魔法を向けた。リドリーの火魔法は、黒ずくめの男を持ち上げていた茎に広がり、根元を一瞬にして焼き払った。茎で椅子を作り上げて、高い場所から見下ろしていた黒ずくめの男は、バランスを失い、落下してくる。リドリーはその場を駆けだして、黒ずくめの男を捕まえようとした。

リドリーの作戦はこうだ。黒ずくめの男を加護の力で支配下に置き、囚われた皇后や騎士、侍女を解放させるよう命じるつもりだった。リドリーの加護にはいくつか制約があり、その内の一つが、術をかける際には、相手の目を見なければならないというのがあった。遠くにいる敵には術をかけられないのだ。アルタイル公爵に火魔法を見られるわけにはいかなかったので、茎で壁が覆われて目隠しされているこの隙に、密室ですべて終わらせようとした。

「くっ、これほどの使い手かよ？」

落下してきた黒ずくめの男は空中から手を伸ばして叫んだ。落下地点で敵を捕まえようとしたリドリーの前に、突然土の壁が立ちはだかる。黒ずくめの男は落下しつつ土魔法を発動し、自身の身体を土の壁で遮った。土の壁は固く、びくともしない。黒ずくめの男は土の壁で自分を囲み、中から「危ない、危ない。ヒヒヒ」と笑っている。

（クソ……ッ）

黒ずくめの男と目を合わせることができなくなり、リドリーは後ろを振り返った。

「シュルツ！　斬れるか⁉」

土の壁に邪魔されて足踏みしたリドリーは、大声で問うた。

「御意」

シュルツは剣を構えたままリドリーのほうに駆け寄り、小さく呟いた。すると横に並んだシュルツの身体から赤いオーラが放出された。

（これは……っ‼）

リドリーは目を瞠ってシュルツが剣を振り下ろすのを見た。オーラを放てるのはソードマスターのみだ。オーラを伴って剣を振ると、岩をも真っ二つにするほどの威力が出るという。シュルツはリドリーの想像以上の剣技を身に着けている。

振り下ろした剣は、土の壁を真っ二つに割った。中にいた黒ずくめの男もまさか土の壁を壊されるとは思っていなかったのだろう。驚愕した様子で、尻もちをついた。

「うわあぁあああ」

黒ずくめの男が悲鳴を上げるなり、周囲に紫色の煙が巻き起こった。追い詰められた黒ずくめの男は、周囲の植物から毒を放ったのだ。

（まずい！）

自分はともかく、シュルツや皇后、騎士や侍女は毒を摂取したら命の危険がある。迷っている暇はなかった。

「シュルツ！　皆の拘束を解け！　火魔法で焼き払う！」

リドリーが命じると、シュルツが素早く飛び出し、「御意」と呟いて皇后や騎士、侍女に絡みついていた植物を斬り捨てた。リドリーはそれらを炎で焼き尽くした。小さな火にしたが、皇后や侍女のドレスに火が燃え移りそうになり、シュルツが急いで引き離す。

「クソ、クソ、全部毒で死ねよぉ！」

黒ずくめの男は子どもが駄々をこねるように叫び、魔力を放出した。すると、温室全体を覆っていた茎から毒がいっせいに漏れ出す。その毒は温室の中だけではなく、外にまで広がっていく。大量の毒をまき散らされたら、どれだけ死者が出るか分からない。

「炎魔法、我が炎よ、植物を焼き払え！」

リドリーは両手を広げて、温室を覆うすべての植物の茎に炎魔法を放った。一瞬にして温室は炎に包まれた。毒を放つより速く焼き払う必要があったので、リドリーは持てる魔力をすべて使い、業火で植物を包み込んだ。

一瞬にして温室内の温度が上昇し、紅蓮（ぐれん）の炎に囲まれる。

「皇子！」

シュルツが驚愕して、逃げようとした黒ずくめの男を捕らえる。

「待て！　まだ殺すな！」

シュルツは黒ずくめの男を剣で斬り捨てようとしていた。それをとっさに止め、リドリーは急いで黒ずくめの男に駆け寄った。

「アヴェンディスの神の名の下、我がリドリー・ファビエルは暗殺者『鷹』を我が従僕とする」

リドリーは地面に転がって、シュルツの剣で身動きがとれずにいる黒ずくめの男の目を見つめ、術を放った。加護の術を使う制約の一つに、相手の名前を言わなければならないというのがある。黒ずくめの男の名前を知らなかったので、術はかからないかと思った。それならこの場で殺すつもりだったが、予想に反して、リドリーの手から魔力が放出され、金色の首輪と両腕の枷、両脚の枷、心臓に矢が打ち込まれる。

――『鷹』という名前は、黒ずくめの男の真の名だったのだろう。

「あぐぅ……ッ、が……ッ、うが……ッ」

黒ずくめの男は自分の首を押さえ、その場で苦しげに痙攣を起こした。その最中に、ガラスの壁に亀裂が次々と入り、高熱による破壊が始まった。熱で息苦しくなり、煙に包まれる。天井にまで広がったら、ガラスの破片で傷を負う。リドリーは痙攣し続ける黒ずくめの男の胸倉を摑んだ。

「今すぐ、土魔法で俺たちをすべて囲え！」

周囲を炎魔法で覆ったので、温室は今や逃げられない火の箱に閉じ込められている。煙が充満し、天井のガラスがいつ割れてもおかしくない。

リドリーの命令に、黒ずくめの男が引き攣った笑いを浮かべた。

「あ、主ぃ……、おおせの……ままに」

リドリーの術は完全にかかった。リドリーはシュルツと共に、皇后と騎士、侍女を急いで近くに引き寄せた。黒ずくめの男は土魔法でリドリーたちを守る土のドームを作り上げた。一瞬にして暗闇が広がり、リドリーは息を荒らげてうずくまった。

「皇子！」

シュルツが手探りでリドリーを引き寄せ、抱きしめる。リドリーが閉所恐怖症なのを察して、守ろうとしたのだろう。リドリーは目を閉じ、シュルツにぎゅっと抱き着いた。

（俺は目を閉じているだけ、目を閉じているだけ……）

ここが狭く暗い土の壁の中だと思うと恐怖心でおかしくなりそうだったので、リドリーは必死にそう暗示をかけた。

土の壁に衝撃が何度か起きた。中にいたリドリーたちはそのたびに息を吞んだ。きっと天井の壁が全部落ちてきたのだろう。それはしばらく続いたが、やがて静まり返った。

そして、遠くから声が聞こえる。

「シュルツ、もう大丈夫だ、と思う……。壁を斬ってくれ」

これ以上閉じ込められていると精神が崩壊しそうで、リドリーは急くように言った。リドリーが放った炎魔法は、今頃周囲の植物をすべて焼き尽くしただろう。

「分かりました」

シュルツはそっとリドリーを離すと、壁に向かって剣を突き刺した。土の壁に亀裂が入り、シュルツが剣を横に引くと、一気に外の空気が入ってくる。煙で視界が悪い。呼吸したとたん、リドリーは大きく咳き込んだ。

「皇子！　無事ですか⁉」

アルタイル公爵が土のドームにいたリドリーに向かって大声を上げる。リドリーは呼吸を数度繰り返し、シュルツの手を借りて動き出した。景色は一変していた。焼け焦げた臭いが充満し、温室は見る影もなく崩れ落ちている。かろうじて残った柱だけが温室があったことを表していた。植物はほぼすべて燃え、ところどころに火をくすぶらせている。毒の気配はなかった。もしかしたら魔法士が何か手を打ったのかもしれない。

アルタイル公爵を始め、近衛騎士と魔法士が集まっていた。

「俺は大丈夫だ。皇后を早く」

リドリーが倒れている皇后や騎士、侍女を示す。すぐに近衛騎士が温室から皇后や騎士、侍女を外に連れ出し、治癒師が治癒魔法で回復させる。

「待て！　逃げたぞ！」

混乱の最中、黒ずくめの男は土魔法を使ってこの場から逃げだした。近衛騎士が追いかけたが、優れた土魔法の使い手なので捕まるかどうかは分からない。リドリーはシュルツに抱きかかえられ、温室の近くにあったベンチに腰を下ろした。怪我(けが)はないのだが、保護魔法が切れて煙を吸い込んだことと、狭くて暗い場所に閉じ込められたせいで、精神的消耗が激しい。

皇后や騎士、侍女たちは少量の毒に侵されたが、治癒師のおかげで命に別状はないそうだ。まだ意識が朦朧(もうろう)としているので、皇宮へ運ばれていった。

「皇子、怪我がないか確認させて下さい」

現場の指揮を執っていたアルタイル公爵が治癒師と共にやってきて、声をかけてくる。保護魔法のおかげで、リドリーはかすり傷一つなかった。魔力の使い過ぎでぐったりしているが、死者が出なかったことは誇っていい。シュルツにも怪我はないと知り、アルタイル公爵は胸を撫で下ろす。

「無事だったからよかったものの、皇子のなされたことは危険すぎます。あなたはこの帝国の唯一の直系男子であらせられるのですぞ。もっと御身を大事にしてもらわねば」

アルタイル公爵に恐ろしげな顔で説教され、リドリーは苦笑した。

「母上の大事とあらば、見過ごせなかった」

リドリーがそううそぶくと、アルタイル公爵がじっと見下ろしてくる。無言の圧を加えてくるので、リドリーはしぶしぶと顔を上げた。アルタイル公爵の人を視線だけで殺せそうな眼力にさらされる。

「……中で何があったかは知りませんが、あの強大な炎魔法……。あれは、皇子の魔法ですか？」

嘘を許さないと言わんばかりに詰問され、リドリーは万事休すと腹をくくった。風魔法しか使えなかったベルナール皇子が火魔法、しかも上級の炎魔法を使ったのだ。ますますアルタイル公爵の疑惑を深めてしまった。他の者がやったとごまかしたいところだが、シュルツが魔法を使えないのは周知の事実だし、皇后や騎士、侍女は意識を失っていた。彼らがやったと言っても、意識を取り戻した時に否定されたら終わりだ。

「ああ……。あの雷に打たれた日から、何故か風魔法は使えなくなり、火魔法が使えるようになったのだ」

リドリーは苦し紛れにそう答えた。

疑惑が増したリドリーを、アルタイル公爵はどう扱うだろう。リドリーが恐れを抱いて見上げると、すっとアルタイル公爵が膝を折った。

「やっと……やっと、真のあなたが目覚めたのですね！」

アルタイル公爵がリドリーの両手を握り、熱く叫ぶ。予想と反したアルタイル公爵の期待に満ちた眼差しに、リドリーは面食らった。

「代々、帝国の直系男子は強力な火魔法の使い手であるべき……。それなのにあなたはずっと惰弱な風魔法しか使えなかった！　どれほど私が歯がゆい思いをしてきたか！　だが、やはりあなたは正統な後継者だった！」

感極まったようにリドリーの手を強く握りしめ、アルタイル公爵が喝采を上げる。先ほど駆け寄ってきたエドワードは、興奮している父親を奇異の目で眺める。

「一時はあなたを疑うような言動を発し、申し訳ありませんでした。改めてベルナール皇子に忠誠を誓います。帝国の新しい太陽に神の栄光があらんことを」

アルタイル公爵は膝を折ったまま、リドリーに最上級の礼をした。

（何が何やら……。すごい誤解してるけど）

リドリーは咳払いして、アルタイル公爵の手を取った。どうやら偶然にも帝国の直系男子は火魔法の使い手らしい。アルタイル公爵の疑惑が晴れたなら、この先もやりやすい。

「ああ。お前の忠誠を期待しているぞ」

リドリーは皇子らしい自信に満ちた眼差しでアルタイル公爵に言った。横で立っていたシュルツがホッとしたように肩から力を抜いている。

パーティー会場にいた重鎮や貴族、騎士団の手の空いた者が温室に集まってきた。賊が侵入したという一報で、パーティーは中止になり、皇帝は安全な場所で待機しているそうだ。アルタイル公爵が状況を整理し、きびきびと指揮している。

とりあえず一つの脅威は過ぎ去った。暗殺ギルドもこれで打ち止めだと信じたい。魔力の使い過ぎで、少し頭痛がする。リドリーは疲れを感じて、シュルツと近衛騎士に囲まれて温室を後にした。

# ◆8　国政会議

温室の事件から一カ月後、国政会議が行われた。

会議室には名だたる領主と宰相などの管理職、そして皇帝を始めとする三名の皇族が席に着いた。書記官が出席者の名前を書き込み、帝国全土に関する会議が執り行われた。

公的にベルナール皇子が国政会議に参加するのは、これが三度目だそうだ。十三歳の頃にも二度ほど国政会議に参加したそうだが、ろくに返答もできず、腹を立てた皇帝に会議への参加を取り消された。皇子という身分に生まれたのなら、這(は)いつくばってでも国政会議への参加を続けるべきだったとリドリーは思う。

国政会議は文字通り国に関する情報が一手に集まる。敵国の宰相であるリドリーにとっては、座っているだけで金が手に入るくらい貴重な情報ばかりだった。

その中の一つ、アンティブル王国との国交回復に関しては、リドリーが表に立って発言をした。

「……以上のように、国交回復した場合の帝国にもたらされる利益を試算してみました。ぜひご検討いただきたい。市民議会からも貴族院からも同様の要望書が届いております」

リドリーが具体的な数字や物流のルート確保などをすらすらと述べると、同席した領主たちは驚いたように話に聞き入った。王都から遠い場所にある領地の場合、代理の者が出席するのが通例だが、何故か今回ヘンドリッジ辺境伯自らがやってきて会議に参加している。

「これは一考の余地があるのではないか？」

ヘンドリッジ辺境伯が最初に肯定する意見を告げ、他の領主たちも同様に頷いた。領主や管理職たちの皇子を見る目つきが完全に変わっている。堂々と意見を発する姿勢に、誰もが考えを改めているようだった。会議の流れは、完全に国交回復へと向かっていた。

だが、それは一瞬で途絶えた。

「つまらん」

皇帝が馬鹿にしたように書類を円卓に放り投げたのだ。皇帝の一言でぴりっと空気が凍りつき、誰もが次に発せられる一言に身構える。

「何故、この強大な国があんな小さな国と仲良くしてやらねばならぬ？　攻め入って強奪するほうが面白いではないか」

下卑た笑いを浮かべる皇帝に、おもねっている貴族たちは愛想笑いを浮かべる。

皇帝がすんなり国交回復を認めるわけがないのは分かり切っていた。ヘンドリッジ辺境伯がこちらをちらりと見てくる。どうするのか、と試されているようだ。

「――では皇帝陛下にも喜んでもらえる提案を致しましょう」

リドリーはあえて微笑みを浮かべ、皇帝をまっすぐ見返した。

「私は今回の国交回復を、皇族の婚姻をもって進めてはいかがかと思います。婚姻関係をもって国交回復するのはよくある話。私が提案したいのは、アンティブル王国へ間諜を送り込むことです」

リドリーの発言に、ざわっと出席者が声を上げる。中でも唯一会議に出席していたスザンヌは、ハッとしてこちらを見る。

「侍女や側仕えに間諜を潜り込ませるということですかな?」

ビクトールが目を細めて問うてくる。

「それも必要でしょうが、花嫁本人が間諜であればいいのでは?」

リドリーはわざとスザンヌへ視線を送った。スザンヌが顔を強張らせている。

「婚姻関係は敵の中枢に間諜を送り込めるもっとも楽な方法です。実際に戦争となれば、こちらもいくらかは痛手を負うでしょう。ですが、敵の情報が筒抜けの状態なら、我らはもっと簡単に国を手に入れることができるでしょう。そもそも皇女が九人もいるんです。そのうちの一人や二人送ったところで、痛くも痒くもないのでは?」

煽るようにリドリーが皇帝に向かって言うと、その場の貴族たちの目がいっせいに皇帝に注がれた。軽い吐息をこぼして、皇帝の唇の端が吊り上がった。

「クハハハ！　面白いではないか！　ベルナール皇子よ、お前が今まで発した中で一番面白い発言だぞ！」

皇帝が笑いながら、円卓を叩く。皇女をスパイに、という案は下種な皇帝の好みにはまったようだ。実は皇子の自分こそスパイだったと知った時、この皇帝はどんな顔をするのか。

「いいだろう。アンティブル王国へ使者を送り、国交回復を婚姻をもってなすべしと提案してみようではないか。帝国の脅威に怯える弱小国だ、喜んで引き受けるに違いない。そうだな、お前が発案者なら、此度の件、お前が指揮を執るがいい」

皇帝が愉快そうに決断する。リドリーは内心の興奮を無理に抑えて、一礼した。

「ありがたき決断でございます」

指揮まで任せてくれるとは思わなかった。これは最高の結果だ。リドリーは自分が国へ戻る算段がついた気がして、頬を紅潮させた。

「それで、ベルナール。お前はどの皇女がアンティブル王国へ行くべきだと思うのだ？」

機嫌のよい顔つきで皇帝に尋ねられ、リドリーはわずかに考えて口を開いた。

「そうですね。アドリアーヌを嫁がせて、あの邪悪な性格で王家を苦しめるというのも一つの手ですが……」

リドリーは考え込むように言った。アドリアーヌのわがままぶりを知っている領主から、思わずといったような笑いが漏れる。

「アドリアーヌはおつむの出来がよろしくありません。間諜の真似ごとをして失敗するのが関の山でしょう。私はスザンヌを推しますね。スザンヌの利発さなら、アンティブル王国でも上手く立ち回れるでしょうし、アンティブル王国の王子と年齢的にも釣り合いがとれます」

リドリーが言いきったとたん、スザンヌが激高したように立ち上がった。

「私は……っ‼」

女帝を目指していたスザンヌにとっては、はらわたが煮えくり返る提案だったろう。他国へ嫁がされるなんて絶対に認められないに違いない。憎々しげに睨みつけられて、リドリーは少々申し訳ない気分になった。

「それはいいかもしれないな。女は婚姻ぐらいしか役に立たないからな」

皇帝が当然のように言い、スザンヌは冷や水をかけられたように席についた。小刻みに震えているのは怒りのあまりだろう。けれどそれをぐっと耐えている。これがアドリアーヌだったら、ぶち切れてヒステリックにわめいていたはずだ。

会議はその後も粛々と続いた。すべての議題が終わった頃には、日が暮れていた。

会議を終えて皇帝がこの場を離れ、次々と出席者が会議室を出ていく中、ビクトールとヘンドリッジ辺境伯、それにアルタイル公爵がリドリーの元へやってきた。

「お手並み拝見といったところですな。まさか一発で国交回復の案を通すとは思いませんでしたぞ」

ビクトールはリドリーが国交回復の案を通したことに感嘆の意を表した。

「皇帝の好む方法を心得た提案、なかなか見事でありましたな」

ヘンドリッジ辺境伯も面白そうに顎を撫でる。

「今後、ベルナール皇子の発言力が高まるでしょう。いやはや、以前はどんな魔法を使ったのかと勘繰ったものだが、今日の皇子は立派でした」

すっかりリドリーを認めたアルタイル公爵も、喜びを全面的に表す。

彼らが短期間でリドリーを認めたのには理由がある。

彼らはベルナール皇子に変わってほしかった。無能で怠惰で引き込もりな皇子ではなく、心の底では次の代を支える有能な皇子になってもらいたがっていた。だからリドリーが有能さを示すと簡単に見方を変えてくれたのだ。

(いずれ元の皇子に戻った時の彼らの絶望は計り知れないだろうが……。それは俺の関与するところではない)

リドリーは雑談を交わしつつ、心の中で少しの罪悪感を覚えた。だが、その罪悪感は、瞬時に他人であるベルナール皇子に貢献したという腹立たしさに変わる。矛盾した思いだ。早くこんなややこしい気持ちから解放されたい。

「お義兄様！」

アルタイル公爵たちと話していると、スザンヌが怒りに身を震わせながら詰め寄ってきた。

先ほどの会議で自分の婚姻について勝手に決められたせいだろう。スザンヌを送ることは決定事項ではないが、他に適任者がいない。

「何故あのような提案を……っ⁉　私が邪魔だったのね、私を排斥なさりたかったのでしょう」

スザンヌは恨みがましい目つきでリドリーを詰ってくる。アルタイル公爵やヘンドリッジ辺境伯は困ったなと顔を見合わせる。ビクトールが「皇女……」と宥めようとしたが、リドリーはそれを止めた。

「スザンヌ。アンティブル王国では、女性の地位がここよりもずっと高いと聞く」

リドリーはスザンヌに歩み寄り、真面目な口調で告げた。

「向こうの国では、女性も管理職に就いているし、能力さえあれば認められる。この国にしがみつくよりも、ずっとお前にとっては有益だと思う」

真剣にリドリーが言うと、スザンヌは虚を衝かれたように唇を閉じた。皇帝の手前、間諜などといったが、無論そんな真似はしてほしくなかった。女性は家庭を守るべき、それ以上はする必要がないという風潮のこの帝国では、スザンヌの能力は無駄に終わる。スザンヌは女帝になってそれを変えたかったのだろうが、それには困難な道が待っている。帝国法を変えるのは容易ではないし、何よりもあの皇帝を倒せるとは思えない。

国の方針や風潮を変えるのは簡単なことではない。アンティブル王国でさえ、女性の地位が向上したのは先々代の王妃が尽力したおかげなのだ。

「そんなの……、そんなの詭弁ですわ。私、お義兄様を許しません」

スザンヌにはリドリーの思いは伝わらなかったようで、激しく肩を震わせ、立ち去っていった。

（やれやれ。実際にスザンヌを嫁がせるなら、スザンヌを味方にしなければな）

国交回復にはまだまだ多くの問題が残っている。一足飛びに国へ戻りたいと思いつつ、リドリーは足元を踏み固めるしかなかった。

その日の夜は、月に雲がかかり、いつもより暗闇が深かった。

リドリーは寝間着姿でベッドに入ったものの、何故か寝つけず、窓のあるほうを気にしていた。こういう時はたいてい嫌な予感が当たる。あきらめてベッドから出てランタンに火を灯す。部屋が明るくなると、窓に近づいた。テラスに人影がいる。

「主ぃ……、主ぃ……」

窓の向こうで暗殺ギルドの『鷹』が興奮した様子でこちらを見ている。今日も黒ずくめの格好だが、前回と違い今回は顔を出している。黒髪に黒いどんぐり眼、『鷹』は東国の出身かもしれない。

「皇子、不審な気配がします、入っていいですか？」

ドアの外からシュルツの尖った声がする。さすがソードマスター。窓の外にいる『鷹』の気配を感じ取ったようだ。

「ああ、いいぞ。この前の奴が来ている」

ため息と共にリドリーが告げると、ドアの外で見張りをしていたシュルツが勢いよくドアを開けて中に入ってきた。シュルツは近衛騎士の制服のままだ。夜の見張りは他の近衛騎士にやらせるように言ったのに、またシュルツがついていたようだ。

「皇子、無事ですか⁉」

血相を変えてシュルツが剣を抜きつつ窓に駆け寄る。

「あー、剣はしまえ。あいつは俺の奴隷になってるから」

物騒な気配を漂わせるシュルツを諌め、リドリーは窓を開けた。『鷹』は嬉しそうに部屋の中に入り、リドリーの足元にしゃがみ込む。

「はぁはぁ……主ぃ、俺に命令して下さいぃ、主ぃ。主の靴を舐めたぁい……」

今にもリドリーの足を舐めだしそうな『鷹』に、シュルツが身震いする。

「この男は……？」

変態っぷりをさらした『鷹』にシュルツは引いている。息を喘がせてリドリーの命令を待っているので、気持ち悪いことこの上ない。

「俺が術をかけて奴隷にすると、皆こんな感じになるんだ」

リドリーは乾いた笑みを漏らし、『鷹』を手で追いやった。そうなのだ、悪人であればあるほど、術をかけるとリドリーに執着し、変態になっていく。

「そ、そうなの……ですか？」

犬の真似をする『鷹』に動揺し、シュルツは目の前の男をどうすべきか迷っている。

「ああ。だからお前がまともでびっくりだよ。最初は術の副作用がなかったのではないかと思ったくらいだ」

これまで奴隷にした人の中で、シュルツのようにふつうにしていられた者はいない。悪人以外を奴隷にしたのが初めてなので、シュルツが変なのか、それともそうでないのかは不明だ。シュルツは剣を極めたソードマスターでもあるし、他の者とは違うのだろう。

「おい、『鷹』。お前に命令を下す」

リドリーは膝を折り、股間を探ってはぁはぁしている『鷹』と視線を合わせた。このまま置いておくと、目の前で自慰を始めそうだ。

「主ぃ、何ですかっ。何でもしますっ」

『鷹』は喜んで見えない尻尾(しっぽ)を振り、目をキラキラさせる。

「皇帝の加護がどんなものか探ってこい」

リドリーは声を潜めて命じた。名前しか知らない皇帝の加護について分かれば、今後の役に立つ。

「了解しました、主ぃ、探ってきたら足を舐めさせて下さいねぇ」

ゾッとするような気味悪い笑みを浮かべて、『鷹』がすっと消えた。いつの間にやら窓から外へ出ていったようだ。ものすごい気持ち悪い奴隷だが、その能力はやはり並外れている。温室の事件以降、見張りの厳しくなったこの皇宮に忍び込み、リドリーの部屋までやってきたのだ。

「皇帝の加護……ですか？」

シュルツは窓を閉め、カーテンで覆うと、眉根を寄せて問いかける。

「アルタイル公爵や宰相のビクトールにそれとなく聞いてみたのだが、誰も能力についてはっきりとは知らない。この帝国を治めるのに有能な加護だと思うが……」

リドリーはベッドに腰を下ろして言った。『鷹』が皇帝の加護の能力について探れたら儲けものだ。

「そう……ですか。では、私はこれで失礼します」

シュルツは室内を見回り異常がないのを確認すると、寝室を出ていこうとした。

「待て、シュルツ」

リドリーは咳払いしてシュルツを呼び止めた。シュルツは黙ってリドリーの前に戻ってくる。

「模擬試合での報償は俺と近しい関係になりたいと言っていたな。……この身体は俺のものではないが、抱くか？」

さらりと聞くと、シュルツの顔に朱が走った。シュルツは片方の手で顔を覆い、目を逸らす。

「そのような……、私は……」

シュルツが動揺しているのが伝わり、リドリーはそっと空いている手を取った。びくりとシュルツが震え、リドリーが引くのに合わせてベッドに腰を下ろす。隣に座ってはみたものの、シュルツは真っ赤になって横を向いている。大きな男が恥じらっている姿はなかなか可愛い。

「あなたは……、それでいいのですか。私は男なのに……、それにあなたの身体ではないのなら、私は……」

純情さを見せるシュルツに、リドリーは小さく笑った。

「この前の質問にはまだ答えられないだろう？　帝国を捨てるなど、騎士以外に生きていけないお前には無理だろう。しかし模擬試合での報賞は渡さねば、俺の気がすまない。男同士というのが気になるなら、無理には勧めないが。俺も男同士は初めてだし」

赤くなっているシュルツを見るのが楽しくて、リドリーはさばさばと言った。とたんにシュルツが振り返って、リドリーの肩を摑む。

「男同士は初めてなのですか」

怖いくらいに真剣な口調で聞かれ、リドリーは戸惑いながら頷いた。

「俺の経験人数は大したことはない。どんなものかと思って、娼婦とやったことが二回あるだけだ。術のせいで気持ち悪いくらい迫ってくる男が近くにいたから、そういう方面に対する欲求が薄れてな」

リドリーがあっさりと話すと、シュルツがほうっと息を吐き出す。先ほどの『鷹』のように、奴隷化した男や女は皆、リドリーに変態じみた行為を迫ってくる。

「そうだったのですね。あまりに平然と身体を差し出すので、慣れているのかと……」

シュルツに呟かれ、リドリーは誤解を招いたと反省した。

「そういう意味ではぜんぜん慣れていない。だが、いつも変態っぽく迫ってくる奴隷の中で、どうしてお前だけがまともなのか気になっている。抱き合うことで何か分かるかもしれないと思って。これはベルナールの身体だから、勝手に使っていいかどうかは悩ましいが」

リドリーが受け入れてもいいと思ったのは、知りたいという気持ちが強かったからかもしれない。男同士というのはさておき、シュルツはいい男だし、どんな肉体を持っているのか気になる。

「私は……私は……」

シュルツはリドリーの目をじっと見つめながら、苦しそうな息遣いになった。ふっと空気が甘くなった気がして、リドリーは少し居心地が悪くなった。シュルツの切ない瞳は、こちらの感情を揺らしてくる。

「あなたの本当の身体ではないので、手は出さない……、と言いたいところですが、あさましくもあなたの熱を感じたいという欲望があります」

震える吐息でシュルツに囁かれ、リドリーは鼓動が知らずに速くなっているのに気づいた。

「皇子の身体に私が触れるなど不敬……、そう分かっていても、少しだけでもあなたを感じたい」

シュルツの大きな手がリドリーの髪をまさぐってくる。シュルツの鼓動の強さがこちらにも聞こえる気がして、リドリーは動揺した。シュルツの手はゆっくりとリドリーの頬を撫でてくる。

（あれ、何かこれやばいかも？）

シュルツの手や吐息、真剣な想いに包まれると、やけに焦って逃げ出したくなった。自分でいいと言っておきながら、やっぱり何だか不安になってきた。

「皇子……、いえ、リドリー」

シュルツの顔が近づいてきて、耳朶（じだ）に触れるように囁かれる。どきりとして、リドリーは固まった。シュルツの大きな身体がリドリーの身体を抱きしめてくる。シュルツの熱が移ったように、頬が赤くなった。

「や、あの、シュル……」

上擦った声を上げると、シュルツがぎゅーっと密着してくる。

「キスだけ、してもいいですか？」

緊張したシュルツに問われ、リドリーは一気に緊張が解けて、半笑いになった。このままセックスを要求されたらどうしようと思ったが、純情な騎士は、キスを求めてきた。

「あ、ああ。もちろん」

安心してリドリーが返すと、シュルツは震える手でリドリーの頬を包み込み、熱い吐息を吹きかけてきた。

そろそろと顔が近づき、シュルツの唇が音を立ててリドリーの唇に触れる。

あの採掘場で何度もキスされた記憶が蘇り、リドリーはシュルツの背中に手を回した。シュルツの唇は離れたと思う間もなく戻ってきて、リドリーの唇に重なる。

「ん……」

何度も何度も触れては離れ、離れては触れ、やがてシュルツの唇が深く重なり、リドリーの口内に舌が潜り込んでくる。

「ん、う……、……っ」

シュルツはキスを続けるうちに興奮してきて、ベッドにリドリーを押し倒して激しく口づけを交わしてきた。音を立てて唇を吸われ、舌を吸われ、唾液を絡ませるようにしてくる。シュルツの舌はそれ自体が生き物のように、リドリーの口内を蹂躙してくる。顎を捉えられ、口の中を探られ、リドリーは徐々に息苦しさを覚えた。

「んんん……っ」

荒々しい息遣いでリドリーに重なってきたシュルツが、リドリーの両手を摑んで、シーツに縫い留める。重なった身体の熱さに、リドリーはびくりとした。

シュルツの下腹部が硬くなっている。

キスに夢中になっているシュルツは、理性を失って下腹部を押しつけてくる。キスだけと言ったが、このままではなし崩しに犯されそうだった。とっさに抗(あらが)ってみたが、シーツに縫い留められた腕はびくともしない。同じ男とはいえ、力の差が歴然としている。

（えっ、ちょっ、怖いんだけど）

最初は気楽な気持ちで誘ったが、実際荒い息遣いで押さえつけられると恐怖感に襲われた。しかも興奮したシュルツが、いきなり寝間着を脱がそうとボタンを引きちぎって前を開けてくる。

「シュ、シュルツ！　待て！」

唇が離れた瞬間、リドリーは思わず声を上げた。するとシュルツがハッとして、押さえつけていた両手を離し、身体を起こした。

「あ、わ、私は……」

シュルツは自分がキスに夢中になりすぎて、リドリーを押さえつけていたのに今頃気づいたのだろう。リドリーの命令で我に返ったようで、身体を離す。

「……っ」

シュルツは息を大きく喘がせ、耳まで赤くなった。

「も、申し訳……ありません。理性を失いました……」

シュルツが顔を覆う。自分の身体の異変にも気づいたのだろう。羞恥心を感じて、髪を掻きむしる。そしてちらりと破れたリドリーの衣服を見やる。

「お許しを……」

おろおろしてシュルツが、リドリーの剝き出しになった上半身を破れた衣服で隠す。シュルツが理性を取り戻してくれたおかげで、リドリーも少し余裕が出た。本気で犯されると思い、さすがに怖くなった。女性とやるのとはわけが違う。

「あの……、それ手でやってやろうか？」

このまま放っておけず、リドリーはシュルツの股間に手を伸ばした。布越しにも分かるくらい硬く反り返っているそれに触れると、シュルツがびくりと肩を揺らす。シュルツが身を引いたので、リドリーはつられたように起き上がり、ベッドの上でシュルツと向かい合った。

「おやめ下さい、自分でやりますので」

リドリーが布越しにシュルツの性器を握ると、動揺したそぶりでシュルツが押し返そうとする。

「いや、つらいだろう。手……でいいなら」

同じ男性としてこの状態で放置されるのがつらいのは分かる。それに達してしまえば、無理やり自分を押し倒す真似はしないだろうと、リドリーは強引にシュルツのズボンの前をくつろげた。シュルツはどうしていいか分からないといった表情で、リドリーが下着から性器を引きずり出すのを見ている。

「おお……、大きいな……」

他人の性器を見慣れているわけではないが、シュルツの屹立したモノはかなりの大きさだった。雄々しく反り返るそれは、気楽に寝ようと言い出した自分を後悔させたくらいだ。

「う……っ」

リドリーがゆっくりと扱き出すと、シュルツが身を屈めて息を荒らげる。紅潮した頬に荒い息遣い、吐息が触れる距離で感じているシュルツを見ていると、リドリーは鼓動が速まった。嫌悪感はない。むしろ乱れる呼吸のシュルツに色気を感じていた。

「リド……」

手の動きに合わせて息を詰めていたシュルツが、焦がれるような眼差しで手を伸ばしてきた。シュルツの大きな手がリドリーの頬を引き寄せ、再び深く唇が重なる。思わず口を開くと、舌が差し込まれ、官能的なキスをされた。シュルツはリドリーの唇を食み、指を口の中へ入れ、唾液が絡まり合うような口づけをする。

「はぁ……っ、はぁ……っ、うっ」

手の中でシュルツの性器はどんどん硬く太くなり、先端から先走りの汁を漏らした。感じているシュルツとキスをしているうちに、リドリーも興奮していたのだろう。

「触れても……いいですか」

切ない声音で囁かれた後、シュルツの手がリドリーの股間に伸びていた。ズボンの上からそこを揉まれ、リドリーは息を呑んだ。いつの間にか自分の性器も硬くなっている。

「……キスだけ、と言ったよな」

濡れた唇を舐め、リドリーは低い声で咎めた。シュルツの手の動きが止まり、がっかりした空気を醸し出す。このままでは雰囲気に流されてとんでもないことになりそうだったので、リドリーはシュルツの性器を強引に扱き出した。

「リド……ッ」

性器の先端の小さな穴を指で擦りながら、根元から強めに扱く。濡れて滑りやすくなった性器は、どくどくと脈打ち筋張っている。シュルツの息遣いが忙しなくなって、絶頂が近いのが伝わってくる。

「う、う……っ」

シュルツは乱れた呼吸でリドリーの唇を吸ってきた。キスの合間に先端の穴をぐりぐりと弄ると、シュルツは耐えかねたようにリドリーをきつく抱きしめてきた。もう達する寸前だと分かったので、リドリーは精液を受け止めるように性器を手で覆った。

「は、は……っ、はぁ……っ、はぁ……っ」

びくびくと身体を震わせ、シュルツが切羽詰まった声を上げる。同時に手の中に熱くほとばしるものが吐き出された。シュルツは大量の精液をリドリーの手に出した。薄暗闇の中、シュルツの激しい息遣いが響き渡る。

「も……申し訳、ありません」

我に返ったシュルツが、真っ赤になって身を離す。シュルツは手洗い用のたらいに入った水を急いでリドリーの前に持ってきた。リドリーはそれで手を洗い、乾いた布で拭く。

「自分がこれほど理性がないとは……、どうかお許しを……」

シュルツは消え入りそうな声で呟き、よろよろした足取りで部屋を出ていった。シュルツがいなくなると、リドリーは思い切り大きな息を吐き出し、ベッドに寝転がった。

(やっばい、何だ、あれ……。すごいドキドキした。扱いてやるのはけっこうそそるな……。でも押さえ込まれるのはものすごい怖い)

する前は男と性交くらい平気だろうと思っていたが、本気でこちらに執着している相手との性交はそんな簡単なものではないと身に染みた。逃げ出したくなるほどの熱情と、押さえつけられてびくともしない力の強さに、本能的に恐怖を感じた。しかも、恐怖だけでなく、甘ったるい興奮も存在しているからたちが悪い。

(いっそ俺が上になると言おうか？　皇子の身だし、逆らえないはず……って、いやいや！

権力をかさに犯そうとか俺の思考やばい。そもそもこんな恋愛関係でもだもだしている場合じゃないだろ！）

自分の目的は元の身体に戻ること。それ以外はどうでもいいし、必要ないはずだが……。

先ほどのシュルツの表情や息遣いが頭から離れない。濡れた唇が、先ほどの行為が現実だと告げている。

今夜は眠れそうにないと、リドリーはベッドに横たわったまま、シュルツの重みを思い出していた。

# あとがき

こんにちは&はじめまして夜光花です。

今回の本は、読んでいて気持ち良い物語を目指してみました。入れ替わっちゃった的なものがやりたくて、あまり重くない成り上がり系のお話です。しばらく続く予定なので、ぜひ最後までお付き合いいただきたいです。

私は騎士が大好きなのですが、攻めが騎士で受けが身分高いとなかなか手を出してくれないのが困りものです。一冊目では最後までいけなかったので、次の巻ではどうにかしたいですね。

前半は雑誌掲載分です。全体を見た時、分けて載せるより、ひとつの話にしたほうがいいと思い、繋げてみました。

一冊目が楽しく書けたので、二冊目も早めにお届けしたいです。応援よろしくお願いします。

イラストは雑誌掲載時から同じくサマミヤアカザ先生に描いてもらいました。

カラーがとっても綺麗で、リドリーもシュルツもイメージ通りに仕上げていただき感謝です。絵がきらびやかなのでファンタジーものは本当にお上手だなぁと思います。おでぶだった頃のリドリーはBLなので載せられませんでしたが、手だけちょっと載ってて嬉しいです。皆に馬鹿にされているベルナール皇子ですが、太っていてもけっこう可愛かったんじゃないかと。

次回もよろしくお願いします。まだ後半のイラストは拝見できていないので、出来上がりが楽しみです。

読んでくれる皆様。新しいシリーズものなので、好きになってくれるといいなーと思いつつ書きました。感想などありましたら、教えて下さい。

担当様、忙しい中いろいろありがとうございます。またよろしくお願いします。

ではでは。

また次の本で出会えるのを願って。

夜光花

この本を読んでのご意見、ご感想を編集部までお寄せください。

《あて先》〒141-8202 東京都品川区上大崎3-1-1 徳間書店 キャラ編集部気付

「無能な皇子と呼ばれてますが
中身は敵国の宰相です」係

【読者アンケートフォーム】

QRコードより作品の感想・アンケートをお送り頂けます。

Chara公式サイト http://www.chara-info.net/

■初出一覧
無能な皇子と呼ばれてますが中身は敵国の宰相です……小説Chara vol.45(2022年1月号増刊)を元に大幅に加筆しました。

Chara

# 無能な皇子と呼ばれてますが中身は敵国の宰相です

……【キャラ文庫】

2022年11月30日 初刷
2024年4月5日 2刷

著者 夜光 花
発行者 松下俊也
発行所 株式会社徳間書店
〒141-8202 東京都品川区上大崎3-1-1
電話 049-293-5521(販売部)
03-5403-4348(編集部)
振替 00140-0-44392

印刷・製本 図書印刷株式会社
カバー・口絵 近代美術株式会社
デザイン 間中幸子(クウ)

定価はカバーに表記してあります。

本書の一部あるいは全部を無断で複写複製することは、法律で認められた場合を除き、著作権の侵害となります。

乱丁・落丁の場合はお取り替えいたします。

© HANA YAKOU 2022
ISBN978-4-19-901082-8

# 夜光 花の本

好評発売中

## [欠けた記憶と宿命の輪]

不浄の回廊3

イラスト✦小山田あみ

欠けた記憶と宿命の輪

夜光花

イラスト◆小山田あみ

2年間の厳しい修行から戻ってきたら、
——恋人が記憶喪失になっていた!?

キャラ文庫

山に籠って世俗を断ち、2年間の厳しい修行からついに帰還!! さらなる霊能力を得て、西条(さいじょう)との再会に心躍らせる歩(あゆむ)。ところが西条の電話番号は変えられ、マンションには別の住人、職場も辞めてしまい消息不明!! 修行が1年延びたから、もしや見捨てられてしまった…!? なんとか居場所を突き止めると、なんと西条は結婚していて、隣には身重の女性が!! しかも歩との記憶を一切失っていて!?

# 夜光 花の本

好評発売中

## 「二人暮らしのユウウツ」

不浄の回廊2

イラスト✦小山田あみ

口が悪くて意地悪で、超現実主義者の西条希一(さいじょうきいち)と同棲生活も半年――。霊能力を持つ天野歩(あまのあゆむ)に、ポルターガイストに悩む乳児の母親が相談にやって来た。ところが、その女性は西条と過去に関係があり、赤ん坊は西条の子だと衝撃の告白!! さらに、同窓会で再会した元同級生が、西条との仲を取り持つよう迫ってきた!? 甘いはずの同棲生活に不穏な空気が流れはじめて――。

# 夜光 花の本

好評発売中

## 「不浄の回廊」

イラスト◆小山田あみ

中学の頃から想い続けた相手は、不吉な死の影を纏っていた——。霊能力を持つ歩が引っ越したアパートで出会った隣人は、中学の同級生・西条希一。昔も今も霊現象を頑なに認めない西条は、歩にも相変わらず冷たい。けれど、以前より暗く重くなる黒い影に、歩は西条の死相を見てしまう。距離が近づくにつれ、歩の傍では安心して眠る西条に、「西条君の命は俺が守る」と硬く胸に誓うが…!?

# 夜光 花の本

好評発売中

## 「君と過ごす春夏秋冬」

不浄の回廊番外編集

イラスト✦小山田あみ

超のつく現実主義者の西条と霊が視える憑依体質の歩は、同棲中の恋人同士。ところがある日、頑なに霊を信じない俺様の西条が別人のように激変!? 「愛してるよ歩。食べちゃいたいくらい可愛い」まさか西条くんが変な霊に取り憑かれちゃった…!? 歩が霊能力の修行を決意する「キミと見る永遠」、その出立前夜を描く「別れの挨拶は短めに」など、甘くも波乱含みな日々が詰まった待望の番外編集♥

# 夜光 花の本

好評発売中

## [式神の名は、鬼] 全3巻

イラスト◆笠井あゆみ

満月の夜ごと百鬼夜行が訪れ、妖怪に襲われる──その標的は八百比丘尼(やおびくに)の血を引く肉体!? 代々続く陰陽師で、妖怪に付き纏われる人生に倦んでいた櫂(かい)。無限の連鎖を断ち切るには、身を守る式神が必要だ──。そこで目を付けたのは、数百年間封印されていた最強の人喰い鬼・羅刹(らせつ)!!「今すぐお前を犯して喰ってしまいたい」解放した代わりに妖怪除けにするはずが、簡単には使役できなくて…!?

# 夜光 花の本

好評発売中

## 「式神見習いの小鬼」

イラスト✦笠井あゆみ

式神見習いの小鬼
HANA YAKOU PRESENTS
夜光花
イラスト　笠井あゆみ
人と鬼の間に生まれた小鬼が、陰陽師の式神になって見習い修行!?
キャラ文庫

見た目は凛々しい青年だけど、頭の中身は小学生男子!?　人間と鬼の間に生まれた半妖の草太は、人間社会に溶け込むため、当代一の陰陽師・安倍那都巳の住み込み弟子をすることに!!　妖魔退治を手伝ったり、お供としてＴＶ収録に同行したり…。好奇心旺盛だけど未成熟な草太に想定外な欲情を煽られて、那都巳はついに性の手ほどきまでしてしまい!?　純真無垢な小鬼と腹黒陰陽師の恋模様!!

## キャラ文庫最新刊

### 騎士と聖者の邪恋

宮緒 葵
イラスト✦yoco

失踪した幼なじみを追って王都にやって来たニカ。身分も立場も忖度しないニカは、司教と騎士団長の二人から気に入られてしまい…!?

### 無能な皇子と呼ばれてますが中身は敵国の宰相です

夜光 花
イラスト✦サマミヤアカザ

落雷により、敵国の皇子と中身が入れ替わった!?　元の身体に戻るため、若き宰相・リドリーは帝国一の騎士を魔力で従わせるけれど!?

### 蝶ノ羽音　二重螺旋15

吉原理恵子
イラスト✦円陣闇丸

海外ブランドのＰＶ出演オファーを受けた雅紀。尚人を狙っているのだと思っていたクリスからの提案に、思惑がわからず悩むけれど!?

**12月新刊のお知らせ**

火崎 勇　イラスト✦ミドリノエバ　[やり直すなら素敵な恋を(仮)]
吉原理恵子　イラスト✦円陣闇丸　[二重螺旋番外編集(仮)]

12/22(木)発売予定